新石头记

姜博雅 点校

【中国古典名著·红楼梦续书集成】

【清】吴趼人 著

内蒙古出版集团
内蒙古人民出版社

图书在版编目(CIP)数据

新石头记/[清]吴趼人著. -呼和浩特:内蒙古人民出版社,2014.6

ISBN 978-7-204-12944-7

Ⅰ.①新… Ⅱ.①吴… Ⅲ.①章回小说-中国-清代 Ⅳ.①I242.4

中国版本图书馆CIP数据核字(2014)第132159号

新石头记

作　　者 [清]吴趼人
点　　校 姜博雅
选题策划 田建群
责任编辑 张　钧　李向东　王　瑶
责任校对 陈宇琪
封面设计 马东源
责任监印 王丽燕
出版发行 内蒙古人民出版社
地　　址 呼和浩特市新城区中山东路8号波士名人国际B座5楼
网　　址 http://www.nmgrmcbs.com
印　　刷 武汉安捷印刷有限公司
开　　本 710×1000　1/16
印　　张 15
字　　数 190千
版　　次 2016年1月第1版
印　　次 2016年3月第1次印刷
书　　号 ISBN 978-7-204-12944-7/I·2554
定　　价 38.00元

图书营销部联系电话:(0471)3946298　3946267
如发现印装质量问题,请与我社联系,联系电话:(0471)3946120　3946169

出版前言

自从两百年前曹雪芹在一个凛冽的寒冬离开人世，他的巨著《红楼梦》没有终稿，而《红楼梦》的最后结局一直为人所猜测。在乾嘉时代，《红楼梦》因为有了程伟元的木刻本而广为流传，迎来了《红楼梦》的第一个传播高峰。而程伟元本八十回正文后所附之高鹗所续之四十回结局，虽给了《红楼梦》人物一个全面的交代，但在许多人看来，这个结局是差强人意，甚至是不合理的。于是，不少文人骚客拿起他们手中的笔，为这部未完成的巨著添上他们自己认为最理想的结局。这就在乾隆时代后期和嘉庆时代形成了《红楼梦》续书的第一个高潮。

这些续书作者，通过续写《红楼梦》，或是希望按自己的理想，赋予《红楼梦》故事一个更完美的结局，或是发挥自己的写作才能，把这个故事讲得更圆满。于是诸如《红楼圆梦》《补红楼梦》纷纷出版，为《红楼梦》再添一份光彩。遗憾的是，这些续作者们艺术水平、写作才能、思想深度均远不及曹雪芹，且深陷曹雪芹预设的窠臼无法自拔，不仅无法与《红楼梦》相企及，且大多不及高鹗续书，在当时就有“狗尾续貂”之讥。但是这些作者所希望的《红楼梦》人物都有圆满理想的结局，却是符合当时大众审美的，因而有不小的读者群，使得这些续书得以在漫长的岁月里不断再版，不断为读者接受，不断有人评价，且不断有人加入为《红楼梦》写续作的行列中。

到了近代，随着中西文化交流的发展，西方文化不断传入中国。近代出现的《红楼梦》续书和拟作，比乾嘉之时则显得更加多样化。续书作者除了按自己的理解续写《红楼梦》的故事外，有的则是借《红楼梦》的故事框架，抒发自己的社会理想；借《红楼梦》故事，浇自己块垒，如吴趼人的《新石头记》。还有的更是光怪陆离，把西方小说写作技巧运用到中国小说创作中来，如喻血轮的《林黛玉日记》。当代作家亦有续《红楼梦》者，他们把现代小说技巧与现代人对古代社会的理解融入《红楼梦》世界中，别有一番风采。

据统计，《红楼梦》续书大约有近百种，但其大部已经淹没在历史长河中。我们从中选择有可读性者约三十种，逐一点校出版，以飨读者。点校中，得到洛阳白河书斋晁氏藏书楼主晁会元先生大力支持，特此致谢！

敖　堃

2015年12月于南开大学

目录

第一回　逢旧仆往事怪迷离
睹新闻关心惊岁月

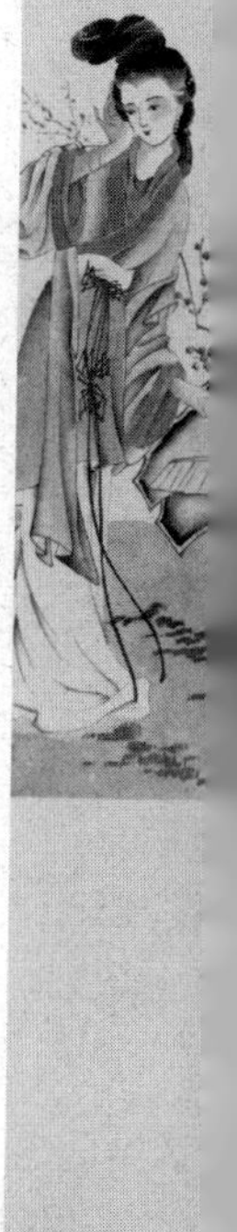

大凡一个人，无论创事业、撰文章，那出色当行的，必能独树一帜。倘若是傍人门户，便落了近日的一句新名词，叫做“倚赖性质”，并且无好事干出来的了。别的大事且不论，就是小说一端，亦是如此。不信，但看一部《西厢》，到了《惊梦》为止，后人续了四出，便被金圣叹骂了个不亦乐乎；有了一部《水浒传》，后来那些续《水浒》《荡寇志》，便落了后人批评；有了一部《西游记》，后来那一部《后西游》，差不多竟没有人知道。如此看来，何苦狗尾续貂，贻人笑话呢？此时，我又凭空撰出这部《新石头记》，不又成了画蛇添足么？自曹雪芹先生撰的《红楼梦》出版以来，后人又撰了多少续《红楼梦》：《红楼后梦》《红楼补梦》《绮楼重梦》……种种荒诞不经之言，不胜枚举。我这《新石头记》，岂不又犯了这个毛病吗？然而，据我想来，一个人提笔作文，总先有了一番意思。下笔的时候，他本来不是一定要人家赞赏的，不过自己随意所如，写写自家的怀抱罢了。至于后人的褒贬，本来与我无干。所以我也存了这个念头，就不避嫌疑，撰起这部《新石头记》来。看官们说他好也罢，丑也罢，左右我是听不见的。

闲话少提，言归正传。且说续撰《红楼梦》的人，每每托言林黛玉复生，写不尽的儿女私情。我何如只言贾宝玉不死，干了一番正经事业呢！虽然说得荒唐，未尝不可引人一笑。看官们，且听我诌上一个引子来：

定国安邦，好少年雄心何壮，弹丸大的乾坤，怎当得风云莽撞；三尺长的龙泉，却吐出万丈光芒。大好的日光、月光，只可惜隔着了二三百层魔和障，害得人热念如狂！害得人热念如狂！好头颅，没处商量安放，只剩得热泪千行，热血一腔，洒到东洋大海，翻作惊涛骇浪，猛回头，前事尽荒唐！甚的是文场、战场、名场、利场，算将来，不过是五千年的一本糊涂账。

且说那年贾宝玉带了贾兰去下场，等到三场完毕，出场时候，茫茫大士、渺渺真人，早在场外候着，要带他去归真返璞，所以贾兰一回头，便不见了他。须知他已经悟彻前因，一朝摆脱，所以任凭家中人等闹到马仰人翻，都是弃而不顾的了。大士、真人先引着他赶到昆陵驿，叫他别过了父亲贾政，然后把他送到大荒山青埂峰下，结了一个茅庵，叫他苦修起来。

从此又不知过了几世，历了几劫，总是心如槁木死灰，视千百年如一日。也是合当有事，这一天，贾宝玉忽然想起，当日女娲氏炼出五色石来，本是备作补天之用，那三万六千五百块都用了，单单遗下我未用。后来虽然通了灵，却只和那些女孩子鬼混了几年，未曾酬我这补天之愿，怎能够完了这个志向，我就化灰化烟，也是无怨的了。如此凡心一动，不觉心血来潮，慢慢的就热念如焚起来，把那前因后果尽都忘了，只想回家走一趟，以了此愿。却又自己想着已经做了和尚，剃了头发，这个尴尬样儿如何去得。非但父亲见了要动怒，就是姐妹们看了，也嫌我腌臜。不如耐过几时，蓄了头发再去罢。立定主意，就一天一天的养起头发来。说也奇怪，从前他苦修时，不知历了几世几劫，就如过了一日似的。如今要养起头发来。却一日比一年还难过。天天只盼头发长，那头发偏偏不肯长的快，恨得他每日在家长吁短叹。好容易捱了一年多，养得了尺把来长，将就可以辫起来了，心中十分欢喜，胡乱辫了。打开

包裹，看见那回穿进场的一套半新不旧俗家衣裳还在那里，就取来换了。又带上那块宝玉。无意中在衣袋里掏出一样东西来，取来一看，却是那年向紫鹃讨得的那一面小镜子，就拿来一照，觉得自家模样儿，依然如旧。于是整顿衣裳，出了茅庵，不辨东西南北行去。心中只盼遇见了人，可以问路，谁知尽着行去，偏偏一人不见。看看已经日落西山，也不知走了多少路，喜得脚力尚不见乏，回头看时，连青埂峰的影子也不见了。此处又不知是何所在，正在彷徨之际，猛抬头看见头上一块乌云，愈散愈大，不一会便洒下雨来。急得宝玉跺脚道："今番坑了我也，这里四面都没有人家，往那里躲一会儿呢？"没了主意，只得发脚乱跑。跑到前面，见着一个树林子，便急急的转入林子里去。他心中本望林子里或者有了个人家，可以躲避躲避。到得林子里时，抬头一望，虽然没有人家，却喜有一座破庙。宝玉此时如获至宝，连忙跑了进去，只见这庙山门已倒，门下势难避雨的了，只得跑到殿上去。

此时已是薄暮天气，这庙的四面，又围了些参天老树，把那殿上遮得黑魆魆的。宝玉来得匆忙，才跑至廊下时便踢了一件东西，绊了一跤。正要起来，忽的一声。脚下先站起一个人来，骂道："是那一个王八羔子没生眼睛的，踢你爷一脚！"宝玉正要向那人陪小心，忽听得他的声音，十分耳熟，不觉定睛仔细看了一看，那人也细细的打量宝玉一会，忽的走近一步，搂着宝玉道："哎呀！我的祖宗小爷，你也有出现的一日了！奴才该死！"原来此人不是别人，正是跟随宝玉的焙茗。宝玉大喜道，"你为甚走到这里来？这里是什么地方？"焙茗道："爷走了多少时，怎么还是这么着，自己走的什么地方，还不知道？"一面说着，往外望了一望。在这半光半黑之中，瞥见那东倒西歪的山门，不觉大惊道："不好了，我睡糊涂了，怎么叫人家弄到这个所在来。二爷，此刻是什么时候了呢？"宝玉道："好糊涂小子，怎么连时候都睡忘了，此刻不是黄昏时分了么？"焙茗道："不好了，我昨夜睡的很早，怎么把今儿一天都睡过去了，眼见得这是个破庙，没有人的了，怎么弄个火来才好。”想了想，喜得火镰包还在身边，掏了出来，拿起火石乱打，迸了许多火星，只是那火绒燃不着。心中焦躁，不免四下里去摸索，摸到东边，得了一扇小门。推门进去，原来里面另是一个院落，还有两间小屋，屋里射出光来。焙茗喜道：“有了人了。”便跨进屋里去。只见一个老道士，蹲在地下烧火。抬起头来，看见焙茗，吓得“呀”的一声，躲到角子里去，口中不住的叫菩萨。焙茗诧道：“我好好的人，怎么叫起菩萨来。”那道士道：“你不是倒在廊下的仙童像么？”焙茗没做理会。忽闻得那锅里透出一股粥香，骤觉得饥火中烧，巴不得拿来就吃。忽想起宝玉此时想也饿了，不如请了进来，同那道士要一碗吃，胡乱混过今夜再说。想罢出来，请了宝玉，一同进去。

刚走到小门时，忽见一个人从里面出来，擦身而过，一溜烟如飞的往外就跑。宝玉吃了一惊也，不知道是什么原故。跟了焙茗到了那屋里，焙茗看时，那道士已不见了。走到里间一看，也是无人。宝玉此时有了灯光。看了焙茗一眼，吓了一跳道：“你这小子，怎么闹的这个腌臜样儿？”焙茗道：“腌臜么？”宝玉取出那小镜子，叫他去照。焙茗照了，只见脸上的尘垢积了有一分多厚，自己也觉得吃惊好笑。连忙放下镜子，四面去找脸盆手巾，又去找着了水缸，也不管冷热，洗刷了一回。觉得身上也都是尘土，只得脱下衣裳去抖，一面骂道：“是那个八羔子作弄我的。”抖过了穿上，方找出碗箸来洗过，盛了一碗粥，伏侍宝玉吃。宝玉吃了一碗，便不吃了。又问：“这粥是那里来的？”焙茗道：“爷别管，吃了再说。”宝玉又问：“这里到底是什么地方？”焙茗此时饿的了不得，一面盛粥吃，一面说道：“自从爷不见了，家里的人，闹了个鸡飞狗走。上头呢，自太太起没有一个不是哭的。我们底下的人，是天天在外头寻找。后来放了榜，爷中了第七名举人。”说到这里，忽道：“是呀，还没给老爷道喜呢。”说着连忙磕了一个头。起来又说道：“那时候闹的皇帝也知道了，下了旨意，叫各衙门一起访寻，仍然没有音信。又到后来老爷回来了，说在昆陵驿遇见爷，已经出家了。太太起先信了，后来想想又不信，说是老爷遇见这和尚时，并没有当面说着话，恐怕是眼花了，认错了人。于是又叫找寻起来，京里是找遍了，近京一带也找遍了。又派人分头到南边来找，我派到金陵。因为恐怕爷一时高兴，回南边府第住几时，故叫我来了。我入了金陵境内，天色已晚，离城区还有十多里，恐怕赶不上城门，所以到了一个什么玉霄宫投宿。那玉霄宫，金碧辉煌，十分显焕，有一百多道士。他们就留我在厢房住宿。不知怎么一睡就睡到这个时候，又怎么睡到这里来。那我可糊涂了。”一面说，一面吃完了粥。宝玉也是怔怔的莫名其妙，问道：“这个粥又是谁的，怎么这里没一个人？”焙茗道：“爷且别问这个。这里面有铺，且进去胡乱睡一宿，明日好进城，回自己府第里去。”宝玉依言，焙茗便拿了灯进来，宝玉来到里间，只见窗下放着一个方桌，桌上横七竖八摆了几本书，就坐在旁边，顺手取过一本书来，要想坐着看书解闷。翻开来一看，是一本《封神榜》，放过不看。又取过一本，却是《绿野仙踪》，这些书都没有看头。又见那边用字纸包着几本书，取过来打开一看，却是些经卷。觉得包书的字纸，甚是古怪，摊开一看，上面横列着“新闻”两个字。闻字旁边破了一个窟窿，似乎还有一个字，却不知他应该是个什么字了。底下却是些小字，细细看去，是一篇论说。看到后面，又列着许多新闻时事，不觉暗暗纳闷。拿了这张纸，翻来覆去的看了又看，也有可解的，也有不可解的，再翻回来，猛看见第一行上，是：大清光绪二十六年某月某日，即西历一千九百零一年某月某日，礼拜日。不觉吃了一大惊。要知惊的是什么，且听下回分解。

第二回　入尘寰初进石头城
怀往事闷看红楼梦

且说宝玉拿了那张字纸儿只管发怔，暗想道：我离了家到底有多少日子了呢？据这张字纸儿看来，一定是同那“京报”一般的东西。不过他不是专载阁抄，把外头的时事也载上的，自然也是按天出一张的了。看他这年月，竟然是自我离家之后，国号也改了。只恨我在那里混修之时，糊里糊涂，不曾记着日子。看他那年月底下，还有什么一千九百零一年，这更不可解了。正在这里想着，只见焙茗笑嘻嘻进来道：“爷请看，这是个什么玩意儿。”说罢，递过一个小匣儿。宝玉接来一看，是个黄纸糊的，小匣子上面横写着“燮昌”两个字，反面是画的细细致致的一幅小画儿。要待打开他看时。却是没有盖子的。四面翻转看了一遍，原来是个套匣。便把他推开一看。里面装着好些小枝儿，一头还有一点红红儿的东西。便还了焙茗道：“这不过是小孩子玩的罢了。”焙茗接过来，取出一根细细的去看，口内自言自语道：“怎么个玩法呢？”说罢，拿起来把那红点子对着灯头上去烧，谁知才对到火上去，便“豁”的一声着了，倒把二人吓了一跳。宝玉道：“别弄了，管是个惹火的。”焙茗那里肯听，便道：“这一点点的小头，燃着了，那火就那么大。我们把他一根根的都取下来，凑在一处，拿到院子里，放个火球儿玩。”一面说，一面找了个钉儿，蹲在地下，把那小枝都倒了出来，去刮那红点子。刮下了两个，再刮第三个时。不知怎的，“啪”的一声，那红点子自己着了。焙茗又惊又喜，宝玉也歪在旁边看见，说道：“快别弄，拿来我看。”焙茗把小支儿递上。宝玉道：“匣子呢?”焙茗递了来。宝玉再看一遍，对焙茗道：“你看这套匣边上，这一面粗得很，像是沙子做的。”那上面有几路红印子，不定这东西在这上面一擦就有火了。你试擦一根看。”焙茗果然拿起一根，擦了一擦，却把支儿擦断了，宝玉道：“蠢才，轻点子呢!”焙茗再拿了一根，往上轻轻的划。划了两下，没有动静，再划重时，又怕断了。宝玉道：“太轻了。”焙茗又划了一下，果然“啪”的一声着了。焙茗大喜道：“二爷真是圣明，叫奴才一辈子也不知道这么一来，就会着了呢。”宝玉道：“快收起来罢！这是取火的东西。可轻着点，别碰了他。你看刚才把钉子刮了他，也刮出火来呢!”焙茗一面收拾，一面道：“这个取火，比着火镰包儿灵便多了。这回有了这个，不要那个了。”宝玉拾起一根着过的，仔细看了一看，只是那红点子烧成了炭，取起那套匣来，划了一下，便断了。想道：一根只能取一回火，能多取几回就更好了。只见焙茗收拾起来，便道：“二爷请睡罢。明儿家去，我还要赶回京去报喜信呢。”宝玉道：“我就在这上胡乱睡了。你呢?”焙茗道：“爷别费心，我有睡的地方。”宝玉便和衣躺下。焙茗道：“好歹脱了睡，小心着凉呀。”宝玉道：“此刻我不比前头，不拘什么都可以将就得。身体也好，不至于着凉的。”焙茗将门闭上，取了几把椅子，拼摆在门口，便躺下去宝玉道：“怎么这等睡法?”焙茗道：“怕爷再跑了，奴才可担不起呢!”宝玉笑道：“你放心，我再不跑了。”一宿无话。

次日黎明，宝玉醒了，叫起焙茗，到外间炉子上去烧了点热水，胡乱洗过脸，主仆两个，便出门上路。仍从小门出去，外面原来是三间正殿，却是剥落一堪，两廊多已倒了，两旁神像，也是七歪八倒。出得山门，回头看时，那敕建玉霄宫的匾，还歪歪的在上面未掉下来。焙茗此时只觉得心神恍惚，想着：我投宿的玉霄宫，明明是一所雕梁画栋的，怎么一觉睡醒，却换了这个模样。一路上疑惑不定。宝玉是因为看了那张字纸儿的年月，心下也十分疑惑，又不知此处是什么地方，只得信步行走。

走了四五里路，走到一个小小村庄，见一个老儿，正携了农具行来。焙茗便向前问道："请教老丈，我们到金陵城里去，从那里走？这里是什么地方？"那老儿道："这里叫做'无为村'，也是金陵管辖。你们要进城，只往东去，不上十里，就到了。"焙茗谢过老儿，同着宝玉向东而去。慢慢的有了人家起来。一时进了城，宝玉道："城是进了，那里是咱们家呢？"焙茗道："爷放心，咱们家是赫赫侯门，一问就知道了。"说罢，便拉着一个走路的人，问他："荣国府在那里？"那人回说："不知道。"焙茗又向别人去问，一连问了五六个人，没有一个知道的。宝玉道："这些走路的人，那里知道。你倒是到店铺里去问问罢。"焙茗依言，问了几家店铺，也是不知道。宝玉不觉纳闷，暗想道：这里莫非不是金陵，是我们走错了路么？焙茗道："走了半天也乏了，爷看见那茶馆么？多少人在那里吃茶呢。爷何不进去喝碗茶，歇歇再走。"宝玉点头应允。

拣了一家洁净茶馆进去，拣了个座，焙茗另在一边拣座儿坐了，茶博士泡上茶来，宝玉慢慢的品茶。因想焙茗问了半天，没有一个人知道，总是他口齿不伶俐之故。自己在街上又不好逢去问，此时正好借吃茶为名，得便时亲自问人。坐了一会，只见隔座上又来了一位茶客，举止斯文，暗想：这个人，或可以知道，不妨试问一声。因立起来，对那人拱拱手，问道："失路之人，请问一声，不知老兄可肯指教？"那人也连忙起来招呼，一面说道："这问路的事，是知道的无有不说，何消多礼。"宝玉道："我要到荣国府，不知从那条街上去。"那人听说，把宝玉上下打量一番，说道："老兄想是从来未曾出过门，这句话问的似乎错了些。"宝玉道："此话怎讲？"那人道："我只知有一个宁国府，却不知有甚荣国府。"宝玉喜道："这就好了，你只要告诉我宁国府，我自然可以找到荣国府。"那人又道："这更奇了，怎么到了宁国府，就可以找到荣国府呢？”宝玉道：“老兄不知道，我们本是一家，先趁了轮船到芜湖，然后或雇民船，或雇牲口，自然可以走到。怎么在这里南京地方就问起来呢？须知道宁国府是安徽所属的呀！”宝玉听了，怔怔的说：“我不是问那个宁国府，我问的是宁国公，荣国公的府第。”那人摇头道：“不知道，不知道。”宝玉还未答言，焙茗在旁插嘴道：“爷别理他。咱们贾家的门第，南京、北京，那个不知道的。他既然不知道，一定是个村汉子，再问也没用。”那人听了，也不做理会。焙茗又自言自语的道：“像刘姥姥，他还是个女人，也会找到咱们家去。咱们南边的府第，自然也不输给别人，就没有人知道，可也是一桩怪事。”那人听了，怔怔的看了宝玉一眼，又看看焙茗，回头向宝玉道：“你们说些什么？”宝玉道：“没说什么说，你老兄既然不知道，便罢了，我回来问别人。”那人道：“刚才听你们说的莫不是要问那《红楼梦》上贾宝玉他家么？”宝玉欢喜道：“正是，正是！但是什么‘《红楼梦》’我可不懂。”那人道：“你可是看小说看呆了。”又笑道：“你要问他家，还是要看贾宝玉呢？还是要看林黛玉呢？”宝玉道：“只我便是贾宝玉。”焙茗在旁插嘴道：“我们二爷现在当面，你为甚提名叫姓的起来！好没道理。”那人怔了一怔，指着焙茗问道：“他又是谁？”宝玉道：“他是我身边的小厮焙茗。”那人抬头看了看天，又揉了揉眼睛，道：“不好了！我今日不是见了鬼，便是遇了疯子了。”正说着，那边又来了一个少年，那人见了，便招呼入座，说道：“我常说你们年轻人，不要只管看小说，果然有看小说看出笑话来了。前头我看见一部什么笔记，上面载着一条，说是又有了《西厢记》思慕双文颜色，致成相思病的。我还当他不过设言劝世的罢了，谁知……”说到这里，用手指着宝玉，道：“这个人竟自称是贾宝玉起来，口口声声只问什么荣国府、宁国府。你道不是看《红楼梦》看疯了的么？”那人只管高谈阔论，引的旁边吃茶的人，一个个都围过来，对着宝玉观看。看得宝玉没意思，讪讪的起来，叫焙茗开了茶钱，走出了茶馆。

因对焙茗说道:“我本来就有点恍惚,听了那人的话,越发恍惚的加了一倍。看来,我们家是一时找不着的了。不如先找个下处,再商量罢。”说着二人找了一家客寓,拣了个洁净房间住下,还要张罗置备行李。焙茗先到里间,铺设好了宝玉的卧榻,然后自家把外面半间收拾起来。宝玉叫焙茗出去,买点纸、笔、墨之类,回来应用,焙茗答应了出去。

一会儿买了些文房四宝回来,又顺带买了些茗碗茶铛之属。宝玉在家时,享尽了膏粱文绣、粉腻脂香之福,出家时非但与木石居,与鹿豕游,并且是耳无闻、目无见的。不知过了几世,历了几劫。此时看见外面粗使的东西,却也小巧玲珑,不觉把玩了一番。忽又想起在茶馆里遇见那人,说什么“红楼梦”,想是一部小说。他又说我看《红楼梦》看疯了,所以自称贾宝玉。我明明是贾宝玉,我何尝知道什么《红楼梦》!想当年,我和甄宝玉同了名字,同了相貌,已是奇事,难道那《红楼梦》上,竟有和我同姓同名的么?倒不可不看看他内中是个什么情形。想罢,便提笔写了“红楼梦”三个字,叫焙茗到书坊里去买。不多一会,买了回来。宝玉见有一尺来高的一部书,也不及细看全文,先取了第一本,要看个回目。谁知却是一本图画。见了那些人名,先就暗暗称奇,胡乱翻了一遍,翻到末后,才是回目。便逐回的细看,心中又是惊疑,又纳闷。逐回看过了,才看正文。一心只想看贾宝玉的事,那不相干的闲文,便胡乱看过,只拣要紧的去看。越看越是心神不定。看了书上事迹,回想起来,有如隔世;拿着书上的事迹,印证我今日的境遇,还似做梦。不觉越看越想,越想越看,那心神越觉惝恍。忽见焙茗笑嘻嘻的进来道:“爷猜这东西值得多少钱呢?”不知焙茗拿来的是什么东西,且听下回分解。

第三回　听芳名惊心增惝恍
尝西菜满腹诧离奇

却说宝玉正在彷徨彷彿，忽见焙茗走进来，手里拿着在庙里看见这黄纸匣儿，笑着要宝玉猜值多少钱。宝玉并不理他，只管出神。出了一会神，又去看书。焙茗不敢多说话，站了一会，即退出去。宝玉还是一面出神，一面看书，巴不得一时之间，把全书看完才好。所以看得废寝忘餐，犹如赶功课一般。比从前赶功课应付他父亲时还利害。看了两个半天，一个全夜。把全部看完了，还在那里呆着脸出神，不茶不饭。吓得焙茗没了主意，只道他从前那个呆性发作，不然就是犯了那回失了宝玉的毛病了。此时姑娘们没有一个在他身边，这便如何是好？一连几天都是如此，心中益发没了主意。只得忙着到外头去打听荣国府。差不多把一个南京城里都找遍了，却那里有个影子？一日，便来回宝玉说道："咱们住在这里，终久不是个事，不如且回南京里去。老爷太太也盼望狠了，奴才的初意，本想找到这南边府里，多派几个人送爷进京。此刻既然找不着，只得就是奴才一个人伏侍爷的了。"宝玉道："我心中恍惚得狠，就像没了主的一般，只怕进京也见不着众人的了。"焙茗道："爷为甚说这不吉利的话？爷这回进京，老爷太太不知欢喜得怎样才好呢。奴才在二门上，听得里面老婆子说，爷出门的时候，二奶奶已经有了喜了。这回不定早已生下小爷了，爷这回进京还要准备着当老子呢?”宝玉啐了他一口,道:“少嚼你的舌根。你到帐房里叫他们代雇个牲口,或雇个船,进京罢。”焙茗答应着去了。

不一会,带了客寓帐房的人来,焙茗先回道:“回爷的话,他们说进京去,用不着牲口、船只呢!”只见账房的人道:“老爷们想是内地里来,不知道这沿江沿海的风气。此时进京用不着按站走的了,只要趁了轮船,先到上海,由上海再趁轮船到天津。由天津进京是有火车的。跨上车子,不一刻儿就到了京了。方才贵管家来说要雇牲口,或雇船只,这不是舍逸就劳,舍易就难了么?”宝玉道:“不知这轮船有多大,坐多少人?”账房的人道:“我也说不出它有多大,每回的搭喜,大约总有好几百人。”焙茗连忙说道:“罢,罢,快别说了!凭他多大的船,坐了几百人,不要挤死了么?我们爷挤不惯。”账房的人道:“管家有所不知,要是坐统舱呢,那是说不定要挤的。坐了房舱,就好得多了。倘是坐了官舱,那是比在家里还舒服。一样的有客堂起坐的地方,饭菜也好,船上买办也来招呼,闲人是不能进去的。倘若是爱清净的,那就坐了大菜间,吃的是外国大菜,一路上有细崽招呼。只怕在家里,也没有这等舒服呢。”宝玉又问:“轮船是几时造出来的,什么叫做买办?什么叫做细崽?”帐房的人暗想:纵然没有见过,也该听人说过了,这两个人莫非都是呆子?只得把轮船的来历,及买办、细崽的职役,略略告诉一遍。焙茗道:“我却不信,那么大的船,只怕撑篙打桨的人,也要用好几百名呢。”账房的人道:“它是用机器驶的。要用人撑篙打桨,也不叫轮船了。”宝玉暗想:从前我怡红院中,有一个小小的西洋自行船,不过是个陈设的玩意罢了。并且虽有自行之名,却不能行动。此刻怎么闹出这么大的来了?不要管他,且坐他一回,左右长长见识也好。想定了,便对账房的人道:“那么说,我们就坐轮船罢。但不知可有一直到天津的轮船没有?要是有就更好了。”账房的人道:“没有的,总得要先到上海。但不知你还是要坐房舱,还是要坐官舱?”宝玉道:“你说的什么大菜间最好。我们就坐那个。”账房的人答应了，问几时走。宝玉道：“那轮船可是天天赶来回吗？”账房的人道：“那里能够！不过，天天总有船就是了。随便那天，都可以走得。”宝玉道：“那么，就明天走罢。”账房的人，又问了到上海住什么地方，有人招呼没有？又说：“我们同上海长发栈是通的，如果要住时，这里有人招呼。”又应酬了几句，方才别去。

闲话少表，且说到了明天，宝玉准备起身。焙茗收拾过行李，吃过早饭，雇了一匹牲口，宝玉骑了，焙茗跟着，又雇人挑着行李，一行人出城，来至江边。这天恰好是招商局的下水船，就先到招商局趸船上歇下，开了个房间，坐着等候。客寓里派有伙友来招呼。一会儿听见外面人说：“到了，到了。”宝玉走出房门，倚在栏杆上眺望。只见远远的一缕浓烟，烟下是一只船，缓缓而来。不多一刻，就走近了。宝玉向那客寓伙友道：“我们就坐在这个船上么？”伙友道：“正是。”说着，那船更走的近了。船边现出“江宽”两个大字来。宝玉道：“这两个字是什么意思呢？”伙友道：“这就是这个船的名儿。”宝玉暗想：船也有个名字，真是闻所未闻了。一面想着，只见那船一直过去，并不像是要靠拢来的样子。暗想：这是什么意思呢？谁知那船走下了好些路，方才绕一个大圈，回过头来，渐行渐近，一会就靠到趸船旁边来了。登时人声嘈杂起来，伙友招呼了行李，带了宝玉、焙茗，跟着在人丛大挤了过去，上了一层楼梯，进了大菜间，点交了行李，便匆匆的去了。一会又带了一个人来道：“这是我们寓里的伙计，专在船上招呼客人的。到了上海时，只要把行李交给他，没有误事的。”宝玉便问那人贵姓，那人道：“敝姓包，因为招呼得客人，颇为妥当，多承客人们送我一个绰号，叫做‘包妥当’。有事时，只叫人到统舱里去叫我就是了。”说着，送来的伙友便辞了去。

一会儿，船开行了。宝玉走出舱面，要望江景，只见船上所有之物，都是生平未曾经见的。那包妥当在旁边扯七扯八的和宝玉谈天。宝玉便指着那不曾见过的东西去问他，如舢板、太平水桶、

救命圈、转舵机器之类，一一都问了。又到机器舱的窗上望了半天。觉得乏了，便回房歇息。因为一个人闷得慌，便拉了包妥当来谈，问问上海风景。包妥当见宝玉翩翩年少，打量是个风流人物，便把上海的繁华富丽，有的没的，说了一大套。慢慢的又说到风月场中去，说上海的姑娘最有名气的是“四大金刚”。宝玉笑道：“不过几个粉头，怎么叫起他金刚来呢？”包妥当道：“我也不懂，不过大家都是这么叫，我也这么叫罢了。这‘四大金刚’之中，头一个是林黛玉。”宝玉猛然听了这话，犹如天雷击顶一般，觉得耳边轰的一声，登时出了一身汗，呆呆的坐在那里出神。包妥当还在那里滔滔而谈。后来见宝玉出神，以为他冷淡了，便搭讪着辞了出来。这里宝玉被他一句话，只闹得神魂无定，心中不知要怎样才好。又是气忿，又是疑心。气忿的是林黛玉冰清玉洁的一个人为什么忽然起这个勾当来？疑心的是记得林黛玉明明死了的，何以还在世上？莫非那年他们弄个空棺材来骗我，说是死了，却暗暗的送他回南边去了不成？心里左想也不是，右想也不是，不禁烦躁起来。

烦躁了一会，方欲出去望望，只见一个小子捧了一个方盘子来，在盘子里拿出几样东西，摆在桌上，说是请吃饭。宝玉走至桌边坐下一看，只见摆着一个白瓷盘子，盛了半盘汤，一把银白铜匙，还有两片松糕似的东西。前面一个白铜架子，放着几个玻璃瓶儿。宝玉只管看着他出神，真是莫名甚妙。呆了一会，拿起铜匙来，喝了两口汤，觉得味儿还好。便一口一口的喝下去。一面喝着，暗想：这个只怕就是什么外国大菜了。然而为什么却拿盘子来盛汤？真是千古奇闻的事。想来他们的酱小菜，倒要用碗盛的了。不知不觉喝了一半，放下铜匙，那小子便过来收了去。宝玉又觉得奇怪，饭还没有拿来，为甚倒把汤拿去了呢？并且没有第二样菜，真是奇绝。正这么想着，那小子又拿一个盘来放下，又放下一把小刀，一把铜叉。这铜叉的形象，也是说不出来的古怪。再看那盘里时，却是一块鱼浇上些似汤非汤、似汁非汁的东西，颜色倒是雪白。

又没个筷儿,正不知如何吃法,难道把这叉子叉着,往嘴里送么?旁边那细崽见他发怔,便走近一步,指着玻璃瓶道:“这是辣酱油,这是鱼油。”宝玉道:“你给我舀上些。”那细崽果然代他舀上些。宝玉便拿起叉来,叉了一块吃了。觉得还便当,便只管叉着吃,吃完了又搀上一盘。宝玉此时却明白了,一刀一叉的运用起来。吃过七八样,细崽收了。送上一杯茶,却用一个小瓷盘托着,还有一把小茶匙。瓷盘里有两块雪白的东西,方方儿的,比骰子大好些,看了也不懂。拿起茶来呷了一口,皱眉道:“太酽了,涩了。”细崽又递过一个小瓷瓶儿,问道:“吃牛奶么?”宝玉点点头。又问:“要糖么?”宝玉也点点头。只见那细崽把那两块白方的东西丢在茶里,拿茶匙调了几下,便都化了。宝玉才知道那个是糖。细崽调罢了,又搀上牛奶。宝玉再呷一口,便觉不涩了,慢慢的呷完,细崽收了去,又来收拾桌子。宝玉暗想道:吃大菜,原来是这个样子的,但是吃了半天却一颗饭也没有。那两块松糕似的,不知是什么东西,我却没有动他。此时吃饱了,不免到外面去走动走动。只见包妥当笑嘻嘻的走来问道:“你老人家用过饭了么?”宝玉道:“吃过了。你呢?”包妥当道:“偏过了。”宝玉道:“你们统舱里吃什么饭?”包妥当道:“不瞒你老人家说,我承这里账房几位先生照应,是在账房吃的饭,还算好。在统舱里吃饭,实不像样呢。茶房们扛了一木桶饭来,众人便过来抢吃,也有拿脸盆盛饭的,也有拿筐子盛饭的,又没有菜,要吃菜时,要自家随身带来。你老人家出门的日子少,见的也少。我们常来常往,是见惯的了。你老人家吃的大菜好么?这里的外国大司务,是宁波人,做得好菜。管事的姓李,招呼很好的。你老人家过他么?”这包妥当只管滔滔不断的信口开合,猛不提防,头上“呜呜”的一声怪响,倒把宝玉吓下一跳。要知是什么声响,且听下回分解。

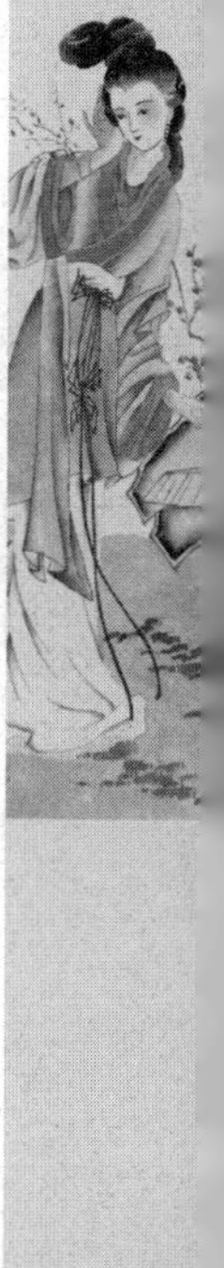

第四回　慧神瑛下问启新知
呆霸王酣酒呈故态

却说宝玉正和包妥当说的高兴，猛听得头上“呜呜”的一声怪响，吓了一跳。包妥当道：“到了镇江了。”宝玉正要问时，又听得“呜呜”的响了两下。宝玉道：“这是什么东西在那里叫唤？”包妥当笑道：“这是放的汽筒，因为到了码头，招呼前面小船让路，以免碰撞之意。”宝玉这才明白。包妥当又指给他看，这边是焦山，那里是金山。此时已经入黑天气，远望镇江万家灯火。一会儿靠了趸船，就听下面人声鼎沸起来。宝玉回头忽见自己住房亮了，说道：“没看见人进去，这个灯是谁点的？”包妥当笑道：“这是电气灯，不用人点，自亮自灭的。外国人真是巧心思，这都是他们做出来的。”宝玉道：“正是，我要问你，刚才我看见两个人，那打得异样的，不必说了；那副面目也很奇怪，黄头发，黄胡子，绿眼珠子的，可是外国人？”包妥当道：“正是。”宝玉道：“我从前看见那瓷做的西洋小孩子，就是这个样儿，却是身上多了两个翅膀。我就想人断没有长出翅膀的道理。此刻我见那两个，想来也是西洋人了。他们到底有翅膀么？”包妥当道：“哪里人会长出翅膀来呢。不过他们画的画儿，多有画出翅膀的，听说那个还是他们的菩萨呢！”宝玉笑了笑又道：“那两个外国人在船上做什么？”包妥当道：“这是驶船的。还不止两个呢！总共有五六个。”宝玉道：“这个船是外国人的么？”包妥当道:“这是招商局的船,是中国的。还有那‘怡和’‘太古’两家,便是外国的了。”宝玉道:“既是中国的船,为甚要用外国人驶?”包妥当道:“中国人不会驶呢。”宝玉摇头道:“没有的话!外国人也不多两个眼睛,也不多两条膀子,有什么不会的?不学罢了。”包妥当道:“只怕心眼儿不及他呢。”宝玉道:“但凡是个人,心眼儿总是一样的。不过有一种人被一种嗜好迷住,不得开罢了。还有孔子说的:‘人一能之,己百之;人十能之,己千之。’那里有不会的学问呢?咱们不赶早学会了,万一他们和咱们不对起来,撒手不干了,那就怎么好呢?这么大的船,不成了废物了么?”

正说着时,只见焙茗笑嘻嘻的走过来,递一个小匣给宝玉道:“这又是一个样儿的,比咱们头回看见那个大些。头回那个,三个钱一匣,这个要化四文。我才在底下买的,给爷瞧。”包妥当一看,原来是一匣猴牌洋火。便笑对焙茗道:“这是洋火呀!你没见过么?”焙茗道:“我头看见的匣子,比这个小,那小棍上,是粘着红点子的。”宝玉道:“你擦一支瞧。”焙茗擦了一支。宝玉道:“这个擦起来不响,着得比那个快。”又问包妥当道:“这东西也是外国人做的么?”包妥当道:“从前是外国来的,这个是日本来的。听说还是中国人在那边创造起来的。此刻算他最好,销路也大。有人说,他一个礼拜要造一万箱,每箱可以赚一元银呢。”宝玉道:“一箱有多少呢?”包妥当道:“这可考住我了,多少我不得而知。那箱子大约有半个八仙桌子大罢咧。”宝玉道:“那个小匣子的呢?”包妥当道:“那是上海做的。有‘燮昌’‘华昌’‘烈昌’好几个牌子呢。”宝玉道:“是中国人做的,还是外国人的呢?”包妥当道:“是中国人做的。此刻汉口、湖南,也有人做了。”宝玉拍手道:“是不是呢!我说没有不会的事情。这么个小巧东西也会了,那驶舱那里有不会的?房里去坐罢!这会有点冷了。”此时船已开行,两个同到房里,又谈了一会,包妥当别去。一宿无话。

次日清早起来,洗过脸,细崽送过一杯茶,又是两片松糕似的东西，旁边抹上一块黄澄澄的像是猪油；又是一个盘子放着两片火腿，两个半生熟的鸡蛋。宝玉不像昨天那样忐忑了，拿起刀叉吃了，又喝了茶。又出来闲望一回。包妥当又走了来说道："你老人家起来的好早！这回船走的快，上十点钟就好到上海了。"又闲谈了一会。又带着宝玉到下会房舱、统舱各处看一遍，仍复上来。

不一会，已到吴淞口。包妥当按着旗式指给宝玉瞧："这是英国兵船，这法国兵船。"宝玉吃惊道："这么大的兵船，怎么打仗呢？"包妥当道："利害着呢！我没见过。听见说，那种大炮放起来，打好几十里呢。"宝玉道："他们的兵船，为什么放到咱们家来，难道咱们打仗么？"包妥当道："上海是通商码头，各国商人都有，这是他们放来保护商人的。"宝玉道："咱们自己有兵船么？"包妥当又指着两道："这是'海筹'，这是'海容'，都是中国的。"宝玉道："那兵船也同这个一样用机器驶的么？"包妥当道："是。"宝玉道："那管驶船的也是外国人么？"包妥当道："不，那是中国人。"宝玉道："是不是呢？你昨儿说中国人心眼不及外国人，学不了这个。怎么兵船又是中国人驶的呢？但是这个船怎么要用外国人驶，我可不懂了。"包妥当道："是，是。你老人家明见。"

宝玉沿路眺望，包妥当一一指点，道："那里是纱厂，那里是布局，那里是自来水厂。"正说着，只见一缕浓烟，远远的如飞过去。包妥当道："那是火车。"宝玉道："也是用机器驶的么？"包妥当道："是。"宝玉拍手笑道："果然，我到了船上来，就想着水上有了这种船，陆上也应该有这种车才对呢。"

谈谈说说，船已傍了码头。包妥当代招呼着行李，雇了东洋车，送宝玉主仆两个到了长发栈。拣了个洁净房间，焙茗铺设好了，自在外半间安息。一个茶房开上饭来吃过。包妥当进来道："你老人家要多住一两天了，这两天没有天津船开。有一只'保定'，要到大后天才开呢。"宝玉道："怎么把个地名做了船名？这倒别致。"包妥当道："'太古'的船，都是取的地名。"宝玉道："你昨天不说‘太古’是外国人的么?”包妥当道:“是。”宝玉道:“招商局有船到天津吗?”包妥当道:“有。”宝玉道:“但不知几时才开,我坐中国的船。”包妥当道:“好,好,那么你老人家就等‘新裕’罢。‘新裕’这个船是天字第一号的好船。现任两广总督李鸿章李中堂还赞他呢。你老人家索性等他罢。在这里上海多玩两天也好。对不住,我还有点小事,少陪了。”说着告辞去了。

剩了宝玉一人,独在内房,甚是寂寞,要想出去逛逛,又苦于不识路。无可解闷,只得又拿起《红楼梦》来看。把头回不甚经意的地方,都补看了。但是,不看犹可,一看了便心神彷佛,犹如做梦一般,自家也说不出那个情景来,闷闷昏昏的过了一天。

吃过晚饭,掌上灯,躺了一会。只听得街上仍是车马纷驰,闹的睡不着。正在无聊之时,忽听隔壁房内一阵跺脚、拍桌子的声音,又听得有人大骂:“忘八羔子!瞎了你娘的眼睛,洒了你爷一脚的开水。”听得这声口好熟,好像是个熟人。然而仔细想想,生平却没有这么一个撒村的朋友。忽又听得一阵大骂,一阵脚步声响。连忙起来,走到外间,只见焙茗已在门口观看。宝玉看时,那跑的人已经跑过了。却是一个茶房在头里跑,一个赶着要打。焙茗道:“这赶的人十分面善,不知是那一位爷,却想不起来。”宝玉道:“就是我也听得声音很熟,只是一时想不起来。赶出来看时,他又跑出去了。”焙茗想了一想道:“哦,是了!是薛大爷。”宝玉听见,便往外去看。走到楼梯旁边,只见一个人,按着一个茶房乱打。仔细一看,正是薛蟠。因叫道:“不要打了!有故人奉访。”薛蟠抬头一看,怔了一怔道:“咦,宝兄弟,你也跑上海来了?好,好,咱们违教好久了。”一面说,一面过来拉手。宝玉觉得他满面醉容,说起话来酒气扑人,知他又喝醉了,拉着他到自己房里。焙茗迎面请了个安。薛蟠笑嘻嘻的道:“好,好小子,还跟你二爷呢。”走到里间,抬头一看,又怔了一怔道:”宝兄弟,几年不见,你怎么寒素起来了?这屋里一点儿陈设都没有,怎么住得下!我可不坐了。来,来,你到我那边瞧瞧去。”不由分说，拉了宝玉就走。

走到隔壁房里。只见满眼红光。原来四壁用大红底金花的花纸糊了。墙上挂着穿衣镜、自鸣钟，桌子上摆了许多不大认识的东西。薛蟠让宝玉在床上坐下。宝玉看那床时，又是不曾经见的，用细圆竿儿支起来，那帐也另是一个样子。宝玉坐下，因问道：“好多日子不见了，是几时来的？”薛蟠道：“我还没问你呢。你老子都说你做了和尚了，怎么又跑到这里来？你到底做了几年和尚，几时还的俗？”宝玉道：“我何尝做几年和尚！不过打了一会儿的坐，就想着家，要回去。偏偏辫子没了，所以养了一年多发才出来。偏又走错了路，走到南京去，亏得在那里碰见了焙茗。昨天动身，今天到的。这个就是我的经历了。”薛蟠道：“好奇怪！我自从闹事之后，就没见着你了。后来遇赦回来，没有过得几天，就和我妈拌了嘴，是我赌了气，约了几个朋友带了酒菜，到锦秋墩去逛陶然亭。谁知吃醉了，就在那里睡着。也不知睡了多少时侯，及至醒来，却是倾盆大雨。那些朋友都不见了，却另有一伙人在那里避雨。那雨又下个不止，慢慢的就同那一伙人说起话来。谁知他们都是到南边办货的。我回头一想，我和妈赌气出门时，便打算不回家去，所以把几十两金子，百把颗珠子，带在身边。此时正合我意，就和那行人打伙儿出京。好奇怪的事，我只睡了一觉，不知什么时候做出了那个什么火车儿，机灵得很，跨上去坐了。吱溜的一下儿，就到了天津卫。还坐了什么火轮船，三天就到了上海。这个地方好得很，我这两年，贩些货，很赚钱。只有前面贩些书，折了本。此刻的书，还没销完呢。”宝玉听到这里，忽然想起一件事来，道：“我拿一样东西给你看，你等一等。”说着去了。不知宝玉要拿甚东西给薛蟠看，且听下回分解。

第五回　求知识拟借新书　瞎忧愁纵谈洋货

却说薛蟠见宝玉匆匆去了，只当他拿什么好东西去，等了一会，只见宝玉来了，焙茗跟着，捧了一函书放下。宝玉抽出一本道："你看这部奇怪么？"薛蟠接过，只看了一看，便往桌上一撂，道："这个怄人的东西，你也拿来怄我了，只怕你也不见得好看。"宝玉道："我看了他，就要精神彷彿起来。想着又像是隔世的事；再想想，又像昨天的事；再看看他，就犹如我自己的日记一般。并且有许多我不知道的事，也被他载了上去。到底不知这曹雪芹是什么人？"薛蟠道："你还问他呢！提起他来，我就恨透了。多早晚我见了他，给他一顿好打。"宝玉道："你又恨他做什么？"薛蟠道："我无意中把'唐寅'念了个'庚黄'，他也给我载上了，叫人家怪臊的。怎的不恨他！"说罢，抬头看了看自鸣钟，道："只得九点钟，宝兄弟，我同你外头逛逛去。"宝玉道："别胡闹了，时候不早了，咱们许久不见，也该痛快的谈谈。你既然比我先到两年上海，这上海的风土人情，想来也熟悉了，何妨告诉告诉我呢。"薛蟠道："这个叫我从那里说起呢？"宝玉道："你只拣要紧的，说点也好。"薛蟠拍手道："我说出来，你可别不信。"宝玉道："这是我央及你的，如何不信？"薛蟠又拍手道："我老实告诉你：这里上海与别处不同，除却跑马车、逛花园、听戏、逛窑子，没有第五件事。纵使有，也不过是附庸在这四件事上头了。”宝玉笑道:“我问的是上海的风土人情,你却说的是你自家的行径。”薛蟠跳起来道:“你不信,我从明天起和你痛痛的逛他两个月,你看是这样不是!”宝玉并不答言,叫焙茗把《红楼梦》依旧拿回去。薛蟠道:“几年不看见,怎么你就变了一个人居然把书当宝贝起来。这混帐书有什么看头呢?”宝玉道:“我看了很以为奇怪,所以拿来给你瞧,谁知你倒先看过了。”薛蟠道:“奇怪的书多着呢!我起先贩书的时候,向行家取了许多书样,以便定货。后来没用,我就把他钉了四大箱。明儿我一总拿来送给你。”宝玉欢喜道:“我正要看书呢!但不知你的是什么书?要是周秦诸子同那经史等书,是我都看过了的,那个我就不要了。我只要晚近的书才好。”薛蟠道:“我也不知道什么晚近、早近,你明儿拿去看了,就知道了。拣要看的留下,不要看的撂下就是,左右我是没用的了。”宝玉喜之不尽。再谈了几句,便自回房。一宿无话。

次日,宝玉一早起来,梳洗过了,便去寻薛蟠要书。走到他房门首看时,却是锁了。暗想:为甚大清早起,就出去了呢?只得独自回房,闷闷的坐着。等到九点钟时候只听得一阵嘻嘻哈哈,薛蟠闯了进来。嘴里嚷道:“宝兄弟,我惦记着你,今儿早点回来。”宝玉道:“你一早往那里去了?”薛蟠道:“我何尝一早出去。是你昨儿晚上走了,我一个人闷得慌,就到外头去逛了一宿。来,来!还是到我那儿去。”说着,拉了就走。茶房已经代开了门。二人进内坐下。你先看看这个东西。”一面说,一面搬过一个匣子来。揭去了盖,只见里面装着一段光溜溜的圆铁,旁边又装着两个小小的球儿。正不知道是什么东西,有甚用处,又见薛蟠取出一个纸筒儿,在里面倒出一黄澄澄的筒子,套在那圆铁上面;又取出一个喇叭似的东西,也装上头;然后按上一个把儿,用手扳了几扳,忽见那两个小球儿,飞也似的转起来,那圆铁也慢慢的转动,忽然那喇叭口放出一种怪声音出来。薛蟠道:“你听,你听。”宝玉侧着耳朵去听,一会镯鼓,一会丝竹,一会儿又像唱曲子,忽的一会住了。薛蟠笑道:“可听出来这是什么曲子?"宝玉摇头道:"不知道。"薛蟠笑道:"你见的巧东西不少了,可见过这个?"宝玉道:"没见过。"薛蟠道:"这叫留声机器。把曲子唱一回到里头去,就可以一回一回的放出来。那怕放一千回、一万回,也不错一点的。你说这东西巧不巧?"宝玉道:"这东西有什么用处?"薛蟠道:"有什么用处,不过听听曲子罢了。"说着,又要去弄那机器。宝玉道:"你且别弄,我听得他不像人声,又不像畜声,怪讨厌的。花了钱买这个玩,真是无味。"薛蟠道:"单这机器要六十多两银子,还要另外配蜡筒呢。"宝玉道:"这是那里买来的?"薛蟠道:"这是洋货铺子里买来的,是西洋货。"宝玉拿起一个蜡筒,端详了一会道:"拿这样没用的东西来卖钱,居然也有人买,也是一桩奇事。"薛蟠道:"你说它没用,外国人是拿它来说遗嘱的,或者有甚要做凭据的说话,也说在里面。"宝玉道:"原来如此。人家好好有用的东西,你们却拿来这样玩法,也算得暴殄天物了。"薛蟠道:"你怎么忽然变了个迂人!我又不曾病的要死,说什么遗嘱?至于要做凭据的话,就立了契约了,又何必用他呢?不过要听个把曲子玩玩罢了。明儿再到北边去,我还要多带两个,去给他们解闷呢。"宝玉正要答话时,听见一个人,拿了一张纸进来,在靠房门口的椅子上一搁,就走了。薛蟠赶着过去,拿在手里观看。稍为过一过目,就递给宝玉道:"这是今天的报纸,你瞧。"宝玉接在手里一看,就是头回在那破庙里看见的东西。忙去看他那头一行时,是刻的"大清光绪二十七年二月十二日"。心中暗暗想道:惭愧!我今天才知道日子了。再看底下时,却也是"一千九百零一年",未免又是不解。只得请教薛蟠。薛蟠道:"亏得我和洋行里打过交道,不然倒叫你问住了。这是外国耶稣纪元的历法,他们的耶稣降生到今年,是一千九百零一年。"宝玉道:"他们是几天算一年呢?"何以我看见一张光绪二十六年的也是一千九百零一年呢?"薛蟠道:"他们也是十二个月一年,不过我们冬月,是他的正月。你看见的。只怕是去年冬月以后的日子罢了。"正说话时,茶房进来问

开饭。薛蟠看了钟道:"只得十点半钟,早着呢!并且也不要开了,咱们外头吃去。"宝玉又问他要书。薛蟠道:"你好性急!来,来!我给你要书去。"说罢,拉了宝玉出了房门,回身上了锁,走过宝玉的房门,又对焙茗道:"开了饭来。你只管吃,我给你二爷外头吃去。"焙茗答应了,走近宝玉一步道:"太太在京给我的几两银子盘费,在南京的时候,拿出来使用,谁知都发了黑了,折耗了许多。一路做盘费来,此刻没的用的了。请爷早打主意。"薛蟠道:"呸,好小子!没了钱,什么大事,有我呢。"说着就走。焙茗嚷道:"薛大爷,小心点!别又把咱们爷挤丢了。"薛蟠也不做理会,拉了宝玉下楼。走到账房,交代道:"我头回寄在底下的货箱,内中有四个不别号的,叫人给我搬到楼上去。送到(指着宝玉道)这位爷房里。"说完也不等账房回话,拉了宝玉往外就走。宝玉道:"你且慢着,到那里去呢?"薛蟠道:"走着再说。"出了栈门,靠着河沿上往西走去。

那宝玉是生平未经过这样的地方,举目所见,多是生平目所未睹之物,未免一一的指问。薛蟠道:"这些什么出奇。你欢喜这些东西,我带你去看个饱。"说着一经走到棋盘街,到两间洋货铺去看。薛蟠办两年货物,因此洋货铺多是认得的,不免烟茶招呼。听说宝玉要看东西,只当是办货客人到了,于是八音琴、留声机器、表儿都摆了上来。开了机器。甚至于小孩子的耍货也取来,列罗满前。宝玉也逐一看了。

看过两家之后,薛蟠便嚷:"饿了!咱们先去吃。"恰好门首有两辆东洋车,薛蟠跨上去就坐,叫宝玉也坐了那一辆。两个车夫,飞也似的跑起来。谁知只得一盏茶时,才转了一弯,薛蟠便喝叫:"住了。"随手开发了车钱,拉了宝玉走进一家去。一面上楼,一面说道:"这是'一家春'大菜馆,著名的老字号。我请你尝尝。"说着上去拣了座位,便要过请客票来,央宝玉道:"我怕写字。你代我写写罢。"宝玉道:"写什么?"薛蟠道:"梅开洋行,请柏耀廉,你只填上就是了。"宝玉见那请客票是刻现成的,就填上了几个字,又写了薛蟠名字。薛蟠便叫去请。宝玉道:“这柏耀廉是什么人?”薛蟠道:“就是这梅开洋行的买办。”宝玉道:“是了,我在轮船上,也听见有个什么买办,说是很有体面的。后来想起咱们家里用的,也有买办,不过上头要用什么东西,发了钱叫他去买,还是个二等奴才。”薛蟠不等说完,便抢着道:“不,不,不!这轮船洋行买办,和咱们家的大两样,体面得很,靠这个发财的多着呢!今年一个洋人叫做环梅来,要办这梅开洋行,邀他去做买办,专办进口货。我要托他带点洋货,所以相识了。”宝玉道:“你说起洋货,我又要发烦了。我今天看了那些东西,不知怎么就忧愁气恼一齐都看到心上来了。”薛蟠道:“这个为什么?”宝玉道:“我在街上走了一趟,看见十家铺子当中,倒有九家卖洋货的。我们中国生意是没有了。”薛蟠诧异道:“奇了,奇了!怎么你也谈起生意经来了。”宝玉道:“我不是忽然要谈这个。我想外国人尽着拿东西来卖给中国人,一年一年的不把中国的钱都换到外国去了么?”薛蟠道:“我说你又呆性发作了。此刻万国通商,怎么讲得这种话呢!”宝玉道:“通商互市,古来就有的,不是此刻才有。但是通商一层,是以我所有,易我所无,才叫做交易。请问有了这许多洋货铺子,可有什么土货铺子做外国人买卖的么?”薛蟠怔了一怔道:“这倒没有。”宝玉拍手道:“是不是呢,你想可怕不可怕?”薛蟠忽然拍案道:“有了,咱们中国的丝、茶两宗,行销到外国去的,不少呢!”宝玉道:“只怕他们没有这样东西,这就是以有易无的道理了。但虽然是交易而退,也应该运些有用的来。比如刚才所见的什么八音琴咧,留声机器咧,那都是毫无用处的东西,不过是个玩意罢了。他拿了来,还要卖大价钱。这又不是少不了的,你又何苦去买一套呢。”薛蟠道:“你不知道,此刻这东西,销流大得很呢。看见了不喜欢的只有你一个。”宝玉想了一想道:“既如此,咱们为甚不学着自己做。”正说到这里,细崽来报说:“客到了。”只见外面踱进一人来。未知此人是谁,且听下回分解。

第六回　翻册籍自讶过来人
避喧嚣偏逢醉酒汉

却说当下的来客，正是柏耀廉，彼此招呼过了，薛蟠便让点菜。耀廉点了，宝玉道："我不懂，你代我点了就是。"薛蟠代他点了，交给细崽。

耀廉穿的一件海虎绒马褂，宝玉看见不识货，又不便当面去问，只在肚子里纳闷。耀廉又在腰里掏出两支吕宋烟来，递与薛蟠、宝玉。薛蟠接过便取火去吸，宝玉只放在旁边，听他两个谈些定货的话，又谈些嫖界上的新闻。宝玉半懂半不懂的，只是默然不作一语。

少顷，送上汤来。宝玉在船上已经吃过一次的了，此时看见他二人的样吃起来，也不至十分外行。忽见薛蟠拿起那松糕似的东西，涂上紫黑色的酱便吃。宝玉忍不住问道："你吃的这块是什么？"薛蟠道："其实是馒头，切开来烤过的。他们上海人译着外国话叫他做'拖士'。所以我说这些大菜馆只好你们念书人来吃的，我们做买卖的人不配来，因为他也不要我们来呀！"宝玉问："何故？"薛蟠笑道："他只'拖士'，却不'拖商'，我们来了，岂不讨人嫌么？"宝玉道："菜单上没看见这个名目。"薛蟠道："这是照例有的，不消点得。"耀廉道："令亲只怕是初到上海的。"薛蟠道："是。"耀廉对宝玉道："只要在上海两天，熟了就好了。上海比别处都热闹呢!"宝玉待理不理的,只在鼻子里答应了半声。不一会吃完了,耀廉说有事,先辞了去。

这里薛蟠、宝玉慢慢的步了出来。薛蟠嘴里还吸着吕宋烟,宝玉道:"你吸了这个,我闻了那气味,也怪难受的。吸他作什么。"薛蟠道:"你没有吸惯罢了,香得很呢。"宝玉道:"我往常看见琏二嫂子吸的兰花烟,那才是喷香的。这个我闻着非但不香,简直是臭的。"薛蟠笑着把那一段烟往旁一扔道:"罢,罢!我也不吸了,回来臭味薰了你。你可知道兰花烟虽然香,总没有这个便当,躺着可以吃,走着路也可以吃。"宝玉道:"拿个小旱烟袋儿不一样么?"薛蟠道:"究竟不方便。"宝玉道:"那么把兰花烟设个法儿,也把他做成卷子就完了。"薛蟠拍手道:"好主意!我多早晚到京城里,就办起兰花烟来,做烟卷子。"宝玉道:"你是做大买卖的,怎么贩起这个来?"薛蟠道:"好大口气!到底是公子家气派。你知道外国来的纸卷香烟,一年进口货有多少?"宝玉摇头道:"不知。"薛蟠道:"近来这两年,海关上调查出来,每年进口,足足有四百万两银子。"宝玉叹道:"现放着自己家里的烟不吃!你想想看,单这一宗,就每年送掉四百万了。"薛蟠竖起了大拇指头道:"所以我说咱们中国人阔,一年工夫只烧着玩儿的,也烧了四百万。"宝玉只是叹气。

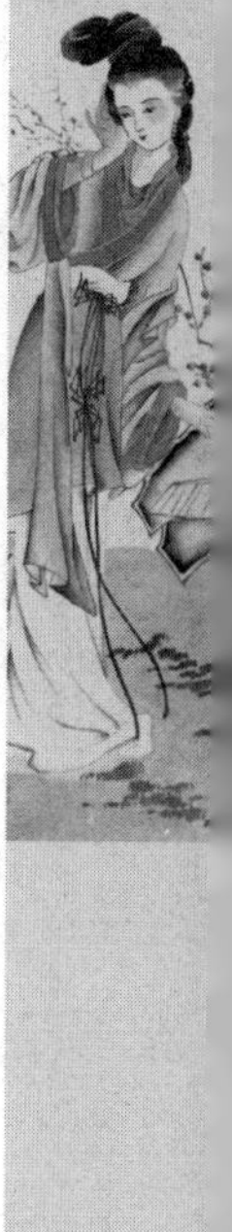

薛蟠带了他到四马路一带游玩,茶楼、烟馆也上去逛逛。宝玉看见了吸鸦片烟的,又大以为奇,站着看了一会。忽然一阵烟被顺风吹了过来,薰得宝玉头痛,连忙走开。便说道:"有点乏了,咱们回去歇歇罢。"薛蟠道:"要歇怕没有地方?"宝玉道:"到那里?"薛蟠取出表一看,道:"两下钟了,咱们逛窑子去,这时候恰好看她们梳头。"宝玉道:"你还是那个老脾气,总不肯改。"薛蟠道:"我这个是江山易改,情性难移,不像你倒变得与从前简直是两个人了。"一面说着便雇了东洋车回栈。

宝玉急要看书时,谁知还没有送上来。薛蟠又催逼茶房,要马上翻腾出来。又让宝玉到自己房里坐。宝玉因听得薛蟠方才逛窑子的话,忽然想起包妥当说的"四大金刚",因拉了薛蟠悄悄问他的缘故。薛蟠笑道:"这件事很奇怪。近来上海那些婊子,多要取了你们大观园各姐妹的名字,岂但林妹妹,连我两个妹妹的名字,也被他们取了。我也曾写过信寄给我妈,通知你们府上。我意思好叫姨夫得知,好多写信托了此地地方官叫他禁止。谁知一连去了两封信,连一个回字也没有,我气极了,这会音信也不通了。你放心罢,林妹妹早就死了,那里会闹到这儿来。"此时宝玉心中又明白了一件事。

只见焙茗来说:"书箱来了。"宝玉便跑了过来,叫茶房帮着焙茗开箱。一时开了,宝玉便一部一部取出来看,却都些《大题文府》《小题三万选》之类,便撂过不看。又看那一箱时,却是大板子的书,便叫连箱子抬到里间去。再看那两箱,仍然有一箱全是时文,只有一箱不是,又叫把这箱不是的抬了进去。自己亲自检出来,摊放在空床上。好得房里有三个床,自家只睡了一个,便尽往那两个空床上去摆。他一心只要查看年代,翻了一箱出来,见总没有好查的。只见薛蟠走过来,便指着道:"这是我前年从京里带出来,卖不掉的。京里的书,管你都看过了。"宝玉不答,只是翻出来。薛蟠道:"柏耀廉送了信来,邀我吃花酒,今儿六下钟托我邀你同去。"宝玉道:"心领罢,我不去。"薛蟠道:"你何苦道学到这步田地?"宝玉道:"我不是道学。那个人,我看见他满脸的腌臜市井气,讨厌得很。"说得薛蟠索然无味,徉长的去了。宝玉这里,只管低头检书,也没做理会。忽然检着一部《历代名人年谱》,翻了一翻,却是编年纪月,便拿到案头,从第一本翻起,却是汉朝的年月。于是一本一本翻去,翻到末一本,见是国朝的,便逐年翻起来。翻到道光二十七年就没了,暗道:只怕这部书就编到这年为止了,以后便怎样查呢?猛想起,只要看近人的年谱,总可以查出来了。又检出了一部《曾文正公大事记》,就犹如得了至宝一般。也无暇去看事迹,先逐年的查起来。自己屈着指头算,不觉暗暗吃惊,原来我是若干年前的人重新出世的。如何我自己只觉着打了一会的坐，留了年多的头发，就过了若干年代了？怪不得有了《红楼》那部书，此刻世人是拿我作故事谈的了。又想：怪不得在南京问路时，那人说我看小说看疯了。我这名字说出去，世人一定作为怪诞，不如改了罢。左右我在家里没有取号，于是自己拟定“仲瑛”两个字。又想起焙茗、薛蟠是那里来的？难道他们也有历劫不磨的功夫？想到这里，自己反疑心是做梦。且不要管他，我既做了现在的时人，不能不知些时事，因翻了几种晚记载的书出来观看。不觉天色渐晚，茶房开饭进来，焙茗过来侍候吃饭。宝玉道：“你当日到底怎样睡到那破庙里，出了京有几时，你记得么？”焙茗道：“我早就和爷说了，出京之后，一直就到金陵。在路上并没有耽搁几天，只在玉霄宫睡了一觉。”宝玉道：“以后这些话别告诉别人，而且在外头万不要提我的名字。”焙茗道：“又没有人问我，我告诉谁呢？至于爷的名字，除了园里姑娘姐妹们，奴才们那个敢提！”宝玉吃过了饭，还是看书。

一会掌上灯来，薛蟠又来，要拉去赴柏耀廉的约。宝玉那里肯去。正在争执时，只见焙茗拿一张片子进来，回道：“一个人送来，说要请薛大爷和爷的。”宝玉看那片子是“柏建仁”三个字，便道：“既然请客，字也不写上两个，知他请到那里呢？”薛蟠道：“我知道，我陪你去。你别怪他，他是不会字的。此刻只怕没有朋友在那里，所以不曾写得。”宝玉讶道：“穿长衣服的人，怎么字也不会写起来，你别是骗我罢！顶多不过像你罢了。”薛蟠道：“我不过写的不好，下笔慢罢了。他是简直的不会写，并且除了眼前常见的几个字，还不认得呢。”宝玉道：“这种人你去结识他。”薛蟠道：“他的洋话洋字倒很好，你不要看不起他。”宝玉笑道：“这才是舍己芸人呢。”薛蟠道：“你别管他云人雨人，上海单是这一等不识字的人，单会发财呢。细崽咧，马夫咧，发财的多着呢！倒是你们读书人，不是我说句得罪的话，倒没有听见发财的呢！”宝玉道：“也罢，这才不愧为读书人呢！”薛蟠道：“这又奇了，怎么读书人是应该穷的么？”宝玉道：

"并非应该穷,大约暴发的财,总不是天上掉下来的,你叫他在天理上、廉耻上问问心,只怕有点过不去。读书人明了理,就要保全天理,硕全廉耻,所以就不能发这个财了。"薛蟠道:"那么说,你们家的钱是那里来的?"宝玉道:"那是祖宗时建的功勋,做了官,受了俸,慢慢积攒下来的,又当别论。"薛蟠道:"不要论不论了,咱们走罢!"宝玉执意不去。薛蟠道:"他请你,你不去,我请你呢?"宝玉道:"到你请时,却又再说。"薛蟠无奈,只得独自去了。

宝玉作旧看书。他来来有一目十行的聪明,此时又急于要知道时事,看的格外快。慢慢的人声静了,便叫焙茗关上门去睡,自己也把套间门关了,仍旧看书。约莫到了半夜时候,忽听得外面打门声,焙茗开门声,忽又听得套间门一阵乱响,问是那个,回说:"是我。"宝玉听得是薛蟠声音,暗想:这魔王又吃醉了,且别理他。因回说道:"睡了,明儿见罢。"外面薛蟠哈哈大笑道:"我在这门缝里瞅着你看书,你要骗谁?"宝玉道:"委实困得很,要睡了。"薛蟠道:"你只开一开门,我给你说一句话。"宝玉被他嬲不过,开了门。薛蟠一步跨了进来,一把拉了宝玉,嘴里说道:"我请你。"只说得三个字,便拉着要走。宝玉道:"什么事,说明白了走。这是什么时候了,还到那里去?"薛蟠掏出表来一看道:"才一下钟,早得很呢!"宝玉道:"到那里去?"薛蟠道:"我请你。"宝玉道:"请我做什么?"薛蟠一屁股坐下道:"请你吃花酒。"宝玉道:"这时候还吃什么酒呢?"薛蟠道:"你不懂,这里上海是没有晚上的。今天是花朝,《游戏报》出了花选,是选上的几个,只怕都要闹到天亮呢?"宝玉道:"你已经吃醉了,还吃什么?也吃不下呀!"薛蟠道:"我有偏你,已经吃了两台了。上海吃花酒,往往一夜四五台。到后来那两台,那里是吃,不过同上供一般,拿上来摆着,看看罢了。"宝玉"扑嗤"一声笑了。薛蟠道:"笑什么?"宝玉道:"我笑还没有绑上法场,怎么先就活祭起来了。"薛蟠道:"左右你没醉,你是吃得下的,并不活祭你。去罢!"宝玉还是不肯去。薛蟠怒道:"人家请你,你嫌人家腌臜市井气，你敢嫌我么？”宝玉被他逼得没法，只得顺着他道：“你请我，我本来是一定要领情的，只是太晚了，我也乏了，你也醉了，改天再领情罢。”薛蟠不由分说，拉了就走。一面招呼焙茗锁了门，跟着来。不知此去如何，且听下回分解。

第七回　一言不合怒绝狂徒
满口忠言正规大舅

却说薛蟠拉了宝玉出来，早有一辆轿式马车，在那里候着。原来是薛蟠坐来的。薛蟠拉了宝玉上车，便对焙茗说道："在北边是跨车檐，这里的车没有檐，是站车屁股的。这车子后头有一铁板，你站上去，上头有两根皮带儿，你两个手抓紧了，别掉了下来。"焙茗如言站好，马夫放缰，加上一鞭，飞也似的去了。

不一会车子停住，薛蟠和宝玉下了车，便对马夫道："今天不要了！明天三点钟，放到栈房里去罢。"马夫答应一声，放缰自去。焙茗也跟了过来。薛蟠带了宝玉，走到一个胡同里转了个弯，便进一家门口，叫焙茗就在底下坐着，却带了宝玉上楼。才走到楼脚下时，宝玉猛听得外面的人一声怪叫，也听不出他叫什么，很以为奇。上了楼，就有两个女子招呼到房里；早有两个人先在那里，却都不认得的。薛蟠先嚷道："他呢？"只见一个回道："家兄公阳里还有一局，就来的。薛蟠道："那里等得，写条子请他去。"说着叫宝玉写条子。宝玉道："我却不曾写过，不知怎的写法。"薛蟠央及道："好兄弟，你文章也会做，举人也中了，怎么一个请客条子，也不会写起来？你别给我刁难罢！"正在争执时，忽听得楼下一声怪叫，房里的女人忙赶了出去。一会，只听得有人嚷道："来迟了，来迟了！"那女人把帘子打起，叫道："薛爷，客人来了。"宝玉看时，却正是柏耀廉。

薛蟠拍手道:“好了,来了,不用写了。”宝玉方才归座。那两个人又过来互相请问姓名,原来一个是柏耀廉的兄弟柏耀明,一个叫吴伯惠。耀廉见了宝玉,便道:“今日不赏脸,想是兄弟不诚心之过,改天竭诚再请。”宝玉只得同他略旋略周两句。因见伯惠英姿勃勃,神采飞扬,想来不是耀廉一流人,便彼此交谈起来。才知道他从前是在泰顺轮船上做账房的,因薛蟠趁船相识,刻下赋闲无事。宝玉便问:“泰顺是谁家的船?”伯惠道:“是招商的。”宝玉又问:““驾驶是洋人不是?”伯惠道:“是。”宝玉道:“我总不懂。为甚必要外国人驶船,难道中国人不会么?”伯惠道:“怎么不会,此中有个原故。”

两个说话时,薛蟠早一迭连声叫摆台面。此时又过来问叫那个,宝玉道:“叫什么我不懂。”薛蟠道:“咱们说的是叫条子,这儿的土话说叫局。”宝玉道:“我没有相识的,你还不知道么?”薛蟠道:“不管你有相识没有,不叫不行,不然我代你叫两个罢。你欢喜什么样儿的?胖的,瘦的,圆脸的,长脸的,大的,小的,快说来!我代你叫。”宝玉道:“尽你混罢,我都不管。”此时,伯惠早被耀廉拉去写条子了。一时写好,薛蟠便嚷坐席。

客栈的饭早,宝玉此时本有点饿了,也就随和着吃些。又问起伯惠方才的话。伯惠道:“中国人何尝不会驶船,不过用了中国人,那保险行不肯保险,有这个难处。”宝玉不懂得保险的话。伯惠一一的告诉了一遍。

“那保险行都是外国人开的么?”伯惠道:“中国只有一家。”宝玉道:“难道咱们自家也这样作难么?”伯惠道:“自家虽不作难,但是,一家行家,担不起这满船货物。况且货物之外,还有一只船。更何况许多船呢。”耀廉插口道:“非但担不起,并且中国人的事情,都是靠不住的。”宝玉道:“何以就见得中国的事情靠不住呢?”耀廉道:“中国的人,先没有一个靠得住的。”宝玉不等说完,先冷笑道:“今日合席都是中国人,大约咱们都是靠不住的了。说我靠不住也罢了,难道连你自己都骂在里头?”耀廉道:“我虽是中国人,却有点外国脾气。"宝玉大怒道:"外国人的屎也是香的?只可惜我们没福气。不曾做了外国狗,吃他不着。"回头对薛蟠道:"我本说不来,不来,你偏拉我来,听这种腌臜话。你明天预备水给我洗耳朵!"回头又拉了伯惠的手,问了他的住处,说:"明天过来请安,我先少陪了。"

此时已到了几个局,薛蟠正在那里毛手毛脚的闹不清楚。忽然听得宝玉向伯惠告辞,回头看时,宝玉已出了房门。薛蟠赶上拉住道:"你不要走,你不认得路,回来我送你回去。"宝玉一言不发,直下楼梯叫了焙茗出门而去。薛蟠只得跟着出到胡同口,代他叫了两辆车子,说明送到长发栈门口。看着上车去了,方才回身进来。对伯惠道:"我没留神,怎么他一会闹翻了?"耀廉道:"你这位令亲,脾气很古怪,我说了我有点外国脾气,他就恼了。其实我自己的脾气,要怎样就怎样,是我的自主之权,他那里好管我呢?"薛蟠也没听完,便又回过身去和妓女说笑去了。再坐一会,伯惠也告辞了。剩了三人,胡闹一阵也只得散去。

薛蟠心惦着宝玉,赶回栈房时,已三下多钟。走到楼上,只见宝玉的房门开着,焙茗不知那里去了。宝玉仍旧在那里看书。薛蟠走进去,便深深的作了一个揖,道:"好兄弟,别动气,任谁得罪了你,你只看我的薄脸罢。"宝玉见他醉了,不便说话,只道:"没谁得罪我,我也没动气,不过惦着看书,先走一步罢了。"薛蟠正要答话,焙茗走来回宝玉道:"厨房里茶炉子灭了,水是冰凉的。"薛蟠道:"可是要开水?"宝玉道:"喝了点酒,觉着渴,没有也罢了。"薛蟠道:"这会那儿还有开水,我来给你弄点罢。"说着叫焙茗跟过去,取一套家伙来。原来是前几年新出,不用灯心点洋油的炉子。薛蟠如法点着,叫焙茗拿铫子取水炖上。不一会水开了,泡起茶来。薛蟠道:"你看了洋货,总说他们拿没用的东西来换咱们的钱,你看这个怎么样?"宝玉道:"我原说过,通商是以有易无,像这种灵巧的东西,如何不令人可爱。但是一层,像这炉子,到底不是天生的,他也是人工做出来的。他能做,咱们为什么不能做?"大不了买他一两个来,拆开他看看,照样起来,岂不好么?”说话时,看看薛蟠,只见他张口闭目的,在那里前仰后合。宝玉道:“请去睡罢,明日再谈。”薛蟠要了口茶喝了,说了声:“明儿见!”东歪西倒的去了。

这里宝玉仍旧看书。原来他回来之后,在书堆里检出一部全份的《时务报》,还有许多《知新报》,翻开来看,觉得十分合意。并有一层奇处,看了它的议论,就像这些话我也想这么说的,只是不曾说得出来,不知怎样却叫他说了去。至于所载的时事,本不能尽懂,慢慢的看到后头,也渐渐的懂起来了,所以越看越觉得精神焕发。等薛蟠去了,依旧看起来,竟自忘倦。直到天亮以后,焙茗起来走到里间,见宝玉兀自坐着。不觉吃惊道:“爷竟没睡么?”说了一句话,看宝玉也不动也不答应,暗暗着急道:别又呆性发了。却又不敢过于惊动,只在旁边站着,却见宝玉翻了一页书,歇了一会,又翻了一页,料定是看书看出神了。悄悄的退了出来,叫茶房舀了水,自己拿了过来,轻轻的回道:“请爷洗脸。”宝玉方才答应了。洗过了脸,却又到书堆里去翻。忽然翻出一个纸包来,上面题着四个字,是“此是禁书”。包的甚是严紧,连忙打开要看,谁知开了一层又是一层,心中暗想:这个不定是“推背图”,不然就是“烧饼歌”。一面想,一面拆,拆了不知若干层。原来里面只有三本书,却是第一、第二、第三的三册《清议报》。便拿过来看,觉得精华又较《时务报》胜些,心中愈加欢喜,不知不觉把三册都看过了,还恨没有第四册以后的,仍到书堆里去翻,翻了半天没个影儿。早已是吃饭时候,吃过了饭,仍是翻来覆去的看那三种报。

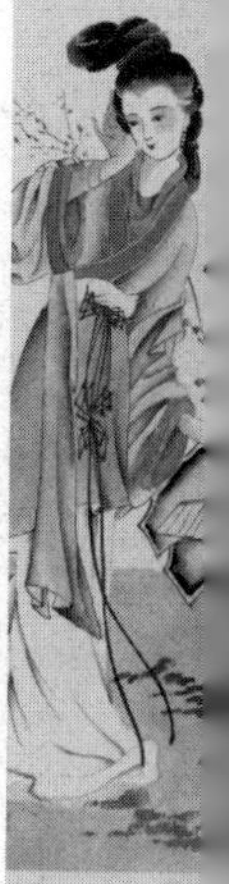

又看了半天,只见薛蟠披了灰鼠袍子,还没扣钮子。睡眼朦胧的走来道:“宝兄弟,你好精神,这么早就起来。”宝玉道:“什么时候了,还说早。”薛蟠道:“才两下钟呢！你们吃了饭没有?”宝玉笑道:“晚饭还早呢。”薛蟠搭讪着走了。一会儿梳洗过了,又来道:“宝兄弟,你饿了没有?咱们外头吃点心去。”宝玉道:“你静扮点！家里坐坐罢。又没什么正经事,只管往外头瞎逛些什么?要吃点心,叫他们买了家来吃，还不是一样的。"薛蟠道："其实我的嘴里难过得很，并不想吃什么，你不愿意出去就罢了，咱们就谈谈。我昨儿晚上酒也多了，把所做的事，全都忘了。"宝玉把书一推道："吃醉呢，是你的常事，也不必说了。但是那种柏耀廉，你何苦去结识他。大凡交结朋友，也要结交个道理出来。你结交他，有什么道理？若说是定洋货，须知除了洋货之外，赚钱的买卖还多着呢！你只知做了洋货赚钱，须知外国人赚的钱比你还多，你不过代他转运罢了。虽然办土货，也是代人家转运，然而所转运的，还是自己家里的货。咱们何苦代外国人做奴才呢？至于姓柏的这个人，简直的不是人类，怎么一个屁放了出来。便一网打尽的说中国人都靠不住。我问他可也是靠不住的？他倒说他是外国脾气。这种人，不知生的是什么心肝！照他这等说来，我们古圣人以文、行、忠、信立教的，这'行'字、'忠'字、'信'字，都是没有的了。这种混账东西，我要是有了杀人的权，我就先杀了他。"薛蟠笑道："这又何至如此！"宝玉道："照他这样说来，凡无信行的都是外国脾气。幸而中国依他说的都靠不住，万一都的靠得住了，岂不把一个中国都变成外国么？总而言之，他懂了点外国的语言文字，便什么都是外国的好，巴不得把外国人认做了老子娘。我昨儿晚上，看了一晚上的书，知道外国人最重的是爱国。只怕那爱国的外国人，还不要这种不肖的子孙呢！"薛蟠道："你何苦这样毒骂他。"宝玉道："他一句话骂尽了中国人，还不毒么？总而言之，我劝你一句话：这种人是下流轻贱的东西，以后总要远着他些。我并不恭维你，像你这种人，纯乎是天真，只要走了正路，不难就做一番惊天动地的事业起来，何必同这些人胡闹呢！"一席话说的薛蟠不知所对，搭讪着问道："你看那些书，还用得着么？"宝玉道："很有些好书。但是那《清议报》只有三册，不知可还有以后的么？"薛蟠道："有的。你要，我明日给你办来。"正说话时，忽见焙茗来说，有客来拜。宝玉连忙迎出去看，原来不是别人，正是吴伯惠，宝玉大喜。不知伯惠来何事，且听下回分解。

第八回　闲品茗纵谈天足
论禁猎惊及地皮

却说宝玉迎了伯惠进来，与薛蟠相见，各各归座。彼此寒暄已毕，薛蟠说起昨日酒醉之后，把所做的事，全都忘了。宝玉道："你结识柏耀廉时，须不曾醉。"薛蟠道："好兄弟，算了罢，我以后远着他点便是了。你说的我也够了。"伯惠道："其实这崇拜外人的人，上海遍地都是。这个还好，还有许多仗着外人的势力，欺压自己中国人的呢！"薛蟠对宝玉拍手道："是不是呢？这个还算好的。你要怄气，只怕怄不了许多呢！"宝玉道："那么，你就跟着他们学！"薛蟠道："虽不必跟他们，也犯不着和他们怄气。"宝玉正要答话，只见焙茗带了一人进来。原来是薛蟠昨夜交代的马夫，说是车子已经来了。薛蟠道："好呀！今儿是礼拜六，咱们跑马车去逛张园。"伯惠道："早知你有了马车，我就不雇了。我也是马车来的。因为你前回托我找房子，今日打听得跑马场外，有一所洋房，特地约你去看看，可合式不合式。"薛蟠要拉宝玉同去，伯惠也说到外头散散闷的好。于是三人一起出门，薛蟠和宝玉坐了一辆车，伯惠也上了车。马夫加上一鞭，转出大马路，向泥城桥而去。

不一会到了，伯惠先找着管房子的人，要了钥匙开门。三人同进去看了一遍，原来是两间洋房，院子里是一片青草地。薛蟠便问宝玉："这房子可好？你如果合式，咱们一起搬了来，住他几时。"宝玉道："你要住的房子,如何问起我来,我可不要住这个。我就要动身的,搬来搬去,做什么呢?”薛蟠道:“你只说房子好不好?”宝玉道:“干净是干净的,也还轩敞。只是我看去总有些不妥当,我可又说不出他之所以然之故。”伯惠道:“住惯中国房子的人,看了外国房子格式不同,自然总有点不惯的样子。”薛蟠忽然嚷道:“不好了,饿了。奇怪,怎么一饿就饿的这么不得了,咱们找东西吃去。”伯惠道:“想是午饭吃的过早了。”宝玉笑道:“他今日早饭还没吃呢。你来的时候,他才起来。”说话时,薛蟠已拉了宝玉,让了伯惠出来。上了车,便叫到张园。

不一会到了,在大洋房门口停车。三人下车入门,拣了座位,薛蟠便嚷着要点心。什么炒面、水饺子龙吞虎嚼的大吃起来。吃罢,伸了伸腰,说道:“这才有点意思了。才刚饿的腿也软了,真是奇事。”宝玉、伯惠相视而笑。薛蟠便站起来,逛了开去。

这边宝玉和伯惠谈天。慢慢的说到方才看的房子,宝玉道:“确是奇怪,那房子看着很好,然而我却觉着有许多不妥当的地方,又说他不出来,真是怪事。”伯惠道:“这不过因为他格式不同罢了。”宝玉道:“是呀!他进门就见楼梯,这个位置的先不对。”伯惠道:“洋房不都是这个样子,这个不过是就地方起造的罢了。然而依我看来,总还是洋房的好。别的不说,这一层平顶先好。中国房子抬起头,看见梁子椽子,多不养眼。”宝玉道:“它的平顶是怎么做的?”伯惠道:“说出来毫无道理,不过钉上些碎板片,涂上些纸筋灰罢了。”宝玉笑道:“这么说来,还是咱们北边的好。咱们北边也有这个,不过是用高粱杆子做成格子,钉在上头,再糊上纸罢了。糊的是银花白纸,一年一换,就年年都是簇新的了。”伯惠道:“只怕没有这个牢靠。”宝玉道:“要他牢靠做什么?还有一层呢,像北边的做法,房子要漏了,什么地方漏,就知道了,可以就收拾什么地方。照洋房的做法,房子倘是漏了,新漏的雨水,在那平顶上流开,不知流到什么地方才渗出来。你就要收拾,还不知漏的在什么地方!”伯惠点头笑道:“亏你想到这一层。”

一面说着话时，外面来的人也逐渐多了。男的、女的、老的、少的，笑语杂沓。忽听得后面一阵笑声，宝玉回头看时，见薛蟠一手搀了一个妓女，说笑而来，对宝玉道："这是你昨儿的相好。你赌气先走了，害我代你招呼。今还了你，我可不管了。"宝玉红了脸不作声。薛蟠便和那两个妓女，在旁边一个桌子上坐下，泡上了茶。一个小丫头便和宝玉装烟，宝玉摇头说不吃，那小丫头自去了。

不一会，那两个妓女呼姨唤妹的撇下薛蟠自去，薛蟠过来问宝玉道："这两个你看谁好？"宝玉道："好不好且别管，为甚他们都裹了小脚，看着怪恶心的，亏你怎么亲近得了他。"薛蟠未及答话，伯惠先笑道："又是一位讲天足的。"宝玉道："怎么叫做天足？"伯惠道："前三四年，有一班志士，在上海创立一个不缠足会，劝女子不要缠足。后来因为戊戌政变，穷治党人，这会就散了。后来又来了一位国女士，创了一个'天足会'，也是劝人不缠足的。取不缠足是天然之意，所以叫做天足。"薛蟠道："据我看来，那裹脚的叫天足才对。"伯惠讶问："何故？"薛蟠道："我记得一句什么书，叫做什么天步艰难。你想天足是不是裹了的，何至于步履艰难呢？"宝玉道："真奇怪得很，怎么你说出这么一句雅谑来？"薛蟠道："这有什么稀奇！你知道'洞房花烛朝慵起'，也是我说的酒令呢。"宝玉对伯惠道："我这两天很看了些书，今儿早起，还看见一篇不缠足会的章程，还有好几篇序论。说的话本来不错，然而据我看来，还是单面文章，并且陈义太高，似乎还不是时候。他指说缠足是残忍，自然不错，但只就女子一面劝导，未尝及男子，这就未免说得一面。而且开口便说什么女子为国民之母，非男子之玩具；又说什么男女平权，女子宜求自立。这些话我都不敢说他错，只是说的太早了。这个裹脚的恶习，也不知相沿了几千年，以女子为玩具，已成为中国男子的天性，那女子也久安于为玩具的了。如今要免去这残忍恶习，何不于劝女子之外，兼劝男子呢？"伯惠道："缠足是女子的事，如何劝起男子来。"宝玉道："只从玩具两个字着想，自有劝法。你

想我们大脚的人。尚且要天天洗，或者事情忙了，三两天不洗，那脚上就生出些坏气味。何况把他裹小了。紧紧的裹上了几十层布，外面看着，虽是纤纤的，那里面不知臭的怎么似的呢！既然弄了个玩具来，却是徒有其表，里面是臭的，有什么玩头呢？这句话要说穿了，只怕大家也可以恍然大悟。譬如玩的一个翡翠鼻烟壶，壶里面自然装的是鼻烟，不然就是个空壳儿了，也还可以把玩，倘使里面装的是粪秽东西，别说是把玩，只怕看也没人要看的了。千娇百媚的女子，底下却裹着一双臭脚。与这个有甚分别。何况那裹脚的非止是臭。裹的那个样儿，一定是难看不堪的。就是他装饰起来，穿了尖尖的鞋子。我看得就同盘屈古树一般，全无天趣。把这一番话去劝导男子，等男子信了，自然厌恶裹脚。他去求玩具时，自然又换了一副眼睛。那些女子裹脚，不过是甘为玩具，取悦男子。今见男子不要了，他自然也就不裹了。此说出去，那残忍行为可望慢慢的豁免起来。然后一面兴办女学，等那些女子有了学问，自然不教他，他也要图自立的了。此刻那残忍之事，还没有除去，忽然先就教他平权自立起来，譬如一个人病倒床上，还不曾扶得起来，却先教他跑，怎么办得到呢？天下事，最怕是不办，又怕是办的太骤。”伯惠点头道：“尊论极是。我看见近日办事的人，也觉得太过躐等，倒反好像没有了头绪，往往误事，未尝不在此。”宝玉道：“这不叫误事，竟是偾事。”薛蟠蓦地里拍手大笑道：“从前人家多读两句书，你就说人家‘禄蠹’。你此刻居然谈起这些经济来，是禄什么呢？还是什么蠹呢？”宝玉道：“彼一时，此一时也。”伯惠道：“这才是士三日不见，当刮目相待呢！”

说话时，那大洋房内，已是游人如织。宝玉有点厌烦，便催着要走。薛蟠会过了茶钞，一同起身，在廊外绕了一遍，便上车，薛蟠叫放到愚园。三人同进去逛了一逛，也不曾泡茶，便上车回去，仍旧是宝玉和薛蟠同车。在马路上绕了两遍，宝玉道：“这赶车的不要是迷了路，怎么跑来跑去，只这两条道上？”薛蟠道：“这叫做兜圈子，上海的风气是这样。”宝玉道：“这也无谓极了。”薛蟠道：“依你么说起来，上海无谓的事多得很呢。此刻客栈里的饭，寻开过了，咱们还是吃大菜去罢。”宝玉道：“这又何苦尽着闹呢，回去罢。”薛蟠不由分说，叫马夫放到“一家春”去。

三人下车登楼，此时早是上灯时候，薛蟠一面叫点菜，一面又要叫局。宝玉道：“这个使不得！你要是这样，我可先走了。”薛蟠道：“这又何苦，我真不懂，你为什么就变成一个老古板脾气。”宝玉道：“不是我古板，因为才刚在那茶馆里说起裹脚来，我看见那一双纤纤的小脚，不由的就要想到他那几十层布里面的脏劲来，你叫了这些人来是害我恶心。”薛蟠道：“你不叫，我叫。”宝玉道：“你叫了，我也要看见的。算了罢！明日你再来，别约我，凭你叫去。”薛蟠笑道：“你要在上海久了，只怕要给娘姨大姐轧姘头的。”宝玉不懂这句话，没做理会。只看着伯惠点菜。伯惠恰好写了一样竹鸡，旁边站着的细崽回道：“竹鸡没有了，禁了猎了。”伯惠道：“我记得二十外才交春分，怎么就禁了猎呢？并且新闻纸上也没有看见过告白。”细崽道：“不晓得。实在是禁了猎不是，我也不知道。不过这两天送野味的没有送得来，我这么猜度罢了。”伯惠就改写了一样，写毕交他拿去。宝玉问道：“怎么猎也禁起来？岂不奇怪。”伯惠道：“这是外国人的规矩，春分以后，秋分以前，禁止打猎。因为这个时候，正当孳生，恐怕打了其母，连子也没有的意思。倒是长久之计。”宝玉道：“洋场上还有猎场么？”伯惠道：“没有，打猎的都到内地乡里去。”宝玉道：“然则咱们内地也为他禁令所及么？”伯惠道：“禁令是不及，他不过在洋场上禁卖野味，自然人家不猎了。因为这些野味，都是外国人吃的多，他禁了卖，没有人吃，自然人家不禁自禁了。”薛蟠道：“你不要说内地里头外国人禁令所不及，我看来要及快了。前天我看见了洋务局的李委员，他和我说，有五六百亩地，统共有十来张方单，都是宝山县川沙厅的地皮，都卖给了外国人，要转道契呢！”宝玉闻言，不觉吃了一惊。不知他惊的什么，且听下回分解。

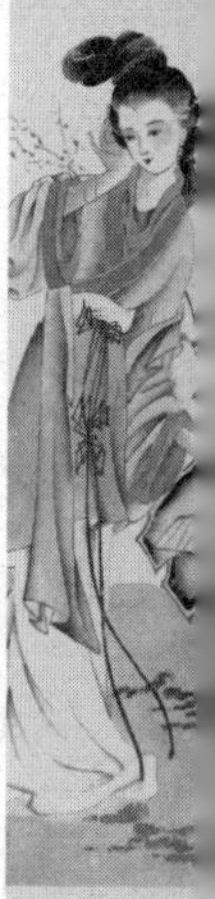

第九回　一家春慧神瑛品酒　制造局呆霸王买书

却说宝玉听说外国人买了内地的地皮,不觉吃惊道:"租界、租界,我只当是租给他的,怎么卖起来!更让他买到租界以外呢?"薛蟠道:"我头回贩书的时候,到手的书,也胡乱翻两张看。看见一部什么书,内中说的中国地方,足足有二万万方里,那里就卖得完。"宝玉道:"二万万方里的地方,是有了一定数目的,再也不会生出三万万方里来。然而望后来的岁月是没有穷尽的,今年许他买,明年也许他买,终有卖完之一日。"薛蟠大笑道:"你真是瞎担心!等到卖完了的时候,就和你先前说的话,我们都化灰化烟许久了,那里忧到那千百年后的事?照你这样担心,只怕不到两年,头发先白了呢。"说时恰好细崽送上汤来。薛蟠道:"吃罢,别担心了。再这么着,只怕吃也吃不下呢!"一面又叫拿酒来,"皮酒、波得、拔兰地、威士忌、香饼。宝兄弟,你吃什么?"宝玉道:"我不懂。"薛蟠又问伯惠。伯惠道:"随便罢,我酒量有限。"薛蟠叫开香饼,细崽便去取了一瓶来,用酒钻开。宝玉注目看着,只见瓶塞拔去时,瓶里喷出许多白沫。细崽连忙用手按住,却过来先给宝玉舀了一杯,然后逐一舀去。薛蟠便举杯让酒,伯惠呷了一口,宝玉却只不动。薛蟠道:"你为什么不尝尝?"宝玉道:"怪腌臜的。"薛蟠诧道:"这才开出来的,怎么就腌臜?"宝玉道:"那酒喷出来,他拿手去按住,知道他手干净不干净。"一句话，说得那细崽涨红了脸，说道："我们的手，都是很干净的。"一面递起手，自己先看了一看，又递给宝玉看。宝玉又道："他偏又先舀给我，不是把那脏劲儿都冲到我这里了么？"薛蟠道："我看你别的都变了，比前头简直的是两个人！怎么这一份爱干净、怕腌臜的怪脾气，还没有改动？"宝玉道："干净是天生的，人人都是这个脾气，不信你看。"才说到这里，薛蟠连忙挡住道："罢了，别发议论了，给你换一杯罢。"细崽听见，连忙又取过一个香饼杯来，用白布擦了又擦，拿到灯亮处照过一回，方才放下。薛蟠代他舀上一杯，宝玉呷了一口，皱眉道："这那里是酒，简直是醋。不然，就是走了气，坏了。"伯惠道："他做成的这个味道，吃惯了，就觉得好吃。"薛蟠道："你不喝这个，叫他再开一瓶波得罢。"细崽听见，连忙去开了一瓶舀上。宝玉道："这黑色的倒像是一碗药，堆起了那许多沫子，怎么喝呢？"薛蟠道："你连沫喝下去，就是那沫好呢。"宝玉轻轻的呷了一口，只咽了一半，那一半连忙吐了道："我又不生病，你怎么给药我吃。"说的薛蟠大笑起来。宝玉道："又涩又苦，怎么不是药？"薛蟠道："酸了你说是醋，苦的又是药！罢，罢！再开几样来，叫你评评。"薛蟠又叫开拔兰地。伯惠道："不必，罢了，开了不吃，全糟蹋了。叫他拿了一杯来，也是一样。"薛蟠道："也好。"于是叫把拔兰地、威士忌每样拿一杯来。不一会，细崽用白瓷盘托了小小的两杯酒来。宝玉每样呷了一点，皱眉道："这个喝下去，就像拿小刀子往嗓子里戳的一般，太狠了。"薛蟠还叫拿酒。宝玉道："算了罢，我不喝了。"薛蟠也就罢了。

一会吃完了。薛蟠又要去打茶围，宝玉执意不去，硬拉着上车，同回客栈。伯惠也跟了去坐坐。因见宝玉摆着好些书，便道："好用功。"宝玉道："也不是用功，不过闲着看看解闷罢了。"说着又拿出两本书来道："我看了这个，一点也不懂，正要请教。"伯惠看时，却是一本《电报新编》，笑道："这是打电报的码子。"因把电报的情形逐一告诉一遍。再看那一本时，却是一本不完全的《无师自通英语录》，说道：“这上头的序文都没了。怪不得你不懂。”又把这部书的用处，告诉了他。宝玉道：“学了这个有甚用处？”伯惠道：“自有用处，懂了他的话，同他们谈起来，也便当些。等而上之，把文字学精了，还可以翻译他们那有用之书。”宝玉道：“市上有译好的卖么？”伯惠道：“有呢。”因见桌上摆着有《时务报》，取过来翻出一页，指道：“这不是注着‘译《泰晤士报》’么？这《泰晤士报》便是外国极大的一家报馆。你要买译本，不知要什么书，也要指出个书名，才好买呢！”宝玉道：“我那里知道什么呢？只要有一家专卖译书的，便好去拣着买。”伯惠道：“‘格致书室’便是专卖译书的，他那里多半是制造局译的书，要买一两部，可以去买得。若是买多了，不如到制造局去买。”薛蟠道：“制造局的书，好像配全了不过五六百吊钱，我曾经配过两回的。你要，我明儿一早就同你去配一套来。”伯惠道：“你不要性急，明日是礼拜。”薛蟠道：“那么就后儿去。但是他那里可恶得很，书价不打折扣也罢了，又不肯挂帐，又不用庄票，说是路远，难得照票去，必得要现钱。你想就是折了洋钱，也好几百块，怪重的，怎么拿法呢？还有一层呢，他还不肯送。这倒罢了！他那里现成的木工厂，情愿花钱，叫他钉一个木箱子都不肯。你想买了这一大堆子的书，怎么拿法？”伯惠道：“叫一辆小车，就推了来了，这倒不难。”薛蟠道：“可是呢！我头一回去买，就是用小车子推的。挂破了两本，交不出去，只得又到格致书室去配了。其实格致书室，也贵不了多少。不过恐怕他不全罢了。”说着走到自己房里去。一会过来，交一张票子给伯惠道：“费你心，明儿给我搜罗几百块钞票，不然洋钱怪重的，认真怎么拿法？”伯惠接过一看，是一张八百两的庄票。伯惠道：“怕没有那许多呢！”薛蟠道：“你在庄上有便当的最好，不然就往熟朋友地方商量。”伯惠答应了。又谈了几句，就别去。

薛蟠拿出一个金表，在旁边扳了一下，放到耳边去听。宝玉也听见丁当丁的响了好几声。薛蟠道：“不觉到了十点三刻钟了。”说完，才打开来看。宝玉问：“是怎的？”薛蟠道：“这是打璜表。我这个买了二百块钱，还算便宜的。”说罢，递给他看。又扳动机关，打给他听。宝玉笑道:“这是女人用的东西。”薛蟠道:“想来男子又是个俗物,不配用了。”宝玉道:“不是这么说,岂不闻‘作为奇技淫巧以悦妇人’?可见得惟有妇人方悦奇技淫巧。这个表,不是奇技淫巧之么?所以说是女人用的。”薛蟠道:“那么凡是巧的东西,都是女人用的了?”宝玉道:“这有个分别,巧而有用的,便不叫淫巧;巧而无用,徒然取悦耳目的,才叫淫巧呢。比方钟表,何尝不巧,然而钟摆在家里,一家都可以知道时间;表带在身上,出门、走路也可以知道时候,这就是巧的有用了。至于这个打璜表……”薛蟠抢着道:“他偏不知道时候。”宝玉道:“不!这么说,他就是不打璜,也可以知道时候,何必要打呢。若说听得远,只怕一丈以外,就听不见了。要知道时候呢,打开一看,就知道了,何必要听。而且有听着数的工夫早也看完了,何况还有错数的时候呢。”薛蟠道:“晚上没灯亮的时候,听听不是用处么?”宝玉道:“到了晚上,没有灯亮的时候,不是睡觉了么?还问时候做甚?”薛蟠呆了一呆,道:“明儿还了他,不买这捞什子了,省得又落你的批评。”宝玉道:“我不批评你,只批评那东西。只如街上那些电灯、煤气灯,照得同白昼一般,那个做法岂不是极巧?然而又极有用,就不能算淫巧。那天我在洋货铺子里,看见一个电灯,像一个筒儿似的,用手一扳,就放出白豆大的一点光来,试问有甚用处?要说晚上走路用,他不及灯笼的亮,在家里有甚用处呢?这都是奇技淫巧一类,不过哄着娘儿们玩罢了。”薛蟠拍手道:“有用呢!晚上搁在床上,臭虫咬时,拿他一照就照着了。不然等擦洋火点灯,臭虫早跑的不知去向了呢。”宝玉不觉笑了道:“用得起这么大的本钱拿臭虫的人家,也该拾掇得干干净净,不至有臭虫的了。”薛蟠站起来说道:“罢,罢!说你不过,不说了。明儿会罢!”说着走了。

这里宝玉仍旧看书。又到书堆翻出几部时事书来看了,心里愈觉得明白。忽听得薛蟠房里一阵声音,却是留声机器,唱了一套,又是一套。宝玉听得不耐烦,便起身要过去止住他。走到房门

口,推了推门,却是关着的。退了回来,听他又唱了许久,更耐不住,便走了过去,叩了两下门。薛蟠问:"是谁?"宝玉道:"是我。"薛蟠开了门,道:"还没睡么?"宝玉道:"叫你这东西闹的,怎么睡得着?"薛蟠道:"我也是睡不着,所以才拿这个来玩。"一面说,一面让宝玉进来坐下。宝玉便伸手去按那留声机器。薛蟠忙道:"快别动,别动!我来收了。"说着把机关一拨,马上住了。宝玉抬头看钟时,已是一点半。因说道:"这时候,隔壁屋里的人,早都睡了,你却开了这东西,吵得人家睡不着。人家虽不说话,心里恨的不知怎样呢!"薛蟠笑道:"哈哈,奇极了,你又谈起世故来了。"宝玉笑道:"我这并不是世故,不过是'己所不欲,勿施于人'的意思。譬如你正在这里睡觉,隔壁的人,也开了这个,吱吱喳喳的闹个不了,你恨不恨呢?"薛蟠道:"我岂但不恨,还要感激他呢,正好听着玩。"宝玉道:"这个只怕只有你是这种脾气。"薛蟠道:"别说了,我渴得很!前儿把洋油炉子送到你屋里去,你叫焙茗拿了过来罢!"宝玉道:"什么时候,他早睡了,有叫醒他的工夫,自己早拿过来了。"薛蟠道:"罢,罢!又讲究体恤下情了。"一面说,一面过去拿了来,自己炖开水。

宝玉也不等喝茶,别了过来,略睡一睡,早天亮了。披衣起来,梳洗过了。却不见薛蟠起来,只听得有人叩薛蟠房门,外面茶房答应道:"还没起来呢,放在这里罢!"宝玉以为是伯惠,出来看时,却是送报的。宝玉叫住了,看他手中所拿的报,每样拣了一张,交待他天天照样送来。送报的答应去了。宝玉便逐张细看。直等吃过午饭一点多钟,薛蟠才起来,匆匆的便出去了。这一天竟没有回来。宝玉也不理会,只是惦记着明日买书的事。

这一夜也不见薛蟠消息,直过了一夜,次日天明后,方见薛蟠跑了来,道:"伯惠来了没有?"宝玉道:"没有。"薛蟠取表一看,道:"才七点钟,他就要来了。"说声未绝,只见伯惠走来。薛蟠道:"好,走罢!"拉了宝玉就走。不知他要拉宝玉到那里,且听下回分解。

第十回　论文野旁及园林
考工艺遍游局厂

却说宝玉被薛蟠拉了就走，宝玉道："到那里去？也说明白了好走。"薛蟠道："你不说要买书么？"宝玉道："何必这么匆匆呢？时候又早。"薛蟠道："昨日伯惠和我说起你来，说你诸事留心，他佩服你得很。今儿横竖要买书，制造局里他有熟人，他陪你去逛一趟，看看机器。那个道儿远，所以要早点去。"宝玉听了大喜，即同二人出门，又带了焙茗，仍是两辆马车。

上车走不多时，便停住了。薛蟠拉了宝玉下来，伯惠也下了车，走进一家铺子里去。进得门来，只觉得一股油烟气，又黑暗得了不得。步上楼梯时，更是一股热气，烘到身上来，好不难受！到了楼上，拣一个座位坐下。宝玉站着问道："这就是制造局了么？"薛蟠笑起来道："那有这种样儿的制造局，这是扬州馆子'久花楼'。咱们吃点点心，再到制造局去。"宝玉道："你二位请便。我早起吃了东西，这会吃不下。"伯惠道："多少吃点，这是有名的扬州馆子，上海只有他一家。"宝玉道："委实吃不下去，别客气。"说着便走到栏杆边去看马路上的景致。三人说话时，堂倌早泡上茶来。薛蟠道："你不吃东西，就喝口茶罢。"宝玉道："也不渴。"二人无奈，只得叫了两碗面，匆匆吃了，下楼会账。起先来的时候，伯惠要同宝玉一车，却被薛蟠拉了过来。此刻宝玉却先拉了薛蟠同上一车，马夫放缰便行。

宝玉连连吐了几口唾沫，对薛蟠道："那个地方，亏你们去得，还要吃他的东西。那个脏劲儿，简直的比狗窝还利害。狗窝不过臭点罢咧！他那里又是煤烟味儿，又是油锅味儿；那些桌椅板凳，没有一处不是一层油，所以我坐也不敢坐。瞅着你们在那里吃喝，在代你们恶心。要吐个唾沫出口恶气，也不敢吐。"薛蟠道："奇了！怎么不敢吐呢？"宝玉道："把唾沫吐在他那里，不把我的唾沫弄脏了么？"薛蟠掩耳道："别说了！你今日只怕又发了呆性了。人家上好的馆子，多少体面人都赞他，你却说的这么着。"宝玉道："你说我呆，我就是呆！你乖得很，你不呆！可是往后你别带我到些那地方去。昨儿我住的那屋里的对过，有几个人在那里高谈阔论，说什么文明、野蛮，还分出什么物质文明、服饰文明。又说中国地方，要算上海最文明的了。我跟你上过一回茶馆，吃过两次大菜。想起来，确是比北边馆子干净。我在南京，也上过一回茶馆，那茶馆也万不及这里的敞亮开豁。以为上海果然文明的了不得，谁知也有这么个脏地方。说什么野蛮，我看认真野蛮到了穴居野处的世界，倒还有点清气，不至受那个恶味呢。"薛蟠道："你且慢点说，我多早晚和你上了一回茶馆？"宝玉道："前儿坐马车看房子之后，不是上一回茶馆么？"薛蟠哈哈大笑道："你好大眼睛，那是张氏味莼园，是一所花园。你怎么把他看成茶馆了？"宝玉怔了一怔道："我不信那是人家花园。要是花园时，无论如何总要有点亭台楼阁，曲径回栏，也要有些山石树木，分出丘壑。他那里一点没有曲折，一片大空场，当中造了一所高大房子。这个可以算花园，我又何妨找一片荒野之地，造起一座房子，也算花呢。"薛蟠道："这是外国式子花园，必要一片空场，取其通畅。他那园子里面，也还有个亭，有两块山石，不过那天咱们没有走到罢了。你不见他门口钉着'味莼园'三个大字么？"宝玉道："他那房子里，一行一行的摆了多少桌子，明明是为卖茶而设，花园那里有这么个样儿？任你怎么说，若说那'味莼园'

三个字是那茶馆的招牌，则可以；要说那个是花园，我一定要争的。”薛蟠道：“这又奇怪，何必你争呢，又不干你事。”宝玉道：“也不说那经营缔造山林丘壑的花园了，算他那个本是花园，他卖了茶，就要算茶馆。你知道‘花园’两个字，多少名贵，禁得起这种糟蹋么？”薛蟠道：“你今天发的都是呆议论，我听不入耳。伯惠他佩服你，你回来说给他听去。”

歇了好一会，宝玉指着车外道：“这是一所花园。”薛蟠抬头一看道：“呀！到快了。这是高冒庙，不是花园。”宝玉笑道：“一片空场上面盖了这个房子，不算花园么？”薛蟠道：“这个，你和外国人辩去，我不懂得。”宝玉道：“可惜我不懂外国话，说起来，又没有人教。”薛蟠道：“这里教英文的多着呢，不过一两块钱共一个月。”宝玉道：“不知要学几个月才会？”薛蟠道：“我也不知道，你回来问伯惠，伯惠他的洋话、洋文都好得很。但不知他了几时。”宝玉喜道：“我明儿就请教他。”

说话时，马车已进门。只见左壁厢一所房子，门口挂着“炮弹厂”三个字的牌子。马车仍旧前进，进了一座牌楼，转了个弯，方才停进。三人下了车，焙茗也跳下来。伯惠带的仆人黄福，也过来伺候。伯惠道：“还是先买书呢，还是先逛厂？”薛蟠道：“配全套书，很要些时候。咱们先去交代了要一套书，叫他先配起来，咱们逛咱们的厂。逛完了，他的书也配好了，岂不是好？”宝玉、伯惠都道：“好！”

于是薛蟠先走，宝玉等跟着进了一个栅子。只见迎面高处装着一黑面大钟，正是八点一刻。刻转了个弯，在一座飞楼下走过，薛蟠道：“这是公务厅总办办事的地方。”又走了几步，路旁又是一排绿栅子，薛蟠道：“这是文案房，卖书的就在这里。”他嘴里说着，却不走文案房，另到右首一所房子里去。那房弓是两扇绿色大门关着。在门上又开了一个小门，大门外挂着“画图房”三个字的牌子。宝玉不觉纳闷道：“卖书的所在，怎么叫做画图呢？”只见薛蟠推开小门进去，宝玉等人一起也跟了进去。只见当中摆着一个阔大长桌子，这里卖书的人叫做朱坤。薛蟠先说知买书，朱坤问："买什么书？"薛蟠道："配全套的。我来配过两回，你总认得我了。"朱坤道："认得，我就配起来就是。"薛蟠道："我们先到各厂去逛逛。回头来点书算账。"朱坤答应了。薛蟠要走时，却不见了宝玉。原来那长桌子靠里面一头，放着一个玻璃匣子，里面摆着一个小轮船样子。宝玉见了，想起怡红院的西洋自行船，与这个大同小异，不觉出神。回过脸来，又见里间摆着几张白板桌子。靠边上坐着一人，似是教书先生模样，旁边围了七长八短的几个孩子，在那里念书。却是叽哩咕噜的一个字也听不出来，正在那里发怔呢。薛蟠拉他一把，道："走罢！"宝玉方才回过头来。伯惠道："我这里虽然有熟人，却认不得地方，先问一声才好。"朱坤正在开了书橱取书，便问："到那里？"伯惠道："锅炉厂。"朱坤道："出了栅子，望江边走去，走到船坞旁边，往西就是了。"

伯惠等依言走去。到了锅炉厂，伯惠便拉着一个小工，问道："账房在那里？"那小工道："你走错了。账房在公务厅楼上。"伯惠怔了一怔道："我只问锅炉厂的冯老爷。"小工指着一间房子，道："就在这里面。"伯惠带着宝玉、薛蟠进去。只见那冯委员正戴着眼镜，在那里写字。见了伯惠，连忙放下笔，除下眼镜，迎了起来。大家招呼，又请教了贾、薛二人的贵姓台甫，宝玉只说别字仲瑛。一会泡上茶来，伯惠道："我们不客气。今日我这两位敝友，约着来看厂。贵厂是不用说要看的了。其余的那些厂，我没有熟人，也要费心设法进去看看。"冯委员道："好，好！就请从敝厂看起。"伯惠便立起来同去。冯委员也陪着。到了厂里，便一一指点：这里是人工做的，那里是用机器的。这个是康邦汽炉，是近年的新样，占的地方少些。又带到机器那边去，指点这是钻眼的，这是刨光的，这是切铁的。又叫一个小工，拿一块碎铁来切给他们看。那小工便拿了一块一寸来厚的碎铁，放到刀口上去，一会切成两段。宝玉吐出了舌头，道："这还了得！"又叫那小工再切一遍。宝玉弯下腰，低下头去看着切了。立起来笑道："我当是飞快的刀，原来是没有刀刃的，有一寸来厚的刀口。他也不是切，是硬压断的。然而那个劲儿也可以了。"

冯委员又带到旁边水雷厂里去看。这里的机器都是细巧的，与那边又自不同。又拿出水雷针来看，是铜做的。里面装上白金丝通电。说是装到水雷上，只要四两重的劲碰上，就炸了。宝玉听说白金丝，又是闻所未闻的。要看时，却是看不见。冯委员又另外叫拿白金丝出来看，原来比蜘蛛丝儿还细，宝玉见了不觉暗暗称奇。看了一会，方才出来。冯委员便道："我此刻还有些未了的公事，不能奉陪了。我叫个小工，带着各处去看看罢。放工时，到我这里吃饭。"伯惠道："好极，好极。"因叫黄福、焙茗都在这里等着。冯委员一面叫一名小工领着去。

于是一行人出了锅炉厂，仍走到那大钟底下，原来是机器厂。那小工便到里面回道："华老爷，我们冯老爷有几位朋友来看厂，请华老爷的示。"那华老爷道："好，好！请便。我这里有公事，不能奉陪呢！"于是小工带了三人，逐处看了一遍。又到楼上去看过，才到后头看总机器。那管机器的，见是体面人，便一一告诉：这是汽甑，这是冷汽管，这是热汽管的，一一说了一遍。

小工又带了三人，从后门走出，不多数武，便是熟铁厂。只站在门口看看，因为里面全是一个个的煤炉，烧得那铁通红。工匠们拿着锤，打得火星四射，没有看头。只有靠门口的一个大锤，却不用人力，自己能提上去打下来的。宝玉便问："这叫什么？"小工道："这是汽锤。"

说罢，便带到洋枪厂去看。进门便摆着好些洋枪。小工先进去回了，便有一个姓万的司事，出来招呼。先看了各种机器，都同机器厂的差不多。后来拿起一支枪管，放在眼边，望亮处一照，觉得里面隔着一层厚玻璃。用口吹时，却又是通的。薛蟠便叫奇怪，宝玉道："这个我倒明白，他这里面钻得光滑极了，对了亮处一照，他那四面的回光，映成这影子的，是不是呢？"万司事道："只怕是这个道理。"旁边一个工匠道："正是，正是。"说着，引到楼上，看了一遍，方才出来。走到门口时，宝玉站住了脚，对那洋枪看，万司事便走过来，拿起一支。宝玉以为他要放枪，便退开了一步。未知是否放洋枪给宝玉看，且听下回分解。

第十一回　看造枪炮转疑教授
退打璜表论及赌徒

话说万司事拿起一支枪来，递给宝玉看道："这是从前刘总办出的新样造出来的，一分钟工夫，可以放得三十五响。"宝玉道："能打多远呢？"万司事顿住了口，一会道："这却没有考究过。"宝玉又问那些枪名，万司事指道："这是'十三响毛瑟'，这是'五响毛瑟'，这是'林明敦'，这是'马蹄'，这是'哈吃开士'。"宝玉又问："那刘总办造的叫甚名字？"万司事道："当年造成了这个枪，还没有名字，解到北洋，给李中堂看，李中堂当场试验了，题了名字，叫做'连珠快利枪'。"说罢，三人辞了出来。

小工指着西面道："那边是生铁厂，没有看头，不去罢。"宝玉道："已经到了这里了，管他有看头没有看头，也去看看。"于是往西而去。

走到时，却见门口的牌子，是"铸铁厂"三个字。小工进去回了，只听得里面说道："我们这里没看头，请看罢。"于是三人到厂门外一看，原来是直敞着的。里面做工的人。都是蓬首垢面的，脸上铺着一层黄尘。宝玉猛想起初遇焙茗时的模样，不觉又怔了。薛蟠道："你是怕脏的，怎么见了这些脏劲儿，倒看出神了？"宝玉道："看怎么脏法，这个是不得已之脏。他们为了做活，闹成这个样儿，他们又肯这个样去自食其力。我见了他们，既觉得可怜，又觉得可敬呢！”一面说着，便回身出来。

仍循旧路，走到洋枪厂旁边。薛蟠忽然叫道：“老大的太阳，怎么下雨起来？”小工道：“这是枪厂里面气管喷出来的汽水，不是雨。”宝玉、伯惠也觉着头上洒下一阵水花。到了转弯去处，薛蟠踢了脚，几乎栽个跟斗，原来是踢了铁轨。伯惠道：“这里也有火车么？”小工道：“从前没有，后来刘总办造了一辆，不过拖炮时用用。这个铁路，是推货车用的。”

一路行来，仍走过机器厂门首，到木工厂看了一遍。这厂里只有两架锯木机器、车木机器之类。略略看了一遍，就出来。看看大钟，已经十一点了。小工道：“先到我们厂里憩憩罢，快要放工了。”

三人依言，仍到锅炉厂来。此时冯委员公事已毕，便招呼谈天。薛蟠弯下腰去，摸着鞋头说脚趾痛，冯委员便问何故。伯惠道：“想还是踢了铁轨的缘故。”宝玉笑了笑，正说话间，只听得外面隆隆之声，宝玉立起来，往窗外一望，正是一车铁条儿，用两人推着，在铁轨上经过。宝玉道：“这倒省了许多人力。”伯惠、薛蟠听说，也立起来看。伯惠道：“局里不走火车，单为这个用法，也筑起铁路，未免大才小用了。”冯委员道：“这是光绪初年，外国人造了一条吴淞铁路，上海道向他买了回来。拆毁了的铁轨，没有用处，才装到这里的。”宝玉道：“是外国人造的，买了过来，固是应该，为甚又拆了呢？”伯惠道：“那时死怕一旦中外失和，外国兵船到了吴淞，就从这条路上来，所以拆了。”宝玉道：“此刻不又有了淞沪铁路了么？只怕此时中外不至失和的了。”冯委员道：“这是一时一时的见识。其实他即到了吴淞，就没有铁路，怕他还进不了来么？”

正说话时，只听“呜呜”的一声响，早放工了。冯委员便走出门口站着，三人也出来看看。只见一众工匠，都鱼贯而出，走到门口，就交下一根筹来，方才出去。一会散尽。开上饭来，冯委员让坐。吃过，宝玉便要去看那书配全了没有。冯委员道：“买书么？此刻还没开门。等开了工再去罢。”于是分坐谈天，又问了些制造局的历史。直等开过工,冯委员仍派了小工跟着,要去看厂。薛蟠道:"咱们拿了书就走罢,再看什么呢?"宝玉便问:"还有几厂?"冯委员道:"还有大炮厂、炮弹厂、炼钢厂,可以看看;其余工程处、轮船厂,没有机器,可以不必看了。"宝玉还要去看那三厂,薛蟠执意不肯,宝玉无奈,只得辞了冯委员,带了焙茗,伯惠也带了黄福,一同到画图房去。

朱坤早把书配齐了。拿了一本书目,请宝玉自点。原来内中还有《四书》《易经》等书。宝玉诧道:"这也算译本么?"急翻出来看。那里是译本?还是中国旧书,不过板子刻好了。因说道:"不管他,也放在一起,以备一格。"点过了,薛蟠算过了账,交付清楚。伯惠叫黄福去叫小车。朱坤一面取出厚纸,把书一部一部的包起来。一会黄福叫了一辆小车来,看看装不下,只得又去叫了一辆。伯惠又叫黄福招呼装车,便押了到长发栈去。宝玉也把焙茗留下。三人出了栅子,坐上马车,风驰电掣的先回去了。

到了客栈,开了房门,茶房早送一张条子给薛蟠。原来是柏耀明的条子,写着"无论何时回栈,望立即到舍一谈,有要事奉商"云云。茶房又道:"早上是自己来过一次,后来送来这张条子。以后又打发人来问过两次了。"薛蟠道:"有什么事,这么要紧,我要歇歇呢!"茶房退了出去。

只见外面走进一人,正是柏耀明。回栈的时候,本是大家同到薛蟠房里,宝玉见柏耀明来了,便拉了伯惠到自己房里来坐。说起今日在制造局所看的机器,自然都是外国买来的了,不知中国自己会做不会。伯惠道:"会只怕是会的,就怕的是器具不齐,做不起来。然而不会做也难说,今日虽未看见,我知道局里面还有好几名洋匠呢。"宝玉道:"我也为这个纳闷,这些法子,都是外国的,他却肯来教咱们?什么做枪咧,做炮咧,咱们做起枪炮来还打谁?有一天同他失和了,还不是拿来打他们么?这个,我刚才想了好几句话,可以叫做'请君入瓮';又可以叫做'即以其人之道,还治其人之身’;又可以叫做‘以夫子之道反害夫子’,难道他望咱中国人都是庾公之斯么?这我可真不解了。”伯惠道:“那有这话。他们的制造层出不穷,今年造的东西比去年精,明年造的东西又比今年精了。譬如造洋枪,我们要造,请他教,造起的洋枪,能打一里远,他家里造的,已经可以打一里半了。等你学会造打一里半的枪时,他家里造的又可以打二里了。他教会你怕什么?”宝玉点头道:“原来有这个道理。我们何不也考究考究,赶上他们呢?天下事,怕的是不曾入门,现在咱们总算入门了。就从这条路上精益求精起来,想也不难。”伯惠道:“可不是么!只恨我们中国的习气,总是死守成法。听见说有个新法,不是诧为荒唐,便是斥为多事。等到人家的新法有了实验,被他亲眼看见,他才信服了。等学起来时,已是迟了。便是今日新买那些书,多半是一二十年前所译的。人家已经旧的了不得,我们还拿他做枕中秘宝呢!”宝玉道:“这么说,这书是没用的了。”伯惠道:“也不尽然。他这里头都是讲科学的书多,要按照他的书去实验呢,那都是陈腐旧法了。然而,我们此时连一点也不懂,借此觇觇他的门径,未尝不可以看得。”宝玉道:“要懂他们新法的,有什么书?”伯惠道:“我看这东西,不是看书可以看会的。他们那科学有专门学堂,由小学升中学,入大学,由普通入专门,每学一样要十多年才能毕业。若是胡乱看两部书,可以看会的,他们也不必设什么堂了。”一席话说得宝玉嗒然若丧道:“你若早说了,我也不叫他花这冤钱去买这无谓之物了。”伯惠道:“这又不然,你要考究这些学问,也要先从这里下手,方才知道他的根底。若突然去看那新法新书,倒是茫无头绪。”宝玉道:“说是这么说,不知我看了这个之后,要找那新译的,还有没有?”伯惠道:“这个要打听去,且等看了这个再说。”正在彼此说话时,黄福、焙茗押书来了。那两个小车夫帮着,一包一包的送上来。宝玉便把那没用的,都叫焙茗收拾到里间去,仍旧放到书箱里面。把新买来的,罗列起来。伯惠叫黄福也帮着收拾。忙了好半天,方才妥当。

只见薛蟠气忿忿的走过来道:“真是岂有此理!”宝玉、伯惠都问何故?薛蟠对宝玉道:“就是为的那个打璜表,被你批评上两句,我就想不买他了。这东西原是柏耀明的,他说是一个朋友之物,因为等用,要卖二百块钱。我不过一时高兴,拿过来看看,打算叫人估估价,值得再买。谁知价还没有去估,你倒先说什么奇技淫巧,是女人所用的。所以我昨日就还了他。”又回头对伯惠道:“你道他方才来做什么?他倒要撒赖我起来了。说我已经答应了他,不能退还,一定要栽给我。你想,我是受得了那种气的么?被我着实的骂了他两句。他见我不对,又改了面目,说是要卖的人,十分不得了,一定要求我买了,只当做好事。本来说的我心软了,打算胡乱买了他,不过嘴里还没有答应。他忽然又说:‘这表本来值得三百多银子,此刻只卖二百块,要便宜一半价钱。’我不觉恼了。我初意不过是拿二百块钱,买了他,只当是济人之急罢了。谁知他倒说出这句话来,好像是我贪他的便宜了。所以我一口回绝了他,他倒向我翻起脸来。你说奇怪不奇怪?”伯惠道:“就是我昨天看见你还他那个表么?”薛蟠道:“可不是么。”伯惠笑道:“那链条哪里去了?”薛蟠道:“他交给我就没有链条的。”伯惠又笑道:“他再要罗唆你时,你只说莫道川已经同我当面说定了,他就再不言语了。”薛蟠道:“这是什么讲究,倒要问个明白。”伯惠道:“你道耀明兄弟都是好人么?他两个都是赌棍,专门设骗那外路人入局赌博。他们却用什么‘翻天印’‘倒脱靴’的法子来骗你的钱。这个打璜表是他的同类中一个叫做莫道川赢来的。这表连链条只怕也值到三四百,是一个路过上海客人的东西,也是上了他们的当,赌输的了不得,就把这表押了八十块钱,又输完了。那客人再要多押几元,他们也不肯。后来他们分赃,莫道川照八十元的价分了这表。近日闻得姓莫的手边也很拮据,情愿照原价卖出来。柏耀明乘他艰窘的时候,只给了他六十元,欠着二十,说慢慢还他。他可拿来要赚你的钱。”薛蟠道:“那链条是什么的?”伯惠道:“是外国金的。那外国金顶不好，买来时钱很大，要卖出去，却吃亏不少。”薛蟠跳起来道：“他统共八十元的东西，还拿起一根金链条，还要卖我二百，这个贪心还了得么！”正说话时，伯惠家里打发人来寻，伯惠便起身辞去。不知伯惠去后还有何事，且听下回分解。

第十二回　气焰逼人王威儿受屈
冤家狭路杨势子遭殃

却说作小说的体裁，有事话长，无事话短。宝玉自从到了上海，会了吴伯惠，一见如故，事事都请教他，又请他教英文。伯惠叫他买《士啤令卜》来读，说这个是启蒙的书。宝玉买来看了，伯惠教了一遍，宝玉说："这个不行，这就和咱们的《三字经》《神童诗》一般，从小念书的人才用得着他。我们此刻这么学起来，要费多少时候！必得有一部有汉文注解的才便当捷速，最好是能有同字典一般可以查字的。我看那个《无师自通英语录》便好。"伯惠道："那个不好。"于是又教他买《英字入门》《华英字典》。宝玉买了，求伯惠教起来。每日自家分开工课：上半天看买来的译本书，下半天读英文。他本是绝世聪明的人，一经指点，便心领神会起来。又恃着一部字典在旁边，随便遇了一张残废的外国字纸，也要逐字去查考，因此学的飞快。他自己也把进京的心事搁起，一心只在这个上头。

不知不觉住到了三月中旬。这一天忽见薛蟠匆匆的走了来，道："宝兄弟你一到了上海，就说要进京，此刻怎么不提起了？"宝玉道："提起便怎么？"薛蟠道："我方才接了一封京信，叫我即刻进京。你要去时，明日和我一起动身。"宝玉道："你有什么要事，忽然这样匆忙起来？"薛蟠道："我这一进京去，便好好的干一个大功名出来。你要去时，也可以干点事业去。"宝玉笑道："这就恭喜了！只可惜，我一则无志功名，二则学的英文还要求伯惠指教。我虽想进京，一时只怕不能动身。”薛蟠道：“我又走了，你一个在这里做甚？”宝玉道：“奇怪，我来时本也不打算遇见你呀？”薛蟠想了一想，道：“我前回送给你的二百块钱，用了多少了？”宝玉道：“一个没动。你要做盘缠，只管拿了去。”薛蟠道：“我并不是要盘缠，我这回走的匆忙，要托你代我办点事呢。”宝玉问：“甚事？”薛蟠道：“一来是我的行李不能全带，要存在你这里；二来我还有二万银子，存在汇丰，你要是进京时，代我汇了去，但不知你多早晚才走。”宝玉道：“存行李只管可以，汇银子可没有汇过，你还是托别人罢。”薛蟠道：“除你之外，还托谁？你不懂得，问伯惠总知道。我回来就把存折送给你。”此时宝玉正在潜心英文，心无暇和薛蟠说，便胡乱答应了。

薛蟠便去，到了晚上，就送过一本洋式手折来，又开了一纸行李单，都交给宝玉。宝玉道：“你当真的要走了么？”薛蟠道：“自然。”宝玉道：“到底为什么事，这般要紧？”薛蟠道：“此刻不便说给你，不知你几时进京？你到得京里，自然知道。”宝玉道：“我也想着要走，只是一时舍不得丢下那洋书，须得再学几时。只要学得差不多，可以自己用功，不必人教，我也就走了。”薛蟠道：“我也不懂你，你本来最恨的是洋货，近来为甚忽然念起洋书来？而且是下死劲的用功，难道洋书就不是洋货了？”宝玉道：“我本来给你说过，用洋货也要分个有用没用，有益无益。这洋书本是个有用的东西，自然要念念他了。”薛蟠道：“我也不管你这个，你到底多早晚进京？”宝玉道：“说不定，快的不过一个半个月，迟的或者一年半年。看着罢咧。”薛蟠道：“随你迟也罢，早也罢，我的东西都托付给你了。这手折子你收好，这一张行李单上的东西，都存在账房里的。明儿早起，我和你当面交代了账房就是。此刻我要先睡了，明日清早怕有事。”宝玉笑道：“你到底为的什么事？来的这等慌张。”薛蟠道：“此刻万不能告诉你，你如果进了京，我再和你说。包管这个玩意儿，你也对劲。”宝玉也不再问，薛蟠也就去了。一宿无话。

次日早上,薛蟠过来,叫焙茗到账房里,招呼了人来。交待他所存行李,都付了宝玉的话。又说道:“他动身时,交他代我带去。”账房答应去了。薛蟠又拿一把钥匙交给宝玉,又叫宝玉搬到他那房里去住。宝玉道:“你那屋里糊得红光耀眼的,我住不惯。”薛蟠道:“你住不惯,也要把那边的零碎东西搬了过来。”宝玉道:“你叫茶房搬来就是了。”于是薛蟠回过去,把零碎东西,归入箱子里。那不能放在箱里的,也叫茶房一一搬了过来。另外还有两个箱子,搬过来寄放。乱哄哄的忙了一天。恰好这天开天津的“安平”轮船,在四点钟时,趁晚潮出口。所以薛蟠忙着,两点多钟时,就下船去了。宝玉也不远送,只送到客栈门首就回来。从此宝玉乐得清静不表。

且说薛蟠坐了“平安”轮船,犹如热锅上蚂蚁一般,一刻不得安宁,巴不得立刻就到了。偏生又遇了风,那路上多走了一天。等得到塘沽时,又值天晚,只急得薛蟠暴跳如雷,眼巴巴熬了一夜。次日破天亮时,便叫了小船,拢岸到火车站。上了车,开到丰台,即刻雇了骡车,赶进城去,找他的朋友。

你道他的朋友是谁?原来是姓王的,名字叫做威儿。本是北京城里的一个著名光棍,平日吃喝嫖赌无所不为。因为一天他有事,到宣化县去探亲,他那亲戚就留他住几天,未免置酒相待。他吃醉了,便到街上去逛。无意中又遇了一个醉汉,两下相撞,以醉遇醉,大家便闹起来。路旁过往的人,都站着观看,不赞一词,两下便打成一堆。大家未免都受有微伤。后来人丛中出来一个老者,把他两个劝开。又对王威儿道:“你这位哥,只怕初来此地。古语说的好,‘入国问俗,入境问禁’。你也不打听,这位杨大爷是咱们宣化城里头等的好汉,任是官府乡绅也让他三分。你仗什么腰子,敢和他对打起来,还不快过来赔个不是?”王威儿大怒道:“我不认得什么羊呀牛的。我王大爷生长在城里,除了皇上王爷,哪怕贝子、贝勒见了我,也要低个头儿。他是个什么东西!别说他一个,就是这宣化城,也搁不住我三拳两脚,打个稀烂。”说罢又扑过去,两人复又扭做一团。

正在难分难解之际,忽听得“镗、镗、镗”,锣声响处,那看热闹的人,一哄让开。前面开道的人,一声喝断,便把二人擒下。原来是本县太爷到了。差役看见有人打架,叱喝不开,便上前捉住,拉到轿前,回了本官。那县太爷在轿里问道:“你们不安分守己的做人,却在外头打架生事。见本县来了,还不知避让,着实可恶!”喝叫每人打他二十小板子。差役正待行刑,只见那姓杨的跪上一步道:“禀上太爷,小的是本城的教民,姓杨名唤势子。”一句话还未说完,那县太爷就大怒起来,叫拉王威儿过来问道:“你这杂种王八羔子,是那里来的,在本县治下撒野?”王威儿道:“小的王威儿,宛平县人,到这里探亲。遇见这姓杨的……”这句话以后还未说出来,那县太爷大喝道:“着实可恶!给我带回去问他,杨势子无干省释。”杨势子谢了自去。这里差役便拿链条把王威儿套住,带回衙门里去。

县太爷坐了二堂,喝叫:“拿上来!”不问青红皂白,先叫痛痛的打了一百板子。王威儿大叫:“冤枉!”县太爷道:“我把你这不知起倒的畜生杂种,我活活的惩治死你!你那里不好去闯祸,却走到本县治下来得罪教民!我问你有几个脑袋?你的狗命不要紧,须知本县的前程不是给你做玩意儿的。你还敢叫冤枉,我把你的狗嘴也打歪了,狗牙也给你打掉了,看你还叫!”左右差役听说,连忙上前,劈劈啪啪的打了五十嘴巴。打得王威儿两腮红肿,牙血迸流。又喝叫:“用头号大枷,枷起来,发往犯事地方示众。一个月后,再责二百板驱逐出境。”

王威儿受了这场恶气,真是有冤无路诉,只有自认晦气。还亏得他那亲戚,到处挪借,同他打点,方才不至十分受苦。一月之后,又打了二百,就有两个差役,押着出境。连亲戚那里也不能去道个歉。捱着棒疮,一步一拐的走去。那两个差役,只押出了宣化境,便撂下他去了。可怜他一路上行乞,回到京城。

看官,你想受了这种恶气,这种冤枉,如何不恨?起先是恨那知县官,后来想想又恨那杨势子。只是手无寸柄,徒然恨着,也是无用。一连过了三四年,这件事慢慢的淡了。他又到宣化去探亲,住了几时,方才回京。就借得他亲戚的驴,骑了出门。行得不远,劈头遇见杨势子。正是仇人相见,分外眼明。杨势子却并不在意。只因他仗着那知县怕的是教民,所以他打官司,打一次赢一次。那日同王威儿打架,不过是无意相遇的,过后就忘了,那里还放在心上,所以并不在意。不比王威儿是受了恶气的人,论吃着饭,睡着觉,总是想着仇人。这三四年里头,那里有一时半刻是放过的?所以看见时分外眼明。因细细打量他,只见他骑一匹黑驴子,驴子上还搭放着马包,头上带着草帽,像是个出远门的样子。不觉自已也拨转辔头,远远的跟着他走。他打尖,自己也打尖,他落店,自己也落店。看看走到怀来县境内,恰好走到一处四无人烟的所在。王威儿故意赶上杨势子,两炉相并,王威儿猛不提防,举起手中鞭杆,照准杨势子额上尽力打去。不偏不倚,恰打在太阳穴旁边,不觉一个头晕,倒栽葱的掉下驴来。王威儿也连忙下来,一手按住,跨在他身上,不问情由,没头没脸的乱打。杨势子乱嚷道:“你是谁,打我作什么?我没得罪你,好好儿的大家走路。你要打,说明白了打!”王威儿咬牙切齿的道:“你这个瞎了眼睛的王八羔子,你不认得老爷,老爷却认得你!你是什么羊势子,可知道你老爷却是牛势子。今儿叫我跟你到了这里,可知道你的羊犄角也有及不来我的牛犄角的时候,也叫你受点罪。”说着,接连又是几拳,打得杨势子眼中火光迸裂,大叫:“饶命!”又道:“你到底为了什么事打我,也说明白。我自问没有得罪过你呀!”王威儿又是一个巴掌,笑道:“打的我手也痛了。”说着攒了他的辫子,提起他的脑袋,往地上乱磕。起先杨势子还竭力挣扎,后来慢慢的没了气力,气也喘不过来了。王威儿磕了一阵,看看他不动了。撒了手站起来一看,只见他直挺

挺的躺在地下,两只眼睛也定了。在路边拾了一堆驴马粪,塞了他一口,然后跨上驴子回头就走。走了一箭多路,猛可的想起,今日惹了这场大祸,须回去不得,不如且往别处避他几时。想定了主意,拨转辔头,加上一鞭,向北飞驰而去。不知此去如何,且听下回分解。

第十三回　赠盘缠薛蟠仗义
试邪术王命舞刀

却说王威儿拨转辔头，仍旧往北而走，走到杨势子身旁，看看他，早是有九分不中用的了。暗想：仇是报了，只是这祸闯的不小，此刻且到那里去躲一躲呢？一面走着，一面想着，忽见路旁一匹黑驴在那里嘶叫，原来就是杨势子骑的驴。当杨势子跌下来时，他早就吓的溜了。走到这里，被路旁枣树绊住了缰绳，因此走不动，在那里嘶叫，王威儿下来，在那马包里掏了一掏，却掏出一吊大钱，并几块零碎银子，又有四五扎手折。打开看时，原来都是杨势子重利放债的账折。想他今番不定是到那里收利钱的，可巧遇见了我，便宜了那些债户。他今天果然死了，也是他重利盘剥、仗势欺人的结局报应，也怨不得我了。想罢，便把那手折撕的粉碎，在身边掏出洋火来，擦个火烧了，道："凭你不死，也得要遭殃破财。"说罢，取了银钱，束在身上。那马包里的衣服、铺盖却不敢拿，上驴而去。

这一夜就在怀来驿落店。只因心中没有一定去处，耽搁了两天，不曾动身。这天忽然喧传境内出了命案，死者是一个过路客商，被人殴毙，遗下黑驴一头，马包一个。由地保报县相验，验得委系因伤毙命。刻下正比差严缉凶手云云。王威儿听了，吓得魂不附体。即刻算清了客店钱，跨身上驴，亡命的奔逃。出了怀来县境，方才略略放心。一径奔出张家口外去。在路又把那驴子卖了儿吊钱做盘缠,在口外流离浪荡了几个月。入了山西境内,又由山西折到山东。一路上做了些小负贩,倒也还可以将就糊口。

一日到了登州境内,遇见一个贩枣子的客人,要招一个伙伴送枣子到烟台去。王威儿就投了他,一路上代他招呼车辆货物。那客人也姓王,单名一个本字。与王威儿谈得投机,不觉自述来历。原来王本是个武举出身,山东郓城县人氏。前几年和人家打官司,那人家不知用什么神通,求了一封外国信给那县官。因此王本非但输了官司,并且连一个武举也送在这一案上。恨得他撇了家乡,出来改了行,做贩货客人。王威儿听了正与自家同病相怜,也就把自家的履历告诉他一遍。王本大喜道:“你投了我,恰是着了道。也不瞒你说,我们现在正要办一件大事,你如果肯入伙,包你立取功名富贵,岂但报仇罢了。”王威儿也欢喜问是何事,王本对他耳边唧唧哝哝的说了半天,把一个王威儿乐得手舞足蹈。从此就跟定了王本学些拳棒。

到了烟台,耽搁下半个月,把枣给一个南边客人,贩到上海的一切交易都妥了。这一天,发货上轮船,那客人忽然走来说少了十包枣。王本便叫王威儿同他到轮船上去点货。王威儿恰才多喝了几杯,勉强支持着到船上去。谁知到得船上,那客人的伙计,已经点明并不短少。王威儿赌气便和那客人争了几句,又因酒后走到海边,受了那海风,愈觉得支持不住,便到船头上找一个没人的所在,倒下来便睡。及至一觉醒来,那船已经开行多时了。王威儿急的乱跳,船上手打杂人等,见了这个情形,先说他是贼,不由分说,先把他绑了起来;然后再回买办。亏得那买办人甚慈善,听见这话,便亲自问他的缘由。王威儿又把酒醉点货情由说了一遍。买办便吩咐好生看着他,到了上海时,再作道理,因此王威儿并不曾受苦。及至船到上海,船上各人都忙着各司其事,谁还照顾着他,他却乘人不备,溜了上岸。

果然,上海的繁华与众不同,不觉看得他目眩神迷,左顾右盼。

也不问东西南北，只拣热闹的地方走去。忽然觉着内急，就解了小衣，当路小便。一个巡捕上前喝阻，无奈他已尿了出来，收止不住。那巡捕抓了他便走，王威儿乱嚷道："你抓我做什么？有话好说呀！"说着，还要挣扎。那巡捕举起手，啪的就是一个嘴巴。此时围上来看的人不少。王威儿又嚷道："好打！好打！宣化县之后，又着了这么一下。"说着举起手来要回敬那巡捕一掌。忽然人丛中走出一个人来，挡住道："你这汉子不懂事，想是初到这里的。"王威儿听得有人招呼，抬头一看，只见这人是个上等人的装扮，又是说的北京口音，以为有了帮手了，便道："我是从烟台来的，才上岸，不过尿了一泡尿，他便抓我。"那人道："这是此地的规矩，当街撒尿，不过拉去罚三角小洋钱罢了。你若和他打起来，这事就闹大了，快别动手。"王威儿道："我腰里半个也没有，拿什么给他罚？"那人道："这不要紧，我给你。"说着在身边掏出三角小洋钱，交给他，指道："那里就是巡捕房，你快跟他进去交了罚钱出来，我在这里等你。"王威儿答应着，跟那巡捕去了。

看官，你道此人是谁？原来不是别人，正是呆霸王薛蟠。他虽是生得呆头脑，一时义侠起来，却又十分疏财仗义。他虽是南京人，却在北京多年，和北京的一班子弟混惯了，到了上海之后，所听的说话，都是南腔北调的，认真北京口音，难得入耳。今日忽然听得王威儿说的满嘴京话，不觉心动起来，招呼了他这一下，表过不提。

且说王威儿交了罚款之后，出来果见薛蟠站在左近地方等候，便过来招呼。薛蟠道："你说才上岸，你的行李呢？"王威儿道："我没有行李。"因把吃醉酒在船上睡着的话说了一遍。薛蟠又动了怜悯之心，带了他回栈，问了姓名，因对他说道："你今日幸而遇了我，不然受苦不浅。你不知这上海的规矩，一切都是洋人办事。今儿抓你的，叫做巡捕。你要是打了他，那办起来没有一定的。不瞒你说，我也干了那么一回。讲究要打，他本来打我不过。谁知他身有边一个铜管子,吹起来怪响。他打你不过,便吹起来,别处的巡捕听见了,都赶了来,凭你多大的本领,也走不了。这一拿去先押起来,过了一宿,还要解公堂,我那回差一点儿叫他办了个监禁三个月,幸而外边认得人多,都肯做保,才罚了几十块钱完事。你要犯了这个,还了得么?”因又招呼账房里代他写一张烟台船票,要送他回烟台。王威儿道:“王本他同我说过,他发完了枣子,也要进京走走。你宁有心照顾我,不如给我一张天津船票罢。”薛蟠答应了。只是当日没有船,要歇一两天才有,薛蟠就留他在栈耽搁住。王威儿也把自己的遭逢对薛蟠说知,并不隐讳。因此两人竟有成为知己之势。过了两天,有了船了,薛蟠除了船票之外,又给他几元钱,几件衣服,一份铺盖。王威儿千恩万谢的去了。自此两下都无消息。

事情已经隔了一年,直到那天薛蟠对宝玉说,接了京信,要立刻进京,方是王威儿的信。因此薛蟠到京之后,就先去找他。当下两人相见,各道契阔。王威儿道谢了前情。一面打扫房屋,接待薛蟠十分殷勤,忙着宰鸡,宰鸭,买鱼,买肉。他的妻子巴氏也出来相见,忙的代薛蟠开铺陈,整行李,便留薛蟠在家住下。

一会儿,开上饭来,王威儿恭恭敬敬的,给薛蟠筛上杯酒,开言说道:“我在上海多承大爷的恩典,就是粉身碎骨,也报不来。我自从回到京城之后,前头的事,早已冷淡了,因此放心住下。王本也到了京里,我招接了他几天。因他的拳棒好,从前我跟他学过两天,索性拜他做师付。我写信请大爷来京的路子,就是他的。”薛蟠道:“何妨请他来见见。”王威儿道:“他此刻封了师付,天天在坛上,不轻易见人。我请大爷的话,先已同他说过,他答应了,才敢写信。咱们今儿痛痛的喝他一天,从明天起斋戒三天去拜坛,好歹先弄个前程再说。”薛蟠道:“要吃斋岂不费事?我吃他不惯。”王威儿道:“咱们当真吃斋么?只管肥鱼大肉的吃,不过别吃葱蒜,他那里就知道。”薛蟠道:“这件事的始末,我一点也不晓得。我本来也是要进京来的,接了你信,我就早动身几天。你且把这个原委告诉了我,究竟怎么能干功名?”王威儿道:“现在山东、直隶一带地方,出了一位老祖师,法术通天,立下一个教,叫做‘义和团’到处传授与人,能调遣天兵天将,立愿要‘扶清灭洋’。他手下有三千六百个徒弟,都封了师付之职。这王本也是三千六百个之中的一个。做了师付的,便出来设坛招人入伙,传授法术。若要入伙的,先斋戒三天,到坛上去拜过,拜准了便封做大师兄。学了他的法术,将来便可带兵。”薛蟠讶道:“我不大懂事,然而我听见结盟拜会是犯法的,官府知道了捉了去,轻的打屁股,重的砍脑袋,这件事如何好干得!”王威儿道:“你说呢!此刻不比往常,这件事早通了天了。王爷、中堂早已知道,非但不禁,而且十分欢喜。上月东街上王爷府里还请了两位大师兄去教法术呢!”薛蟠道:“什么法术?我想那剪纸作马,撒豆成兵,都是小说上的话,不见得是真的。”王威儿道:“你说呢?南街上那位铁帽子王爷,他管的是一根打叫化子的棒。这根棒,是从周朝姜太公封神的时候传下来的,经了几千年,受尽天地日月精华,通了灵了。上月我们师付看过,说是一件法宝。祭起来,一根变十,十根变百,百根变千,千根变万,有无穷的用处呢!此刻用符封了,在王府里供着听用。”一席话说的薛蟠半疑半信。

一时饭罢,王威儿便去找王本。薛蟠也到街上去闲逛,觉得景物全非,也不禁心神彷佛。逛了一会,无精打采的回来。只见王威儿已经回来了,身边立着个小子,年纪约有十一二岁。王威儿推他见薛蟠道:“这是小儿,近来在坛上学法术。我才去见师付,顺便带他回来见你。”薛蟠问道:“叫甚名字?怎么这点年纪也学起法术来?”王威儿道:“越是小孩子,学的越容易,他名字就叫王命。”说着便对薛蟠道:“我叫他使法给你看。”一面在墙上解下一把腰刀来,一面口中念念有词。只见王命慢慢的脸色变了,两个眼睛也定了。忽的一声,拿起腰刀,走到院子里飞舞起来,舞得果有门路。并且腰刀又长又重,断非十一二岁孩子舞得动的,不禁看的呆了。忽然他放下腰刀，又把一个六七十斤碌碡，两手举起来。吓的薛蟠"呀"的一声道："小心，别闪了骨头拧了筋。"未知果然有拧了筋否，且听下回分解。

第十四回　受愚蒙薛蟠拜神坛
信邪教中堂攻使馆

却说薛蟠看见王命一个小小孩子，居然能舞动大刀，举起碌碡，不觉心中信服起来。便问道：“这是什么神法？”王威儿道：“我们受那毛子的气，受得够了。还有那一起二毛子、三毛子，甘心去做汉奸。是我师付立下洪誓大愿，要‘扶清灭洋’，将来立了功劳，少不得要封侯拜相。我们也就出了一生的恶气。”薛蟠道：“怎么叫‘毛子’，又是‘二毛子’‘三毛子’？”王威儿道：“那些洋鬼子，咱们不不当他是人，单叫他‘毛子’。咱们中国人，倘附了‘毛子’的党，就叫‘二毛子’，那随和着‘二毛子’的，就是‘三毛子’。”薛蟠道：“这件事大得很，到底怎么个办法？”王威儿道：“此刻天兵天将还没有调齐，天兵天将一齐了，就要动手。此刻多少王爷、中堂，也在那里预备呢。一声齐全了，上头便发下号令来。咱们就动手。”薛蟠道：“外国人的枪炮，利害得很呢，有什么法子去抵挡他？”王威儿哈哈大笑道：“要怕了他的枪炮，咱们也不干了。只要到坛上拜过了祖师，拜过了师付，凭他什么枪炮，只打咱们不动。”两个人谈话时，那王命还是两手举着碌碡，直挺的站着不动。薛蟠道：“够了，放下来罢。”王威儿道：“我还没有解法，他怎么放得下。”说罢，对着王命念念有词的鬼混了一阵。王命才把碌碡放下，走了进来，气也不喘一喘。薛蟠愈觉得神奇，便巴不得就到坛上去看看。

捱过了三天，一早便催王威儿同去。王威儿道："早呢，此刻师付还没有起来。起来了，还要吃福寿膏。"薛蟠道："什么福寿膏？"王威儿道："福寿膏就同鸦片烟一般，不过鸦片烟是毛子带来的，吃不得。'福寿膏'是咱们自己做的，吃了可以添福添寿，所以得了这个名儿。"薛蟠只得耐着，直等到吃过午饭，王威儿拿了一个包裹，拉了薛蟠同去。

到得坛上时，只见那香和蜡烛，烧的烟雾腾天，当中挂着一幅黄幔帐，里面黑洞洞的，不知供着什么菩萨。两旁列着许多军器。王威儿就在地下打开了包裹，拿出一条红布，给薛蟠包在头上，又拿出一条，给他束了腰，自己也包了头，却多穿了一件红坎肩儿，将一条红带子束在背肩儿外面。薛蟠看他时，却是当中缝了一个白布圆补，就同那营兵的号衣一般。圆补上面，写着"孙悟空"三个黑字。薛蟠讶问道："这是什么意思？"王威儿悄悄摇手道："回来再说，这会且别问。"说罢，带了薛蟠径到拜垫前面，自己先朝上行了三跪九叩首的礼，回头叫薛蟠照样拜了。王威儿便转到幔帐里面，一会儿又出来，向上作了一个揖，又打了一个扦，高声唱道："有请师付。"声未绝响，只见黄幔开处，步出一个人来。你看他青青黄黄的脸儿，乜乜斜斜的眼儿。打扮得虽同常人一般，却是头上多了一幅红巾，腰上了一条红带。身上穿的虽是长袍，脚下蹬的却是一双草履。王威儿便叫薛蟠拜师付。薛蟠此时已被那邪气所惑，便向着那师付膜拜。他却只略略打了个问讯。薛蟠拜罢起来，王威儿便说道："这是徒弟招来入伙的薛蟠，斋戒三日，特来参拜祖师与及师付，望师付收留。"那师付把薛蟠打量了一番，便道："你这个人敢是诚心入伙的么？须知我这个教里，是专门讲究'扶清灭洋'的，不准和毛子打交道。和毛子打交道时，便是二毛子。"薛蟠道："这个我都知道。"那师付道："你既然知道，就可以收留得。但是我也作不得主，须要拜表请祖师的里旨，看你的造化罢了。"说罢，便走近香案前，上了一把香，口中念念有词，又鬼混着做鬼脸。做了许久，方才跪下，俯伏在地，王威儿连忙推薛蟠也跪下，俯伏良久，方才起来。那师传取一张黄纸在蜡烛上化了。奉着那纸灰，鬼混着看了一看道：“好，祖师封你做大师兄，快点谢恩。”王威儿又推薛蟠到拜垫上叩头。那师付道：“你从此天天要到坛上当差，不可有误。等当差有了功时，我代你开上保举，那时再请一个封号。”薛蟠喏喏连声的答应了，方才同王威儿出来。

王威儿走到门口，便把红巾、红带去了，又把坎肩儿脱了。叫薛蟠也去了巾带，都打在包裹里，一同回去。薛蟠问道：“方才师付说请什么封号？”王威儿道：“就是穿的坎肩儿，写的就是封号。”薛蟠道：“怎么闹个‘孙悟空’呢？”王威儿道：“封的多是古人名字，内中就是‘齐天大圣’最多。因为他有分身法，只管可以分得出来呢。其实要靠在当差上面，求个封号，至少也得要当三个月差。倘是用几两银子使费在师付那里打点打点，几天工夫就请着了。”薛蟠道：“要这封号有甚用处？”王威儿道：“这个也同做官一般，有了这个，身份大些，而且体面得多呢！”薛蟠道：“不知要多少使费？”王威儿道：“没有一定的，不过几两银子罢了。有了十两银子，便更快些。”薛蟠便在行李内取了十两重的一锭银子，叫王威儿去斡旋。王威儿去了一会，欢欢喜喜的拿了一件坎肩儿回来，道：“难得今儿那么巧，一去就得了。”薛蟠抖开一看，也同王威儿的一般，那圆补上却写的是“薛仁贵”三个字，王威儿道：“恭喜大爷，有了九牛二虎之力了。这个是有《征东传》为据的，不是我凭空杜撰出来。”薛蟠道：“那么说，你还有七十二般变化呢。”王威儿正色道：“这个只要学起来，没有做不到的。”从此，薛蟠天天同了王威儿到坛上去鬼混，又学习那鬼混的符咒。

不知不觉又过了一个多月了，忽然一天，喧传说红灯照在大沽口外，用神法沉了几十号毛子兵船。王威儿好不兴头，便带了薛蟠奔到坛上去。只见密密层层的，早已挤满一坛的大师兄。人声嘈杂，那师付正在那里发号施令呢。叫这个烧教堂，那个攻使馆。一眼瞥见了薛蟠,便叫他同王威儿两个去烧铁路。二人领命,便带了一群人,跑到车站上去放火。房子便烧了两间,只是那铁路怎生烧得他着。二人商量要想个什么法子才好呢!薛蟠踌躇半晌,道:“有了。”便带了众人,抢入洋广货铺子里去。只说焚烧洋货,却暗暗吩咐众人,见了洋油,抬了就跑。一连抢了几十箱洋油。都抬到铁路上。薛蟠喝叫逐箱打开了,都泼在铁路上,安排停当,才放上一把火。登时烈烈轰轰,那铁路的枕木一齐都着了,众人拍手欢呼。于是这一群人,当堂就造起谣言来,都道:“到底薛大师兄法力高强,只念了几句咒语,那铁路便自已发出火来烧了。”薛蟠听了,也自扬扬得意。

王威儿同了薛蟠到坛上去请功,走到坛前,只见人山人海的拥挤不堪。问人时,方才知道:前几天有一个大师兄,杀了一个东洋毛子,又有一个大师兄,杀了一个西洋毛子,被一个什么王爷知道了,拣了今天的吉日,亲到坛上来叩谢祖师,方才散去。众人是跟着来看热闹的,二人挤了进去,说明了烧了铁路的缘由,却瞒过洋油一层,只说念咒烧的。坛上众人又是一场欢笑。

二人正要再讨差使时,只见一个大师兄擒了一个小厮来,说捉着一个二毛子。薛蟠一见大惊,道:“这个不是二毛子,交给我保了去。”那大师兄问道:“你认得他么?”薛蟠道:“如何不认得,他是我舍亲用的一个小厮。”那小厮被捉进来时,已是吓的昏不知人,满头冷汗,及听了薛蟠这话,才敢开眼观看。定睛的把薛蟠打量了一会才道:“咦,薛大爷也在这里。薛大爷救命呀!”薛蟠道:“焙茗,你为甚跑到这里来?你家二爷来了不曾?”焙茗道:“二爷不来,小的怎样来呢?”到京已经许久了,天天叫我出来打听大爷,却只打听不着。不想在这里遇见了。”薛蟠便对众大师兄、二师兄说过:“这厮且交给我,让我带了他去,顺便去看看舍亲,招他来入伙。”说罢带了焙茗,招了王威儿同去。走到半路,王威儿说有事,先要回家,薛蟠也不相强。便问焙茗:“宝玉现住那里?”焙茗道:“初来时是住在

‘广升客栈’。住得没有两天，外面风声紧了，广升的东家，也说要关门了，所有住客也纷纷的搬走了。二爷便搬到‘江宁会馆’里去，此刻还在那里呢。”

一面说着，走到了“江宁会馆”。宝玉一见薛蟠那个装束，不觉大诧起来，也不及叙寒温、道契阔，便先说道：“你怎么干了这行事来，你在上海匆匆的要进京，难道就为的这个么？”薛蟠道：“这个便怎么？”宝玉歇了半日没言语，半晌说道：“你知道你干的这个是什么东西？”薛蟠道：“我们这个是‘义和团’，人所共知的。”宝玉道：“哼！你还做梦呢！外头人家都叫你们是‘拳匪’。你怎么干出这糊涂事情来！你看看有一天闹的外国人打进来了，看你们再往那里跑。”薛蟠道：“我们有神拳的法术，又不怕枪炮，毛子怎么打得进来！我们还要打他出去呢！你看，今天不是又在那里攻打使馆么？”焙茗在旁插嘴道：“便是今天小的也听得有一位甚么‘坛’中堂带领‘义和团’去打使馆，所以赶上去看看，就被他们说我是二毛子，捉去了。”宝玉道：“你怎么被他们捉去了，怎么又得回来？”焙茗道：“他们不晓得怎么，要说我是二毛子，捉了去刚要杀，幸得薛大爷在那里，才救出来。”宝玉又想一想道：“现在的中堂，没有姓谭的，莫非又是拳匪的僭号。”薛蟠道：“我们都是师兄，没有叫中堂的，今天是刚中堂出来。”焙茗笑道：“不错，不错，我听的是‘缸’中堂，是他们把我吓昏了，搅错了，闹了个‘坛’中堂。”说的宝玉、薛蟠一笑。薛蟠道：“你一见了我，也不问个青红皂白，先就埋怨我起来，说我糊涂，眼见得你是明白的了，然而现在的王爷、中堂都是信服他的，难道王爷、中堂的见识还不及你么？现在还有一位李大帅，他就要进京了。他要到了京，只怕京里毛子的毛，也要没有了呢。”宝玉道：“你既然信了这个，我也不必同你多辩，只看日后罢了。”薛蟠道：“你既然辩得，我倒要请你辩明白了。你果然说的有理，我就依了你不干。”宝玉道：“这个有什么辩头，眼看着是同儿戏一般的，如何成得了大事。单是不怕枪炮的话，就是荒唐！”说着，

在行李里面取出一杆六响手枪,道:"我在上海托人买了这么一个,你既然不怕,可肯让我打一枪?"薛蟠道:"这个,我倒不曾经验过。不过听他们说的,都是凿凿有据,难道个个都是撒谎的么?"宝玉正要回答,只听得门外一阵人声乱嚷,内中还有焙茗的声音。宝玉站起来,要出去看。未知嚷的是什么事,且听下回分解。

第十五回　义和团大闹北京城
呆霸王夜走长新店

却说薛蟠见宝玉要出外去看，也就抢着出去，宝玉见他去时，便缩住了脚。这个明明是嫌他样装扮，耻与伍的意思。歇了一会，只见薛蟠带着焙茗进来，后头还跟着一个人，挑了一担西瓜，放下便走。宝玉便问："为甚吵闹？"焙茗道："前两天爷说要吃西瓜，小的到外面找，谁知四面张罗的，没找出一个来。刚才门口外面，来了两大车子，小的要和他买两个，他不肯也罢了，倒说这是什么中堂买的，你是个什么小子，敢来强买？"宝玉道："是人家买定了的东西，不问是中堂不中堂，也不能向人家硬买。这是你的不是。"焙茗道："我又不知他是买定了的，所以才问他一声。既是买定的，不卖也就罢了，何苦拿中堂来吓杀人。他既是那么凶，为什么薛大爷出去了，他连钱也不敢要，还代带送了进来呢？"薛蟠道："这个本来是那位中堂买来送给使馆的，所以那些押送的人不敢卖。"宝玉道："你怎么又买了来？"薛蟠道："凡是我当大师兄的，说一声要这样东西，谁敢不送了来，还要花钱么！莫说是中堂的，就让是皇帝的，说要也要得来！"宝玉道："才说攻打使馆的是一位中堂，此刻又说送西瓜给使馆的也是一位中堂，这是什么意思？"薛蟠道："你那里懂得，何尝是要送他，不过借此要药死他们罢了。"宝玉道："好奇怪，这西瓜那里药得死人？"薛蟠道："西瓜药不死人，下了毒药进去，自然要药死了。”宝玉道：“送他西瓜，自然是送整个的，毒药怎么下得进去?”薛蟠道：“用了法术，自然下进去了。”宝玉叹一口气道：“你为甚执迷到这步田地！我也没工夫和你谈了，你请便罢!”薛蟠道：“咱们不谈这个，请你把如何到这里的话，和我谈谈如何?”宝玉道：“我只看见你那个装扮，就不耐烦。”薛蟠道：“你不耐烦，我就脱了下来。”说着，便把头巾去了，坎肩儿也脱了，带子也解了，一面说道：“你看不得这个样子，可知道这个样子，此刻阔得很呢！走到外头去，谁不让咱们三分。王爷、中堂，不过行一个平礼。其余尚侍、京堂，在路上遇见我们，还要下车、下马呢。我就很不懂你的脾气。在上海时，见了洋货也要恨，此刻我们和毛子作对，你又说不好。难道我们把毛子打干净了，没了洋货，还不偿了你的心愿么?”宝玉道：“你何以就糊涂到这样！我恨洋货，不过是恨他做了那没用的东西，来换我们有用的钱！也恨我们中国人，何以不肯上心，自己学着做。至于洋人，我又何必恨他呢？据我看来，他们那一班人，是有所激而成，你又何苦去入伙。你须知什么剪纸为马，撒豆成兵，都是那不相干的小说附会出来的话，那里有这等事！这些话只好骗妇人女子，谁想你这么个人，也会相信起来。你想想看，从古英雄豪杰创立事业，那里有仗什么邪术的？……”薛蟠不等说完，哈哈大笑道：“亏你还是读书人，连一部《封神榜》也不曾看过。难道姜太公辅佐武王打平天下，不是仗着诸天菩萨的法力么?”说的宝玉“噗嗤”的一声笑了出来，又叹道：“罢，罢！你去干你的罢！我也劝得没有话好和你再说了。还有一句正经话问你：你的那一笔款，我来的时候，本要和你汇了来，听吴伯惠说有两家汇划庄，因为北边信息不好，已经停了汇兑；有两家不曾停的，又不知靠得住靠不住，所以没有汇来。伯惠说过，倘使这里平静无事，等用时，只要一封信去，他可以代为设法。你看怎么?”薛蟠道：“我此刻也不要用，没有汇来也罢，不然你就拿去用了，也不要紧。”

宝玉正要回答话时，忽听得门外一片声喧嚷。一路进来，比方才那个卖西瓜的,嚷得利害。宝玉正在吃惊,早见外面拥进了一群人,一般的都是红巾红带,手执单刀。当先一个穿着“孙悟空”圆补坎肩儿的,正是王威儿。一见了薛蟠,就嚷道:“叫我好找,那一处没有搜到,你却躲在这里。快去,快去!坛上有事呢。”说着拉了就走。薛蟠也不及和宝玉作别,只捞了卸下的巾、带、坎肩儿,被众人拥着,一哄的去了。

这里宝王只是点头叹息。原来宝玉从上海动身时,上海早就风声鹤唳。伯惠屡次劝他不要走,争奈他急于要看看京师近日光景,亟亟要行,伯惠拦阻不住。他便把薛蟠所存下的粗笨东西,及那已经看过的书,都寄存在伯惠那里,带了焙茗便走。

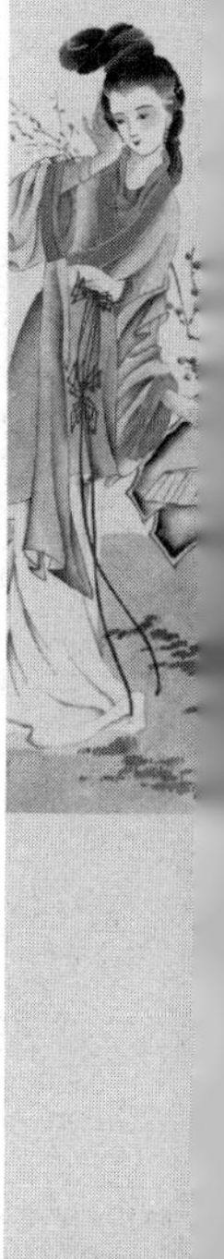

到得天津,风声愈紧。据客栈人说,京津火车日间恐怕要停驶了。因此在天津不敢耽搁,赶着进京。投到广升客栈,此时客栈里只有出去的人,那里还有进去的人。本来有投到的,也不招接了。因为宝玉是上海长发栈招呼了来的,只得接待。住得两天,客栈的人都跑空了,东家也要关门避难去了,这才搬到会馆里去。

初搬进去时,还有几个同寓,不上几天,也都走个一空。自此之后,夜间每每听到外面呼啸之声,有时房顶上也有人行走。宝玉本来也想另外搬个地方,或者仍旧出京。过得几天,有人来说,凡是搬走的,多半在半路上耽搁着,不能前进,又不能退后,更有两起在半路上遇了歹人杀死的。宝玉就想一动不如一静,只索这里住着再说。无奈一个人住了偌大一个会馆,未免寂寞,算计不如去打听薛蟠住处,把他邀了来同住。虽然他没有谈头,也还强似形影相对。又想偌大一座京师,从何处去找这个人呢?薛蟠临行,虽然交下了一个住址,此时却又翻检不出来。想起他在上海,欢喜贩洋货的,此地的洋货铺子少不得总有和他往来的人家,因叫焙茗挨家去打听。

焙茗奉命,打听了许久,那里打听得出来!这天在前门外走过,看见一家大洋货铺子,却是关上大门,静悄悄的。焙茗暗想:我走过了好几遍,却不曾留心这一家。此刻门虽关了,里面有人也未可知,我何妨去叩门问讯。想罢,便上前叩门,不想恰好来了一伙义和团,见他叩了洋货铺门,便说他是个二毛子,不由分说,捉了就走。幸得遇见薛蟠,救了性命。此是前话,表过不提。

却说自这天之后,那些义和团,更是毫无忌惮,成群结队的,在街上横冲直撞,遇见了衣服穿得窄小点的,就指说是二毛子,吓得焙茗不敢出门,就是会馆的长班,也走个一个空,只剩得一个姓张的老头子,还在门房里住着听差。一到了晚上,那义和团便传出了那无奇不有的口号。更有那稀奇古怪的号令,也是出人意外的,天天花样不同。忽然一天传令不准吃荤,忽然一天传令晚上不许睡觉,忽然一天又传令不许洗澡,又不许晒晾妇女衣服,说是恐怕秽气冲犯了他红灯照的神法。天天或早或晚总有两三处火起,望着红光烛天,着实可怕。然而此时身在重围之中,只可宁心耐性的等着。喜得那义和团不来搔扰,也就得过且过,只有焙茗担惊受怕。

一天,那长班张老头,到里面打扫院子,宝玉正在阶沿上站着闲看。因看到张老头须发如银,顺口问道:“老汉今年多大年纪了?”张老头儿道:“老汉今年八十五岁了。”宝玉道:“好硬朗。”张老头道:“这两年不行了,前几年我上八十岁的时候,一天还可以跑百十来里地呢。”宝玉又问他近来这两天外头的消息。张老头叹道:“有什么消息呢?还不是在那里瞎闹!多咱一天外国兵到了,还不是咸丰十年圆明园的局面么。那时候老汉才四十五岁。算起来,足足四十年了。他们太平得不耐烦,又要招两个洋兵来糟踏地方了。”宝玉道:“咸丰十年,怎么样个局面?我虽然书上看了点,总不及你眼见的清楚。何妨谈点听听呢。”张老头道:“事情隔了多年,我也有点恍惚了,不过那时候最大的事,是咸丰皇帝往热河跑了。怪可怜的!就那么一去,就没回京里来了。洋人他打进京,原为的是和皇帝讲什么约章,谁知打了一个空。你说奇怪不奇怪?要叫咱们中国人,打破了人家的京城,皇帝都跑了,现成的金銮殿,还不往上头一坐么？谁知他们外国人，并不想做皇帝，只把圆明园放了一把火，烧个干净，就那么走了。”宝玉笑了一笑，道：“这就是你亲眼看见的了。”张老头儿道：“是。”宝玉也不和他理论，只问他近日外头消息，张老头儿道：“消息便有一点，只是不能乱讲。”宝玉道：“这又是什么道理？”张老头道：“这个消息被义和团听见了，又说咱们是二毛子，造他的谣言呢。前天我一个朋友从天津跑了回来，说起天津，此刻闹的兵荒马乱，大沽炮台失守了，天津城也破了。有一个洋将官带了多少洋兵，要打进京来，走到杨村，不得前进，退了回去，说商量了善法再来。此刻不定又来了一天他们到了，还不是咸丰十年的老样子么？”宝玉道：“你倒也明白，又是本京里的人，为甚不劝劝他们呢？”张老头儿道：“那里劝得听！就是我自己的孙子、重孙子都在那里当义和团，我还禁压他不住，何况劝别人呢。他们懂得什么？便是我老汉，从前也是糊里湖涂的，那里懂得什么叫外国。因为郭大人做钦差的时候，我跟郭大人走了一趟英国，又跟着到过法国；回来之后，又跟张大人到过美国，这肚里才明白了。不然还只当咱们中国是一国，他们外国也是一国罢了。那里知道有许多国度呢！”宝玉道：“怪道你说话很明白，原来是很见过世面的。”

说话的，又隐隐听见外面一阵枪声。宝玉道：“这近来天听见枪声，总说是攻使馆。这区区一个使馆，攻了这些时候，还攻打不下，那法力也就可想了。”张老头儿笑道：“就是这个话呢！他们老说不怕枪炮，那攻打使馆，被洋枪打死的，也不知多少。好笑他们自己骗自己，拿着一杆来福枪，对着同伙的打去，果然打不倒，人家就信以为真了。谁知他那枪弹子，是倒放进去的，弹子打不出来，放的就同空枪一般。旁人被他骗了，倒也罢了，久而久之，他们自己也以为果然不怕枪炮了。最可笑的，使馆里被他们攻打，自然也要回敬。无奈使馆里面，没有许多枪弹子，便设法到外头来买。他们却拿了毛瑟枪子去卖给洋人，只说他拿了去，也打不死我们的，乐得赚他的钱。你说笨的可怜不可怜!"宝玉道:"既然要同他作对,还要和他交易,也不是个道理。"张老头儿道:"岂但这个,天天往使馆里供应伙食、煤、水的,不都是这班人么!"说声未绝,只见薛蟠慌慌张张的走来,一把拉了宝玉,便到房里去。不知为着甚事,且听下回分解。

第十六回　义和团丑态毕呈　王威儿凶心忽露

却说薛蟠慌慌张张的走来，宝玉倒吃了一惊，撇下张老头儿，跟他到房里。薛蟠喘息了一回，才道：“宝兄弟，你知道我的来意么？”宝玉道：“你来的这等慌张，亏你还有工夫叫人猜你来意。快说罢！”薛蟠道：“洋兵要打进来了，我打算要走，特地来告诉你一声。”宝玉道：“你们的法术呢？”薛蟠道：“据师父说，现在天兵、天将还不曾调齐，等调齐了，就可以一鼓而擒。前回被你说了那一番话，思来想去，也恐怕他们的说话靠不住，不由的害怕起来，思量不如早点走开了的好。”宝玉道：“这洋兵打进来的话，你是那里听来的？”薛蟠道：“一言难尽！这城里一家洋货铺的掌柜，也是南边人。自从我贩运洋货以来，他就和我有来往。去年他回家去，路过上海，我和他盘桓了几天，因此相识了。此时他也在这里，他们联成了一帮，专门雇了多少人，到外面去打听，消息甚是灵通，是他告诉我的。他还告诉我，这里长新店过去点，有一个地，方叫做‘安乐窝’，地方甚好，可以避难。那里永远没有水火盗贼的警耗。他本来要去的，因为丢不下那一行买卖，所以没有去。他叫我到那里去呢。所以我打算先到长新店住下，听这里的消息。是好的，我再回来；是不好的，我就往‘安乐窝’去。我想约了你一同去走走。”宝玉笑道：“我在这里受了多少惊怕，要走早就走了，还等到这会么。你请便罢！只是你到了什么地方，总要给我个信。”薛蟠道：“你老住在这里么？”宝玉道：“也不见得。我一心要来看看京城近日的光景，不想来了，就遇了这件事，寸步不能出门。只等事情平静了，我到外头逛几天，也就走了。”薛蟠道：“走到那里呢？”宝玉道：“无非仍到上海。”薛蟠道：“还到上海做什么？”宝玉道：“我也说不出个所以然来，不过那里消息灵通点，可以知点事情罢了。”

当下二人谈谈说说，将近黄昏时分，薛蟠起身作别道：“我这一去，是瞒着众人的。那一回，我到这里来时，有一个人来找我，那人名叫王威儿。我走之后，不定他来找我，请你只说我从没来就是了。”说罢，握手分别，赶出城外，径投长新店而去不提。

这里宝玉自从送薛蟠去后，外面的义和团依然如故。王威儿果然来两次，要找薛蟠，宝玉只推不知，看看又是半月光景，忽然一天那张老头儿张皇失措的来报说：“洋兵到了，即刻就要进城！”宝玉道：“他进城就进城了，你慌甚么？”张老头儿道：“要准备着逃走呀！”宝玉道：“洋兵进城，还杀人么？”张老头儿道：“这个论不定。”宝玉道：“你出过洋的人，还懂得外国话么？”张老头儿道：“英国话可以说得上来。”宝玉道：“你懂得说话就好办。依我看不必走。”正说话间，果然外面炮火连天，人声鼎沸起来。张老头往外就跑，宝玉不免也走到门道去看看。只见街上扶男带女之人，不绝于路，寻子觅爷之声不绝于耳。真是目不忍睹，耳不忍闻。此时张老头儿也站在门首。忽然来了一个人，跑过来一把拉住他道：“两宫都出走了，你为甚还不走？”张老头儿道：“两宫又不曾叫我保驾，我跟着走做什么？”那人道：“不是这么说，不过叫你避开点罢了。你还够得上保驾呢？”宝玉道：“两宫出走的话，是真的么？”那人道：“千真万真。我才遇见了荣中堂、刚中堂，还有许多中堂大人们，都陆续的赶着去了。那才是保驾呢！你们不走，我去了。”说着，便一溜烟挤入人从中去了。张老头儿便把大门关上。

过了三四天之后，街上人声才慢慢的静下来。张老头儿来说：

“好了，此刻各国洋兵，陆续到的不少，约定了分段治理，街上可以走得了。只是不懂洋活的，总还怕要吃洋兵的亏。”宝玉听说，便往外面去走走，多时不曾出门，到了街上只觉得天地异色。一路信步走去，只见家家门首，都插着些“大英顺民”“大德顺民”等小旗子。沿路巡察的的洋兵不少，偶然站定了看看东西，那洋兵便要来盘问。喜得宝玉从伯惠读了两个月洋书，他是个绝顶聪明的人，又极肯用心，虽然住在这里，却没有一天不是翻着字典自己用功，所以对答如流，绝无强涩。走到一处，只见几十个洋兵排队而来，路旁另有十来个人，在地下跪着，衣领背后都插着一面小旗子，也有写“大英顺民的”，也有写“大法顺民”的。“大美”“大德”“大日本”都有，底下无非缀着顺民两个字。各人手里也有捧着一盘馒头的，也有捧着热腾腾肥鸡、肥肉的。内中一个却明明认得是王威儿，宝玉不觉笑了一笑。那押队的洋兵，便站住了，问宝玉：“笑什么？”宝玉打着英话道：“我也不知贵兵队是那一国的，却见那跪着接你们的人，插着旗子，英、德、法、美、日的乱写，不觉好笑。”说的那洋兵也笑了，道：“我们是英国的。”又指着那些旗子，问：“那一面写的是‘英’字？”宝玉一看，王威儿身上的恰是个“大英顺民”，便顺手拔了下来，指给他看。那洋兵看了，又看看王威儿，只见他俯伏在地，便走过去，用手托了他的下颏，叫他抬头。谁知他已是吓的面如土色的了。那洋兵笑了笑，和宝玉握了握手，便督队去了。

宝玉往前走着，约莫走了一箭多地，忽听得后面一迭连声的叫老爷，宝玉回过头来一看，却是王威儿，汗流满面的走来。宝玉觉得诧异，便站住了脚。王威儿走近身边一咕噜跪下来，便咯嘣、咯嘣的磕响头，嘴里嚷着：“老爷饶命。”宝玉诧道：“这是什么话？我不懂呀。”王威儿大哭道：“老爷不饶我，我就在这里先撞死了罢！”说罢，又在那里碰响头，只碰得破皮流血。宝玉道：“奇极了，你就是要求饶命，也要好好的说出原故来呀！况且，我又没有说要你的命，叫我从何饶起呢？”王威儿哭着道：“小的虽然到过老爷处两三次，却幸得不曾冒犯着老爷。小的实在不知老爷是洋大人的朋友，望老爷开恩。”宝玉道：“你这越说我越不懂了，究竟是什么来由，你好好的说。”王威儿道：“老爷方才不是叫洋大人杀我么?”宝玉道：“这又奇了，什么杨大人，我不认得呀?”王威儿越是哭个不了，索性膝行走近一步，抱着宝玉的大腿，嚎啕大哭起来，宝玉倒被他闹得呆了。此时旁边有几个过往的人，也都站住了观看。宝玉没了主意，跺着脚道：“这是那里来的话，又不肯好好的说，你到底也说个清楚，我好办呀!”王威儿看见人多了，越是不肯说。宝玉怒道：“你快撒手，我没有工夫和你闹。”王威儿连忙撒手叩头道：“老爷可怜小的，一个儿子已经死了，饶了我罢。”宝玉始终不解其意，顺口答道：“我饶你就是了，起去罢!”王威儿大喜，收泪叩头道：“谢过老爷，就请老爷到我家里去献茶。”宝玉道：“我没有工夫，饶了你，你就走罢。”王威儿那里肯放，一把拉住道：“我家不远，就在前面，请老爷是必赏光。”说罢，拉了要走。

宝玉无奈，只得同行。果然不远就到了。王威儿推门，让宝玉进去。到了屋里，又端了一把椅子，放在当中，请宝玉坐下，重新又叩起头来，又叫他妻子也出来叩头，倒把个宝玉弄得犹如做梦一般。看王威儿献茶献水的忙定了，方才问道：“你到底为什么事，叫我饶命，我始终不懂。你到底说个明白，我好照办呀!”王威儿惊道：“老爷到底不肯饶我么?”说着，又要跪下。那妇人在旁边也百般的求饶，说道：“老爷可怜了小妇人罢。”又指着王威儿道：“天杀的，不知从那里认了一班强盗，说什么有法术，不怕枪炮，要杀尽毛子。还叫小妇人学做红灯照。到了晚上，提着个灯笼，抓到屋顶上去，教着念什么咒语，说是可以腾云驾雾，驾起云，便可以把灯笼里的神火去烧毛子。谁知混了许久，一点不灵，他不怪自己受了人家的欺骗，还怪小妇人不诚心去。又带了儿子去学法，可怜那天攻打使馆，被洋枪打死了。他不怪法术不灵，倒又说是这天小妇人双手污秽和小王儿打了辫子，破了法术了。前几天洋兵打进来了，一众才知道利害,赶忙丢了红巾、红带前去投降。从此天天有洋兵从口走过,便出去跪班献酒献肉的申说自家并不是义和团。可奈不懂说话,任从你说破了嘴唇,那洋兵只当没有听见。方才跪班回来,吓的三魂失了两魂,七魄丢了六魄。说是有一位老爷和洋大人是朋友,在那里和洋大人说话,不定要说出我的根底。小妇人问,那老爷怎么会知你的根底呢?天杀的才说出老爷和薛大爷是朋友,住在江宁会馆。他因为找薛大爷,到过会馆两次,老爷是认得他的。所以要求老爷饶命,在洋大人前好歹方便方便,莫说出他的根底来,这便是老爷的恩典了。”宝玉听了一席话,才明白。便道:“你们和我一样的,都是中国人,我何苦叫外国人难为你呢!你放心罢,我不说就是了。况且我并不是那外国人的朋友,不过他问我的话,我随便答应两句罢了。”王威儿连忙叩头拜谢,妇人早又送上茶来。宝玉立起来要走,王威儿那里肯放,道:“方才不是老爷超生,小的十个脑袋,也不够洋大人杀的。小的这里预备一杯水酒,聊表敬意,务乞老爷赏个光,将来倚靠老爷的时候多着呢。”宝玉再三要走,怎禁得他夫妻两个,拦住苦留,只得坐下,看着他们忙忙碌碌的,调开桌椅,摆上一桌子的鸡鹅鱼肉。夫妻两个,轮流敬酒。宝玉心中暗暗好笑,不想我今日得了这么个奇遇。可笑前日要杀毛子的也是他们,今日惧怕洋大人的也是他们。今日,我和那洋人答了两句话,他们便这样恭敬起来,要在前几天头里,就是二毛子了。

正在这里想着,忽然听得门外有人喊道:“王威儿,快来,快来!洋大人到了。”王威儿往外就跑,这里只剩了宝玉和那妇人两个。那妇人又斟上酒来,亲手递到宝玉唇边,斜溜着一双眼睛说道:“老爷请先干了这一杯。”宝玉暗想道:罢了,怎么闹出这个样子来,不要和从前晴雯的嫂一般,就不成话了。一面想着接过杯来,呷了半杯,便推说醉了,伏在桌子上假寐。那妇人取过那半杯残酒喝了。推宝玉道:“老爷醒来,怎么就醉了?”宝玉不答,只装睡着。那妇人弯下腰,把宝玉的脸儿端详了半天道:“老爷要睡,小妇人伏伺到炕上去睡罢。"宝玉只是不答。一会儿,王威儿进来了,见宝玉伏在桌上,便道:"怎样了?"妇人道:"醉了。"王威儿过来摇了两下,宝玉仍是不动。王威儿便招手叫妇人过去,悄悄的说道:"留下他总是个祸根,不如趁他醉了,结果了他罢!"妇女连忙摇手。不知宝玉性命如何,且听下回分解。

第十七回　味莼园两番演说
长发栈一夕清谈

却说王威儿到底是狼子野心，看见宝玉醉了，便和妻子商量，要结果了宝玉性命。妇人连忙摇手道："人家才饶了你，你便不饶人家，这个如何使得。"王威儿道："知人知面不知心，他此刻虽是答应了不和洋鬼子说出我根底，知道他出去之后又怎么？并且他此刻认得我的门口了，还怕他要带了来呢。"妇人听说，便不言语。谁知宝玉是装醉的，他们说的话，虽是低声，却早听见了一大半。暗想：这种人真是野性难驯，一转眼间，便生了个杀人恶念。我幸而是假醉，倘使真醉了，岂不要遭他毒手。想罢故意欠伸起来，打了个咳嗽，吐了口痰，说道："好渴呀！"妇人听见，忙过来送上一杯茶，宝玉漱了口，王威儿又过来陪小心。宝玉道："多谢得很，酒太多了，不觉失礼。我想起还有一件正经事没有办，此刻当真要去了。"王威儿还苦苦挽留，宝玉执意要走，遂辞了出来，寻路回去。

一路上暗想：王威儿这种人真是刁恶奸险，丧良无耻，无一不全，看来那班义和团个个如此的了。只是那执政之人，怎么居然会信他用他，闹到这步田地，真是令人不解。此刻虽听说调了两广总督李鸿章来京议和，却又只不见到。这场祸事，正不知何时方了。又想起王威儿的女人，实在无耻可笑。一路上胡思乱想，回到会馆里，闷闷不乐。到了闷极时，便随意到外面去闲逛。但是每一出去，便看见那些百姓，奴颜婢膝的跪着迎接洋兵，大有“箪食壶浆以迎王师”之概。遇了洋兵欢喜的时候，便一直过了，不去理会他；碰了他们生气时，反嫌他跪着碍路，不是一拳就是一脚，那被打的倒反笑脸相迎。暗想：这班人从前不消说的，也是要杀二毛子的义和团了看着实在怄气。又见各国的旗帜，分插在城头上面，越是觉得不乐，心中倒甚悔走这一次，寻思不如还是出京的妙。

回到会馆，便叫了张老头来商量。张老头儿道：“此刻城里，算是太平了，外面还是兵荒马乱的。昨天我还听见说，两宫要到山西去，路上走得也很不太平呢。幸得到了怀来县，那知县官出来接驾，办得好差，这才受用了。此刻那县官凭空的就升了道台，跟着老太后和皇上一起往山西去。人家都替那知县欢喜，依我看来，倒是不升这个官也罢了。”宝玉讶道：“你这是什么话？”张老头儿道：“他官便升了，只是现成的知县没了。跟了皇上到山西，听听是好的，须知跟去的多少王爷、中堂大人们，那里看得见他。倒是在知县任上，没事的时候，拿百姓来打两下屁股，铲两片地皮的快活。”说的宝玉笑了道：“依你说，此刻是走不得的了。”张老头儿道：“走是何尝走不得，不过恐怕路上不太平罢了。”焙茗在旁边用手搔着脑勺子道：“你今天早起和我说的，不是说有一个姓有犄角的要来救咱们么？”宝玉道：“什么姓有犄角的，你又来胡闹了。”焙茗道：“是他说的，却又不是姓牛姓羊，他说是说过了，只是我想不起来。”张老头儿笑道：“是有的！上海此刻开了一个救济会，捐了钱，雇了轮船，到天津救那一班避难的人，回南边去。此刻躲在京里，不能回去的南边老爷们，都盼着他呢。但不知他来不来。这个人听说也是个道台，姓陆。”焙茗道：“是不是呢！鹿可是有犄角的，我说我总不会记错了的。”张老头儿道：“前回闹得乱七八糟的，大家都慌了要逃走，老爷那样从容，已经住到此刻了，何必又急着要走呢？再过些时候，等外面都太平了再走不好么？”宝玉道：“只是住在这里闷得慌，外头去逛逛，又没有好逛的地方，没奈何也只得等着罢了。”从此，宝玉只在会馆里住着。又没有个报纸,外面的消息一点不知,正日就如昏昏做梦一般。幸喜他在上海带来的书不少,每日就只看书遣闷。

真是光阴易过,不觉秋残冬至。没有几时,又是腊尽春回。此时外面已略为平静,宝玉便料理出都。一路上只见颓垣断瓦,人迹荒凉,所过麦田,多半废弃。及到了天津,更觉得与来时又是一般光景,不胜嗟叹。到得上海,仍旧住长发栈。安置行李已毕,即去访吴伯惠,各道契阔。宝玉又告诉他薛蟠的举动,大家嗟叹一番。伯惠道:"你来得正好!今日两点钟,张园议事,我们可以同去看看。"宝玉道:"议什么事?"伯惠道:"听说中国和俄罗斯订了密约,有割去东三省的意思。大家就议这个事。时候已经差不多了,我们去罢。"

于是,同上马车,径奔张园。只见为时尚早,两人就在老洋房廊下泡茶。坐了有一点多钟时候,只见议事的人陆续到了。约莫也有二三十人,聚在一间房子里。当中摆着一张大菜桌子,先有一个人站到当中去。宝玉定睛看他时,只见他生得双眉紧皱,两目无神,脸上似黑非黑,似青非青,身上说肥不肥,说瘦不瘦,天生成的愁眉苦目,又装出那丧气垂头。只听他说道:"今日难得诸公到此,具见一片热心。近来听说政府和俄国订立密约,这密约不必说总是大有关系的了。诸公到此,务望商量一个办法,怎生阻止得住才好。"说罢,退了几步。众人又你推我让的,让了半天,才又是一个人站到当中去。这个人却是生得黄黄的脸儿,年纪不过二十来岁,头上的头发,却长的很长,就和在热丧里似的,站定了说道:"政府和俄国立了密约,这是国家大事。像我这种人,还上来演说吗?算什么呢?不过依我想来,大家同是中国人,凡是中国的事,都与我们有关系的。这回的约,既是密约,可见这约内的话,政府是不肯叫我们知道的了。但是义和团之后,庆王和李中堂在京议和,俄国却要把去年寿山在黑龙江启衅的事另外提议,可见这密约是一定关系东三省的了。诸公,去年俄人在黑龙江虐待华人,把数千华人都赶到黑龙江边,逼着他跳下水去,一时华人死尸塞江而下。诸公

莫以为东三省的事,与我们无涉呢!我们只管醉生梦死的过去,黑龙江便是扬子江的前车。"说到这里,有几个人连连拍手。那人便退下去了。众人又是你推我让的一番,还是头回那愁眉苦目的人,站上来说道:"我们今日务要商量一个办法,或者拟定几个电稿,打给政府和各省督抚,竭力阻止。诸公以如何?"说罢,又有几个人拍手。那人又道:"今日人少,我们约定了后天再大会一次,要行决定办法罢。"于是众人纷纷散去,伯惠和宝玉也上车而回。

宝玉又约定伯惠,后天再去看看。到了后天再去看时,那局面大不相同了。移到了大洋房里面,靠里当中,拼了两个方桌子,上面又加上了一个桌子,旁边设了个签名处,下面一排一排的列着百多张椅子。陆续到的人也多了。头回那个愁眉苦目的人,这回不演说了,只在地下踱来踱去,长吁短叹,搓手顿足。起先一个人站到方桌子上面,说了一番开会宗旨,以后又一个人上去演说。可奈今番人多,声音嘈杂,听不清楚。这个人说过之后,来的人更多了。

看官,须知这张园是宴游之地,人人可来。所以有许多冶游浪子与及马夫、妓女,都跑了进来,有些人还当是讲耶稣呢。笑言杂沓,那里还听得出来。只见一个扮外国装的,忽的一声,跳上台去,扬着手中的木杆儿,大声说道:"今日在这里是议事,不是谈笑!奉劝你们静点,不要在这个文明会场上,做出那野蛮举动出来。"说罢,忽的一声,又跳了下去。宝玉细认这个人时,却就前回那黄脸儿的后生。见了他今天的装扮,方才知道他头回并非是在热丧里,是要留长了短头发,好剪那长头发的意思。以后又陆续有人上去说,可奈总听不清楚。宝玉不耐烦,正想走开,忽然听一阵拍掌之声,连忙抬头看时,只见台上站着一个十四五岁的女孩子。宝玉吃了一惊,暗想:近来居然有这种女子,真是难得。因侧着耳朵去听,只听他说道:"一个人,生在国度里面,就同头发生在头上一般。一个人要办起一国的大事来,自然办不到。就如拿着一根头发,要提起一个人来,那里提得起呢?要是整把头发拿在手里,自然就可以把一个人提起来了。所以要办一国的大事,也须得要合了全国四万万人同心办去,那里有办不来的事!”众人听了一齐拍手。以后人声更加嘈杂,竟然听不出了。说了一会下去,忽然又走上一个和尚来。宝玉暗想:这个和尚一定有点妙谛,要说的天花乱坠的。留心要听时,无奈这些人见上去了一个和尚,都在那里惊奇道怪,甚至有捧腹狂笑的,那里还听出一个字来。那和尚说完了,合十打了个问讯,便下去了。以后忽然上去一人,吼声如雷的大喊起来。看他满脸怒容,一面说一面拍桌子,就和骂人一般。把桌子上的一个茶碗,也拍翻了。几乎把那桌子拍了下来。旁边走过两个人,一人一面把桌子扶住了。他益发拍的利害。这个人的声音大,应该听的清楚了,谁知他声音大时,底下吵的声音也跟着他大了。仍是听不出来。这个人喊嚷过了,便有一个人上去,举起一只手道:“演说已毕。”于是众人纷纷散去,也有许多围在那签名处的。宝玉和伯惠过去看时,原来他们在那里纠资做电费。也有助十元八元的,也有助一二元的。旁边一个高丽人,也签了名,助了几元。因为言语不通,取了纸笔写道:“见诸公会议,热心可敬,言语不通,不能侍谈,谨助电费”云云。宝玉见了,不胜感叹。忽听得背后有人说道:“你何不也签个名呢!”宝玉回头看时,又见一个人答道:“叫我出两个钱,倒可以使得;签名,我不干!”宝玉不觉嗟了一口气。伯惠对宝玉笑了一笑,相将出了大洋房,上车径回长发栈。

时候已经不早,宝玉便留伯惠晚饭,说:“我离了上海若干时候,住在京里,因为乱事起了,又没有个报纸,就同聋聩一般。你没有事,可请在这里作一夕长谈,把别后的事,说点给我听。”伯惠向与宝玉谈得来,就便留下。饭罢,宝玉谈起京里义和团的事,因说道:“那一班愚民无知。也不必说。怎么一班王公大臣,也轻易信了这个。真是出人意外。”伯惠笑道:“莫说京城里那个顽固蔽塞的地方,上海算是开通的了,去年还有人说端王自有端王经济呢!”说话之间,忽然又想起一件事来。不知想着甚事,且听下回分解。

第十八回　引证古今好学生词穷夜遁
横施缧绁慧神瑛平地遭殃

却说伯惠随意和宝玉谈天,忽然想起一事,因对宝玉说道:“去年北边闹了那么大的事,多少人往南边乱跑,却都是受尽了千辛万苦,才跑回来,还有许多不得回来,在半路上断送了的。你却安安稳稳的住在里面,已是一件奇事。这里南边各督抚,都和外人订了约,照旧保护;又得山东抚台,在那边镇压住了。义和团不能到南边来,这南边应该太平了! 这上海的人,却也搬了个空,只说义和团要来了。这也罢了,内地的人,却又纷纷的搬到上海来,想着也令人可笑。谁知南边果然也闹出一件事来,几乎闹的不太平。湖南一个廪生,听见北边闹的不像样,要在湖北起义勤王,被地方官查着了,就把这位廪生捉去杀了。”宝玉惊道:“勤王是好事,怎么杀了?”伯惠道:“地方官只说他反叛,所以杀了。内中株连的士类不少。这件事直到此刻不曾明白。官场中都说这班人是恶匪类,然而舆论却说他们是志士。我们此刻也不能定论这里面的是非曲直,只好等将来操史笔的了。”宝玉道:“公道自在人心,只怕将来的史笔,也逃不出今日的……”

一句话没有说完,只见伯惠的家人黄福,匆匆走来递过一封电报。伯惠接来一看,却是武昌来的,连忙取《电报新编》翻了出来,便叹道:“才说的这件事,便是这件事找我来了。”宝玉道:“什么事?”伯惠道:“我要到汉口走一次,最好是即刻动身。”一面说着,一面顺手把电报放在衣袋里,取出表一看道:“已经十二点钟了,要走还来得及,只是收拾一切,怎样呢?”宝玉道:“什么事这般要紧?”伯惠道:“就是为的才说去年湖北那案子,我一个朋友无端的被他们牵连及了,提到了衙门里去。此刻打电报来叫我去代他设法,这也是义不容辞的。然而电报到得太迟,只好明日再走的了。”说着便叫黄福先去,交代家里预备行李,明日我要动身。黄福答应去了。

宝玉道:“怎么去年的案子,此刻还在那里闹?”伯惠道:“官场的事情,有什么凭据!他要和你作对时,便一千年也可以闹不了,左右凭他一面之词罢了。他此刻不和我作对,要是一定和我对时,我又是个安分守己的,他无可设法,不难凭空的说我是吴三桂子孙,要谋为不轨,也可以使得。”宝玉笑道:“这样说,做百姓的险得很呢!”伯惠道:“可不是险得很么。此刻有了个新旧党界,格外利害!官场最恨的是新党,只要你带着点新气,他便要想你的法子。”宝玉道:“以时势而论,这维新也是不可再缓的了。难道官场中人,是一点也见不到?”伯惠道:“你不知道,维新本是一件好事,但是维新两个字之下,加上一个党字,这里的人类就很不齐,所以官场旧党,就借为口实了。戊戌四月之后,那一个不说要进京去伏阙上书,那一个不说就拟条陈呈请督抚代奏。及至政变了,这一班人吓的连名字都改了,翻过脸来,极力的骂新党。推他前后的用心,那一回不是为的升官发财!这个里头的奇形怪状,一时也说他不尽呢。内中我说一个人给你听,这个人叫章柏绳,自己也有了个四品的功名,向在上海一个什么局里当差,去年湖北那案子也有他的。你想以草莽英雄要建议勤王,这也可算新极了罢!他附在里面,自然也是新人了。事发之后,被他躲过了,旁人看着那维新党都是盖世英雄,正人君子。你道他的行止是什么样子?他在那局里有了几年,局里的弊病也略知一二了。看见那总办出脱了一票废料,把那废料价上了腰,他便要去分赃。总办不肯,两个人抬了杠子。他

便打了一个禀帖，把这件事禀到两江去。总办知道了，便慌了手脚，要同他说和，分给他多少银子。无奈他的禀帖已经出去了，两江已经要委员查办。你道他得了银子，又怎么个办法？他重新又打一个禀帖上去，说前头的那个禀帖不是他上的，不知何人架名冒禀，倒要请两江查办这架名的人。这种人的品行怎么叫人看得起呢？"宝玉默默寻思了半晌道："只怕维新党里，不见得个个如此罢！"伯惠道："自然不能一概而论，然而内中有了这种人，也就难了。"说罢，便要辞去，道："本来要再陪作一夕清谈，因为明日有事要动身，必要回去打点打点。"宝玉也不强留，只送到楼梯口上，伯惠便别去。走到问口，正在等那看门的开门，宝玉却赶了出来，问道："你明日还来不来？"伯惠道："你有事么？我得便就来。"宝玉道："不是这样说，我明日打算同你一起到湖北去逛一回，所以约你。"伯惠道："如此，我明日便来。"说罢各散。

到了次日午后，伯惠果然来了，只见宝玉已收拾过行李，因笑道："你好性急，要到晚上下船呢。"宝玉道："早点收拾好了，也是一样。"伯惠道："我这回去，不定要耽搁多少日子，你没有事么？"宝玉道："我没有事，任凭你耽搁多少日子，都可以使得。"两人商量停当，晚上下船。一路无话。

不日到了汉口，泊了码头。要依了伯惠，便即刻叫了划子到武昌去，因为有宝玉主仆两个，恐怕招呼不便，因此先上了岸。到"鸿安栈"歇下，安顿好了他两个，然后带了黄福，渡江而去。这一夜竟没有回来，次夜仍旧不同。宝玉闷着到外面逛了一遍。

这天下午，伯惠回来了，宝玉道："正事想已办妥了。"伯惠道："妥还没有妥，只是查出了门路了。明日便放手办去，只怕还可以无事。你没有到外面去走走么？"宝玉道："罢，罢！我素仰的汉口天下四大镇之一，所以巴巴的来走一走。上半天，外头去望了望，真是百闻不如一见！那个肮脏劲儿，我看倒可以算得天下第一。我几乎没叫那茅厕熏死了。"伯惠笑道："本来'臭汉口'是有名的。

我来和你商量，我办的事，是在武昌，住在这边不方便；丢你在这边，也寂寞得很，不如搬到武昌去，闲了时，我们同出来访访古迹。这里不比上海，很有点名腾呢！”宝玉道：“我本是个无可无不可的，就到武昌也是一样。”

于是歇了一宿，次日一早便叫了划子船，搬过武昌去。划了斗级营一家“连升栈”住下。伯惠又出去干事去了。过了一大会，方才回来。说事情已经有了眉目，只等回信了。于是带了宝玉去逛“黄鹤楼”“卓刀泉”；又到汉阳去登“晴川阁”，游“伯牙台”，吊祢衡、鲁肃墓。一连逛几天，伯惠又有事去了。

宝玉一个人闷着，便在那公众客堂上闲坐。恰好有一个同寓的人，是学生打扮，走过来扳谈。宝玉不免问了些武昌学务事情，那生也略略说了点。又道：“今日下午，学堂监督演说，各学堂学生都去听呢。”宝玉道：“这监督的学问，自然好的了。所以才引动了各学堂的学生。”那学生道：“那还消说得！这武昌城里的督抚司道，那一个不佩服他！就是阖省的生，都是他教出来的。所以我们都称他为先生，也有称他老师的。”宝玉道：“我们不是学生，不知可去听得？”那学生道：“只要穿上一套生衣服，也可以混着去。”宝玉道：“这衣服我可没有，不知外头可有得卖？”那学生道：“你只暂时穿一穿，我可以借给你。”宝玉大喜。

等吃过午饭，伯惠仍不见回来。宝玉便换了衣服，和那学生一起出去。到得学堂时，只见到的人已经不少了。学堂上，当中投了讲台，底下密密层层都是椅子。两人挨着坐下。歇了一会，那监督到了，众人一律起立相迎。监督到了台上，向众人哈了哈腰，众人仍旧坐下。宝玉细看他，倒也生得轩昂，冰盘大的胖脸儿，挂了两腮的黑胡子，没缝的眼睛上，带了个茶碗口大的眼镜；穿的袍子，总有九寸多宽的衣袖；头上戴了一个簇新的暗蓝顶子。站在当中伸了伸腰，便大声念了一句“大之道”，又叹了一口气道：“单是这‘大之道’四个字，我们讲一辈子也讲不完。我且就一个极粗浅易明的，说给诸生听。这‘大学’，外之可以齐家治国平天下，内之可以修身正心诚意致知格物。’”宝玉听到这里，忍不住几乎要笑了出来。以后便不把耳朵去听他。心中暗自懊悔：多此一来！我以为他有多大经济问，原来同村究讲书一般。我小时候，也听得不要听了，只管胡思乱想。那监督又咕哝了多半天，宝玉只管低下头，想要磕睡。猛听得一声拍桌子的声响，吓的抬头一望，只见那监督又说道：“近来一班后生小子，拾了日本人的唾余，动辄自命维新，指斥人家守旧。我们中国向来那里有这种字眼！都是那一班人，跟着日本人学出来的，久而久之，就牢不可破的有了这两个名目了。我却立定了一个主意，也不维新，也不守旧，只拣最中最正的道理做去。你们诸生也要如此。此时用功读书，将来出身做官，办起事来，也要拣中正的做去。什么维新、守旧，都要抹倒他的，那才是名教功臣呢！”说罢，昂然下台而去。这一班听的人，也都纷纷散了。

宝玉同那学生回到连升栈。伯惠早回来了，见宝玉改了装扮，便问何故。宝玉说道：“去听演说呢。谁知演说不曾听着，倒听了好些笑话。”那学生诧道：“听了什么笑话？”宝玉一面叫焙茗取了自己衣服出来，在客堂里换。伯惠也问：“是甚笑话？”宝玉道：“只他所演说的都是笑话！是一位监督演说，我当是讲什么大经济、大学问，谁知和坐冷板凳的讲书一般。讲了一句‘大学之道’，还要说一辈子也讲不完呢。到了后来，更发出奇议论来了：说什么‘维新’‘守旧’的字眼，都是日本来的，为我们中国向来所无。也竟是不曾读过书的，你说奇怪不奇怪。这不是笑话么？”那学生道：“依你说，这‘维新’‘守旧’两个名目，不是日本的，倒是中国的？”宝玉道：“除非我们中国的经史，都是日本来的，就可以说这句话。”那学生道：“不必多辩！我只问你这维新、守旧出于何经何典？”宝玉道：“《尚书》的‘旧染污俗，成与维新’；《诗经》的‘周虽旧邦，其命维新’，难道也是日本来的么？其余历代诏书上引用的‘维新’二字，也不知多少，一时学还数不完呢。”那学生涨红了脸道：“守旧难道也有出处么?”宝玉低头想了一想道:“‘因陋守旧,论卑气弱’,是出在《欧阳修传》的,只怕《宋史》也是日本来的了。”那生哑口无言,怏怏的回房而去。

宝玉叫焙茗把那一套学生衣服,送还给他,便和伯惠到房里来,问道:“你的事情了结么?”伯惠道:“差不多了,三五天里面,就可以出来了。”闲谈一会,天色已夜,一宿无话。

次日起来,那同寓的学生已经搬去了,宝玉也不在心上。伯惠仍去干他的事。过了两天,这一天晚上,正在那里挑灯对谈,伯惠说起事情已经完了,打点了上千金之谱,大约明天就可以放人了,话言未毕,只见闯进来了两个公人,问:“那一个姓贾的?”宝玉道:“我便姓贾。有什么事?”那公人取出一张票子来,在灯底照了一照,也不曾看出是那一个衙门的,更不曾看出为什么提人。那公人便沉下了脸,恶狠狠的拉了宝玉便走。正不知为着甚事,且听下回分解。

第十九回　片言贾祸猝犴羁身
毒手频施鸿毛性命

却说宝玉和伯惠挑灯夜话，忽然来了两个公人，问了姓名，不由分说，拉了便走，跑得飞也似的。宝玉脚跟不着地的，被他横拖竖拽，又在黑夜里，一点也看不见。走到一所衙门里面，转了几个弯，到得一处廊檐底下，一个看住了宝玉，一个便走到里面去回话。一会儿出来说道："不问话，先押下。"说罢，二人拉了又走。走到一处，像是监里，交给禁卒，二人径自去了。

那禁卒把宝玉推到一个栅栏里去。才跨了进去，便拥上好些人，把他围住，要搜身。宝玉定睛一看，原来都是些蓬头垢面的囚犯。暗想：囚犯何以搜起人来？喜得身边除了几个零钱之外，一点零碎东西都没有带。众囚只把几个零钱搜去，便各走开。

宝玉向里一望，却是漆黑的，各囚徒都是席地而卧。要再找一处有草席的地方坐下，却不可得。一言不发，只在那里出神，那心中就同做梦一般。暗想：我今天为了甚事，平白地被他们捉了来？我又不曾犯法，是谁在这里告我？这里又是什么衙门，一时不得主意，要想问人时，却没有一个可问的，一时又想到：吴伯惠此次到湖北，本是为了要救一个朋友，方才听说他的朋友可以有望了，日间就可以出去，不期又闹了我进来，想他又要为我着忙了。想到这里，忽然又想起伯惠的话：官场中要和百姓作对，随便可以栽上一个罪名的。莫非此次官场要和我作对么？然而我和他们无怨无仇，又何苦害我呢？并且我到此地，也不曾认识一个人，他们又从何知道我？真是奇事！左思右想，只想不出个道理来。

那旁边的囚徒，看见他站在那里，半天不动，都以为他吓的慌了，也有议论他的，也有讥笑他的。宝玉却只不听见，顺着脚步往里走去，要觅个隙地，可以蹲坐的，越到里面越黑了，忽然一股恶气，扑鼻而来，原来那里放着一个大粪桶，连忙缩住了脚。然而那粪桶旁边也有几个囚徒躺着，还开了灯在那里吸鸦片呢。宝玉便回步出来，望见栅栏外面，墙上挂了个油碗，点了个灯，这栅栏里面是没有灯的。若不是有几个囚犯吸鸦片烟，这里面连个火影也没有的。宝玉见没有坐处，便只管踱来踱去。踱到深夜，各囚犯都横七竖八的睡熟了，也有鼾声如雷的，也有谵语模糊的，也有从睡梦中哭泣的。宝玉猛然想起伯惠的朋友，说还没有放出去，不知可在这里？于是从那半明半暗之中，去认那囚的面目，暗想：我虽不认得他，然而既是伯惠的朋友，伯惠又这般同他出力，那相貌自与寻常囚犯不同。一面这么呆想着，逐一认去，那里认得出来，心中不免又是胡思乱想。却倒亏他并不气急，要是旁人遇了这件事，胆小的吓也吓坏了，暴躁的不知要暴跳到怎样呢。他却还是从容自在，犹如平日一般，只不过多了一团疑惑就是了。只这一点疑惑，就勾起了无限的胡思乱想，闹了个通宵不寐。到了人静时万籁俱寂，只有囚犯的鼾声与外面梆声相应。宝玉听了，转觉得天君泰然。

忽然外面的梆声一阵紧似一阵，不久就听见一声炮响，抬头一看，天已亮了。过了一会，渐渐有人起来，外面已是大亮，里面仍是黑暗无比。那些囚犯，也有有人送东西来吃的；也有拿出钱央人代买点心的。身边没有带表，苦于不知时候，只有呆呆的守着。

忽见那禁卒在栅栏外面，向自己招呼。宝玉走近栅栏时，只见伯惠站在外面，后头跟着焙茗。宝玉道："又要劳动你来看我。只是我犯的是什么事，我始终不曾知道。"伯惠道："便是我也不懂。

我昨夜连夜的惊动了几个朋友，今天又忙了一个早起，总寻不出一个头绪来。第一件奇事，是没有原告的。”那禁卒在旁边冷笑道：“是官府访拿的，自然没有原告。只怕案情还不小呢！”伯惠忙问道：“是什么案情，你可知道？何妨告诉我，重重的谢你。”禁卒又冷笑道：“你们自己干了什么事，只要问自己就是了。我只管看守犯人，那里代你们一个一个的查问案情去。”宝玉对伯惠道：“别的都不要紧，只有这里脏的难受。”伯惠道：“你暂时且耐一耐，回来再设法罢。我不过先来看你一看，顺便带焙茗认识了地方，有事好给你送信，我还要去干正经事呢。倘使提审起来，你说话要小心点。”宝玉道：“我用不着什么粗心小心，我没有犯事，怕什么？”伯惠道：“此刻不便说话，再谈罢。”说着去了。

宝玉听说是没有原告的，心中益加疑惑：据那禁卒说是官府访拿的，我却没有什么劣迹；并且到了此地，没有几天。他偏今天又不审问，要是问了一堂，就可以有点头绪了。过了一会，又见那禁卒开了栅门，带着焙茗进来；焙茗提着铺盖。禁卒便叫一个犯人，另外搬一个所在，腾出这个地方来。焙茗此时悄悄递给宝玉一个条子，宝玉会意，便揣在怀里。焙茗方才把铺盖打开，那禁卒早催着焙茗走了。宝玉这才有了个坐卧之地，就便坐下。喜得伯惠办事周到，铺盖里面，还来了几本书。宝玉便躺下看书，顺便把那条子取出来，夹在书上去看。只见上写着：“公自以语言贾祸，致有此厄；今晨又探得此时仇公者正盛怒，进言不易。当缓图也。狱中语言宜慎，举步皆荆棘，可畏之至。”宝玉看罢，便撕了个粉碎，只是心中越是觉闷闷。自想：我从来不肯多言，是多早说了什么话，以致语言贾祸？这个仇我的又是谁？他力量能叫地方官捉我，想来一定是个显要的了，我却从那里去得罪一个显要，真是怪事！兜底把从前的说话都搬到心上来想过，也想不出个原故来，不觉躺在铺盖上睡着了。不知睡到什么时候，却被禁卒把他叫醒，带了他出来，早有两个差役在那里等着，宝玉以为要审问了，便随了他去。谁知转了两个弯，便走到一个所在，有人接应了进去，两个差役去了。这里的人便把他拉到一所屋子里去。屋子里面，却没有一个人，也没有桌、椅、板凳、床铺之类，就是空空洞洞的一间空房。那人把宝玉推进去之后，便反手把门锁了。那房门却也个栅门，宝玉此时，更是莫名其妙，要问那人时，他早已走的远了。

将近黄昏时候，只见伯惠带了焙茗，提了铺盖，方才那个人开了门。焙茗提了铺盖进去，伯惠也走进去，和宝玉说话。宝玉道："起先送来的条子，说的很不明白，我何尝以言语贾祸来？"伯惠道："这些话且慢谈。此刻这件事是越紧急了。你昨夜进去的是班房，不知怎么又寄到外监来了。我先要代你去设法，你切不可心急。"宝玉道："我并不心急，只是糊涂得太利害，也要叫我知道一点儿呀！"伯惠并不答话，走到门口和那开门的人说话去了。说了一回话，才回头对宝玉说："你在这里的事我都托了他了。他就是管外监的禁子头儿，要茶要水，只管和他要去。"宝玉道："我急着问你什么语言贾祸，你却说这些作什么！"伯惠道："就是你那天去听什么演说，听出来的祸事。"宝玉道："奇了，我去听演说，始终没有开口，那里就得罪了人？"伯惠道："你回到栈里，发的那一番议论，便是祸根。"宝玉道："我就在栈里，也不曾说什么得罪人的话呀！"伯惠道："你不和那学生驳论什么维新守旧么？"宝玉道："这个话怎么就会得罪人呢？"伯惠道："我也打听了许多人，才打听出来：那个学生，便是这位监督的得意门生；这位监督最喜欢的是奉承他，最恨的是驳他的议论。他也不问人家驳的是不是，但是驳他的，他就以为是诽谤他。所以他这一位得意门生，听了你驳他的话，便不知又加上些什么油盐酱醋去对他说了，才有这件事情。"宝玉诧道："原来这里的法律又是一样。"伯惠道："怎么又是一样呢？"宝玉道："发两句议论，也要烦官府拿人监押的，不又是一样么？别处那里有这种法律？"伯惠道："发两句议论那里便可以监押。他这内中不知栽上你一个什么罪名呢！"宝玉道："要栽我罪名，也要有个凭据。"伯惠道：

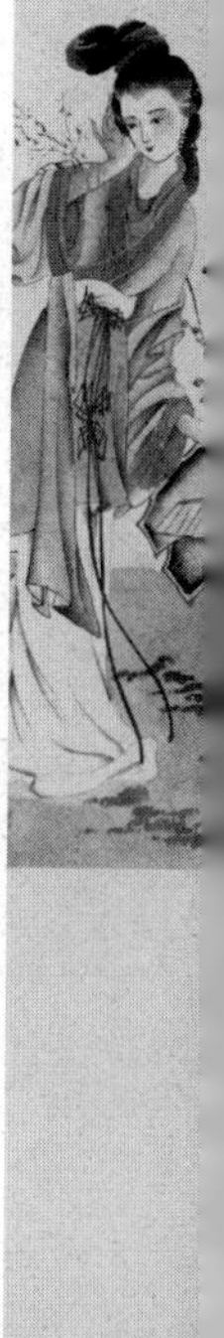

"你又迂了！官场中的事情，还不是由他去说的，要什么凭据呢?"伯宝玉道："他栽我个什么罪名呢?"伯惠道："这个我还没有打听出来。"宝玉道："你打算怎样设法呢?"伯惠道："总逃不了'解铃还是系铃人'七个字的诀窍。"说话时，那禁卒已经指挥了两个粗使的人，搬了一张木板桌子，两个杌子进来，又代架起床来。焙茗把铺盖开好。那禁卒又送了一把红呢茶壶来。宝玉笑道："这倒也同客栈差不多，就这样住几天也无妨。"伯惠也笑道："亏你这样从容镇静，要是别人早急死了。此刻只怕我比你还急呢！"宝玉道："一个人只要把死生祸福看透了，就没有着急的时候了。"当下伯惠带了焙茗辞去。

从此宝玉倒还觉得清净，不过门是反锁着的，不能出外罢了。每日的三餐，也是焙茗送来，这是伯惠在禁卒那里打点了的，自不消说。宝玉没事，只是看书静坐。上海寄了报纸到来，伯惠又叫焙茗送去看，因此日子倒不是难过。

看看又过了三天，还没问过一堂。正在纳闷，伯惠走来，对宝玉道："事情真是无其不有，你道栽上你一个是什么罪名？他说你是'拳匪'余党呢。"宝玉道："这更奇了，影子也没有的事，亏他怎样想得出来！"伯惠道："真是亏他们想。你道他从那里想起？他因你说得一口京腔，说'拳匪'都是北边人。你从那里去诉冤呢?"正说话时，只见那禁卒走来，对伯惠道："你老人家既然代他老人家设法，还应该早点想个法子。我受了你老人家的赏赐，不知照一声，是我的不是。才刚上头吩咐下来，叫我明天把他老人家'报病'呢。"伯惠吃了一惊道："真的么?"禁卒道："我哄你家做么事呢。"伯惠听说，也不辞别宝玉，匆匆起身便去了。宝玉不解其意，便问禁卒道："把我'报病'是什么意思呢?"禁卒道："这个不好对你家说得。"宝玉道："不要紧，你只管说。"禁卒仍不肯说。怎奈宝玉再三盘问，又许他说了给他赏钱，禁卒方才道："说了你家不要害怕！报了病，就是要了命了。"宝玉道："这话怎讲?"禁卒道："你家很聪明的,怎么这句话也不懂?当初秦桧要害岳老爷,也是这个法子。你家自己想去罢。”说罢出外,反锁了门去了。宝玉把禁卒的话,仔细一想:这明明是要我的命了,发了两句议论,便罹了个杀身之祸。这个未免死得轻于鸿毛了。但不知怎样弄死我,伯惠如果设不了法,我倒尝尝这个滋味,便是做鬼,也多长一个见识。好在我是个过来人,一无挂虑的。想到这里,倒也坦然。

次日,伯惠又来,宝玉便把禁卒的话对他说了。伯惠道:“这个也不见得,我已经竭力设法去了。万一设不了法,这是我对你不住。”宝玉道:“这是我自作自受的,与人何干?你这两天的奔走,我已经感激的了不得了!”伯惠听了,转觉得伤心,看看宝玉,却还是颜色自若的,只得别了出来。

不觉又过了五日,这天晚上宝玉正睡着了,睡梦中又觉得有人将自己抬动,正要睁眼看时,忽然一件很重的东西,在脸上压将下来,偏偏又是仰面睡着,被他压的喘气不得。连忙要推开时,双手又被压住了,要挣脚翻身时,脚也被压了。心想:是了,这是致死我的法子了。于是,宁心耐性的等死,只是喘不出气的辛苦,慢慢的觉得肚内的气,直涌上来,便觉得眼睛如同爆裂一般。不知宝玉性命如何,且听下回分解。

第二十回　何处有堂前三尺法
忽地来天外一封书

却说宝玉被压的闷绝了,昏不知人,只觉得身子轻飘飘的,飞将起来。只苦得不闻不见,到底不知自己是死了不是。正在恍恍惚惚的时候,忽听得远远的有人提着自己的名字来叫,嘴里要答应问是谁,却又如同哑了一般,喊不出来,慢慢的那叫声愈叫愈近,只是自己答应不出的苦。忽然一阵觉得喉咙里一股热气,直透到肚子里。猛又听得耳边一声叫,睁眼看时,只见伯惠伏在自己身边,那禁卒也在旁边,还有两三个人,都忙在一处,也不知他们忙些什么。四面一望,见自己睡的是床。暗想:他方才明明把我抬到地下,怎么又抬了上床?他明明是要压死我,怎么又是这种情形?伯惠何以又得信,连夜的赶来?此刻想是救活我了。心中胡思乱想,嘴里仍旧说不出话来。伯惠又灌了两口参汤,宝玉才慢慢的回过气来,微微的对伯惠说道:"劳你驾了。"伯惠道:"好了,你此刻觉着怎么样了?"宝玉道:"没有什么,不过喘息难点罢了。"伯惠方要答话,只见外面闯进一人来,问道:"回过来了么?"伯惠道:"回过来了。"宝玉看那人时,十分面善。不觉默默的寻思,忽然想起正是那同寓的学生,十分疑惑,不解何故。要想问时,嘴里又懒得说话。伯惠又安慰了几句话,又送上参汤,呷了两口。一会儿,焙茗打着灯笼来了。伯惠便道:"此刻已经一点多钟,我先回去,留下焙茗伺候你。到天亮之后，便可以出去了，你将息点罢。”宝玉点头答应，伯惠去了。

宝玉又歇了好一会，慢慢的坐起来，此时人都散尽了，只有焙茗在旁边。宝玉走了两步，觉得神虚气喘，周身骨节甚是酸痛，又觉得脚下踩着许多砂子。重复坐下，叫焙茗看看地下是什么，焙茗拿烛一照，道：“咦，那来的许多米呢？”宝玉在自己身上一看，见衣服上都染上一层白尘，方才明白那禁卒拿来压我的，正是几袋米。但是既然要致死我，何以又救回来？并且那方才同寓的学生，何以也到这里来？真是令人不解。因问焙茗道：“这几天吴老爷在外面忙些什么，同些什么人往来，你可知道？”焙茗道：“吴老爷天天出去，小的每天不是往这里给爷送饭，便在寓里守着，都不知道。只有前回同寓的那个穿短衣，戴草帽的人，昨天来过一次，和吴老爷说了好些什么凉大人、热大人，又是什么拜门口、拜窗户的，小的都不懂。”宝玉听了越觉糊涂，身上又觉得难受，便和衣躺下。心中辘轳似的，想着那刚才之事，只是想不明白，直到天色微明，方才睡着。睡梦之中，仍觉得身子轻飘飘的，随风飘荡。正在梦魂颠倒之际，忽耳边听得有人说话，不觉惊醒。睁眼看时，只见伯惠站在旁边，宝玉连忙起来。伯惠道：“恭喜！事情完了，出去罢。”一面指挥焙茗，收拾铺盖，又赏了禁卒酒钱，便同宝玉一同出来。门口早有两乘轿子伺候着，两人各各上轿，回到栈里。

宝玉一路上看着天上的日光，觉得身心一畅，大有天地异色光景。到了栈里，便沐浴更衣。伯惠便同他置酒压惊。宝玉道：“说着这件事，真是可笑！差不多闹上了半个月，我犹如做梦一般，直到此刻还不明白。只知一向都是劳你的驾，费你的心罢了。”伯惠叹道：“说起来真是荆天棘地。你这回的性命，真是间不容发。倘迟了两三分钟，我此刻只怕要安排和你买棺材盛殓的了。你那得罪的原由，我已经略为告诉过你，不必再赘了。我自从打听得他们栽上你一个义和团余党的罪名，便十分着急，真是无缝不钻的了。

那天，那禁卒又说是已经交代把你报病，益发慌了。你知道此中弊病，凡是上头叫报病的，这人就不长久了。无论几天，便叫禁卒下手结果了，就报个病故。你想还到那里去伸冤？我忙忙的托人介绍，找着那学生去斡旋，说了三天，方才妥当。说得好好的，是昨天行事的。昨天我去看他三四次，都不在家。后来再三打听，知道他前夜过江，到汉口去吃花酒，还没有回来。我又赶过江去，找着了他，硬拉了回来，已经二鼓时候了，叫他连夜去干事，我还跟着他到了监督的公馆里。他进去说话，我在外面等他。一会儿，他匆匆的出来说：'恐怕来不及了，因前几天交代的，是今夜要人，今天一天又未见有人去关说，此刻不知怎样。'便同他匆匆到监里去，只吓了我一个半死。那禁卒千不肯万不肯的，不肯让我去看你，情知是凶多吉少的了。那学生拉了那禁卒，到旁边说了几句话，又亲身到卒官那里讨了主意，方才放我们进去。你已是直挺挺的睡在地下，气已经闭了，七手八脚的好容易救了过来。今天一早我就具了保状，托此地的铺家盖了图书，重重花了几两银子，马上递进去，批准了，才得和你出来。"

宝玉道："说了半天，这位监督的手段，这里官场的奇横，我是略知一二的了。然而这番斡旋是用的什么法子，你也要告诉我，好让我知道。"伯惠笑道："这件事可有屈你了。你知道这位监督最恨的是人家讽刺他。大凡恶人讽刺的，一定喜人奉承。他还有一个脾气，最欢喜人家拜他的门。我辗转见了那学生之后，许了他的酬谢，托他去关说。只说你起先的话，是一时鲁莽，过后深悔失言。又听说监督的学问，如何渊博，如何纯正，便欲列在门墙。把他说转了，却要先见了贽见及门生帖子才肯放人。昨夜连夜办的便是贽见帖子。你此刻出来了，还得去拜他的门！"宝玉呆了一呆道："这个如何使得！这种人，我为什么要拜见他呢！"伯惠笑道："为的是救命！难道认真去拜他先生么？"宝玉道："既然送了贽见帖子就算了，何必要我亲自去拜呢！总要想个法子，免了才好。"伯惠道：

“你认真不愿意去，就是我替你罢。好在他没有当面认识过你，也没有见过我，我就冒了你的名去，见见他也不妨。”宝玉道：“你也犯不着去见他！并且他虽不认得我们，那学生是总认得的。”伯惠道：“你何必如此固执，须知道古人的话：‘在他檐下过，不敢不低头。’你十多天牢狱之灾都受了，何在乎一见呢？”宝玉道：“你本来到这里是代你的朋友设法的，此刻那朋友出来了没有？”伯惠道：“早出来了，并且功身到日本留学去了。”宝玉道：“那么你此刻在这里没事了？”伯惠道：“没事了。”宝玉道：“那么还不好办！我们马上就渡过江去，跑上轮船，往上海一溜，就完了。还怕他赶到上海去找我们么？”伯惠道：“这个不妥当，还是去见他一见的好。”宝玉执意不去，道：“就这么一溜，你说不好，还有个法子，只要写个信给他，只说困了几天，病了，一时不能来见；约他缓几天，我们再设法避他。然而这个信，是要你代劳的。这个‘夫子大人函文’我写不来。”伯惠笑道：“这也是一法。”于是取过笔砚，代宝玉写了一封信，交代黄福送去。一面两人对坐饮酒，又谈谈人情险诈，入世艰难的话。吃饭过后，黄福回来，呈上回信，并两部书。宝玉并不拆看，还是伯惠看了。那信上写了好些老气横秋的话。看那两部书时，却是一部什么《丛编》、一部《诗文稿》，都是这位监督的大著作，送给新门生的。伯惠翻了两页，递给宝玉。宝玉撂过一边，在那里出神。

你道他忽然出什么神？原来他想起自己在大荒山青埂峰下，清净了若干年，无端的要偿我那补天志愿，因此走了出来。却不道走到京里，遭了义和团；走到这里，遇了这件事。怪不得得说是野蛮之国，又怪不说是黑暗世界。想我这个志愿，只怕始终难酬的了。要待仍回青埂峰去，又羞见那些木石鹿豕；要待不回青埂峰，却从那里去酬我的志愿？想到这里，不觉六神无主，心中一阵糊涂了。耳无闻目无见的呆呆的出神。

恰好焙茗泡了茶，送上一碗茶来，一连叫了两声，宝玉只不答应。焙茗道：“好好的，又怎么着呀！想是老病又发作了。”伯惠本没有留心,忽听得焙茗说话,连忙看宝玉时,果见他目定口呆那般光景。只当他昨夜吃了亏,病了,因劝他睡下。宝玉听得伯惠说话,忽然神魂返舍,说道:“我没有事,不过在这里胡思乱想,想出了神罢了。”伯惠道:“又想什么呢?”宝玉道:“我想到底不如速回上海。好在有信去了。他明知我一两天内不能去见他,趁今天走了,他其奈我何?”伯惠道:“其实也可以使得,不过匆忙了些。”宝玉道:“我们行李又不多,说走就走,有什么匆忙呢?”伯惠道:“你好好的憩一天罢,明天走也不迟。”商量定了。次日便算清了房饭账,到了黄昏时分,雇人挑了行李,出了汉阳门,雇个划子,划到轮船旁边拣定了房位,又复乘风破浪的到上海去了。至于那位监督,受了宝玉的贽见门生贴子,却把两部大作算做还礼,终久不曾见宝玉一面。以后他还追求与否,我这书中,也不及表了。

且说伯惠到了上海,便约宝玉不必再住客栈,搬到自己家里去住,宝玉依允了。等轮船靠定了码头,二人舍舟登陆,便到伯惠家去。船上行李自有黄福、焙茗招呼。伯惠和宝玉到得家时,不免略息风尘。家人们送上好几封信,都是伯惠去后接到的。伯惠一一看,内中却有一封是托转交宝玉的,便顺手递了过去。宝玉接来看时,却是薛蟠的手笔,拆开一看,上面半文半俚的写着道:

宝兄弟大人阁下:

自从北京一别,我们走到长新店等候,天天还望天兵打胜。谁知后来,果然应了贤弟之话。有人来告诉我,皇帝老子也跑了,于是知道贤弟之话不错。恐怕此地安身不得,欲到自由村,又不识路途,在此问人,人人都不知。幸喜遇见一位朋友,叫刘学笙,别字茂明。他认识路途,我就与他同行。刻下已经到了自由村,住在刘学笙家。

此处地方甚好,真是自由自在。比上海有天渊之隔,好上几倍。贤弟不妨来游一次,方知吾言之不谬也。如果贤弟要来,我之款祈代带来。不然贤弟用了,亦不妨事也。云云。

宝玉看了，交给伯惠看，伯惠道："这自由村是什么地方，倒不晓得，想是一个极偏僻的地方了。"宝玉道："就是这话。但不知怎么就比上海好几倍。我在这里也是闲住，我打算认真去走一次看呢。"不知宝玉到底去与不去，且听下回分解。

第二十一回　放手枪宝玉缚强盗　中冷箭焙茗现原形

却说宝玉接了薛蟠的信,便想到自由村一行。伯惠道:“又没有事,何苦又往北边跑呢?”宝玉道:“正是为的没有事,可以到处逛逛,也是游历的意思。”伯惠道:“我只听见人到外国去游历,却不曾听见到村庄上游历的。”宝玉道:“我正是为了这个很不舒服。我听见他们动不动说到外国游历,不知游历了有什么益处!最奇的是每一个人游历,便有一部游历的日记。无论他游历的那一国,日记的第一篇,一定是画上一张平圆地球图。其中所记的,于人家的政治、风土、人情、物产都没有,内中纵有一二,也是说的模棱得很,何尝有一句是有用的说话。所记的不过某日走了多少路,某日见某人,谈某话,某日游某厂,看制造某物。又复一味的夸张外国如何繁华,如何美丽!看了他的日记,恰是毫无用处。他有查地球的工夫,何以不查查一国的山川险要来?有走路的工夫,何以不稽查了他的风土物产来?有见人谈话的工夫,何以不访求了他的政治人情来?有游厂的工夫,何以不考求了他那制造之法来,游了这么一遍,费了盘缠,费了时日,费了精神,到底有什么益处!而且他既游历了外国,自然应该我们自己中国的情形要熟悉了,试问那一班游历的,自己中国地方,他到过几处,通了几省的言语?所以我说游历中国比游历外国要紧。只要派上几个学生,叫他自己认定了,愿意游历那一省，就派他那一省。游历之法，要遍历各府、厅、州、县，细细的考察各处风土人情、民间疾苦、地方利弊、农矿出产，一一都要写了日记，并准他附记条陈办法。今年派这个去，明年派那个去。几个人去过之后，把他的日记互相比较，是那个考察得最清楚的，条陈得最好的，就派他去做那个地方的官。你看官民还有隔膜的么？如此一来，地方还有不治的么？"

伯惠道："你的高论自是不错！然而你此刻又不是想做官，又不是要遍历厅、州、县，不过要到什么自由村。北边去年闹了一个大乱子，杀人遍地。那些秽恶之气郁住了，到了热天，那疫气更是利害。不是有要紧事，何苦去碰他呢？"宝玉道："那瘟疫怕他什么？你看那瘟疫死的人，大半是穷人，不然就是那起居无节，饮食不时的干净人，谨慎起居的人甚少得疫症的。"伯惠道："既如此说，你是一定要去的了。"宝玉道："我本来各处都要去逛逛，不过先到那里去一走，顺便也把那款子带了去。请你代他转了汇票罢，此刻汇划总通了。"伯惠道："通可是通了，然而那个什么自由村，从来也不曾听见过的。从那里汇去？"宝玉听说，呆了一呆，大家就此放下不提了。

过了几天，宝玉对伯惠道："我想薛舍亲的款，一定要同他汇去。既然汇兑不通，我想了一个法子。如果取了现银，未免太笨重累赘了，不如同他换了金子，同他带了去罢。好在金子到处都可以换成银子的。"伯惠道："你还当真要去么？"宝玉道："他在别处呢，我可以不去；他在自由村，我可不能不去。因为我近来听人家说的那自由有多少好处，要去看看那自由村的自由。我不过要逛一遍，仍旧要到南边来的。我并且要到广东、福建一带去逛呢。"伯惠道："那么几时动身？"宝玉道："这几天就打算走。因为此刻正是穿夹袍的时候，行李不必多带，只要带几件单夹及夏衣就够了。并且连衣箱也不必用，只要买一个外国的大皮匣就是。我顶多一两个月就回来。"伯惠知道留他不住，就同他把薛蟠的款子，都换了金条，一一点交明白。宝玉便买了皮匣，收拾好行李，预备动身。恰好"泰顺"轮船要开行。这个船，吴伯惠从前在那里当过账房的，船上还有两个旧同事，便送了宝玉上船，嘱托招呼一切，方才别去。

"泰顺"船开行了两天，到了烟台下碇，起卸的货甚多，耽搁了许久，还不得开行。宝玉忽然动心，想道："这里是山东地方，我何不上岸逛一逛，就此从陆路进京，也是无妨。不然，住他几天，等有别个船来了，再附了到天津也好。想罢，忙叫焙茗收拾好行李，别过船上的人，叫了舢舨，一径登岸去了。在客栈里住了几天，因想我既到了山东，何不去登泰山呢？想定了主意，便托了客栈代雇了长行车，主仆二人，登车向西进发。在路上行了八九天，到得泰安，便到泰山上去游览了一遍。无非是摩挲大夫松，玩索表泰碑，谒青帝祠，游碧霞宫，秦观望长安，越观望会稽。在山上住了两夜，方才下来。

又雇了两匹牲口到曲阜，先下了店，去逛孔林，瞻仰古楷，趋步杏坛，又游了一天多。宝玉心中是无往不适的，便想从此进京去，取道济南，顺便要逛历山。因和客店里商量，要雇两匹长行牲口，或者是雇个车也好，店主道："今日来不及上路了，明天大早走罢！"宝玉答应了。店家又跟到房里来道："这屋子不好，我给爷另搬一个罢。"宝玉道："住一夜的事情，胡乱将就点就过了，还搬什么呢？"店家道："爷们从南边来，是舒服惯了的人，搬一个罢。"殷殷勤勤的，代宝玉提了皮匣，取了铺盖，另走到一个屋子里来。这屋子果然比起先那个干净，又是新糊的银花白纸，店家交代好了，方才出去。

宝玉看那房子，陈设得虽是不离那乡村俗态，却四壁都悬有字画；角子上，还挂了一幅中堂，画的是五色牡丹。心中暗笑道："村也不应该村到这个样子，怎么把个中堂挂到角子上去呢？"闲坐了一会，便吃晚饭，饭后方才掌灯，焙茗便把铺盖开好了。宝玉瞥眼看见角子那画上，爬着一个蝎子。便叫焙茗道："好好的打了他，别叫他咬一口。"焙茗不敢动手，拾了一块小瓦片，对准那蝎子一摔，摔准了,可摔他不死,也不伤,豁刺一下跑了。一时找他不着,也就算了。宝玉是个细心人,他想:明明摔准了,何以不死又不伤呢?这片碎瓦摔到那画上,劲也不小了,但是听他打上去的声音,却一点劲都没有,那画的后头就同空的一般,这是什么原故呢?想罢,揭开那画来看,原来画的后面不是墙,却是一个门口。有一扇木门,是从那边关过来的。门上有一条小小的板缝,凑近去一张,只见里面隐隐约约的有灯光,却看不清楚有些什么东西。放下那画,十分疑惑。画前面本来放着一张方桌子,往桌子底下一看,却是好好的墙。又暗想:这个莫非是个窗户,再揭开那画看时,那窗户自上至下,足有五六尺高,那里有这么高的窗户呢?常时听说北边有一种黑店,专门埋藏盗贼,劫夺客商财物。我今番一定是碰上了,这个怎生是好呢?低头默默寻思,忽然想着在上海所买的六响手枪,带了多时,在京的时候,在会馆里虽然拿他放过几枪,操演手法眼法,却不曾拿他打过人,今番不免要借重他了。因悄悄关照焙茗,叫他今天晚上不要睡,留着心。一面取出枪,装好了弹子,放在枕头旁边。暗想:他若是一两个人还好,倘使人多,可不得了。然而,无可奈何,也要仗着他背城借一的了。不然,时候已经夜了,往那里走呢?叫焙茗关上门,剔亮了灯。坐了一会;已是二更时候,便到床上去和衣假寐,焙茗也蹑手蹑脚的躺下。

到得三更过后,四面人声俱寂,微微的听见那画有点响动。宝玉偷眼看时,只见一个少年后生,从那画后钻了出来,手上提着明晃晃的一口大刀,慢慢的踏到了桌子上面。宝玉躺在床上看得亲切,拿起手枪,挥过来一扳,机簧动处,浓烟忽起,"砉"的一声,鸡心大的一颗铅弹,早着在强徒的大腿上,立脚不住,从桌上翻将下来,手中的刀,也撂在地下。焙茗"哗"的一声喊起来,宝玉也忙坐起来,喝叫捉下了。那强徒扒起来要走,却被焙苕下死劲的一推后又跌下来。宝玉便亲自来按住他,叫焙茗拿铺盖绳来把他绑了。

此时门外已经有人擂鼓般打,一迭连声叫饶命。宝玉只不理,叫绑了再说。焙茗一个人绑不动，宝玉帮着把他绑了个四蹄攒。外面打门之声，仍是擂鼓似的。宝玉握枪在手，叫焙茗开门。门开处，只见店家踉踉跄跄的跑进来，见了宝玉便跪下叩头，口称："饶命。"宝玉道："你开的好店，窝藏了强盗，打劫人家财物！此刻被我打倒了，你便叫饶命；可知我被你们打倒了又怎么？"店家叩头道："老爷，可怜小的只有这个儿子，饶了他罢。我保佑你公侯万代。"焙茗"噗嗤"一声笑了道："你还会保佑人呢！既会保佑人，为甚不先保佑你自己的儿子，别被我爷的掌心雷打着。"店家进来的时候，来得慌张，并不曾看见宝玉手上的枪，听了焙茗这句话，便信以为真，吓的又连忙叩头道："我的天爷爷，你要是放了掌心雷，我的儿子的性命是死定了。爷爷饶命罢！"宝玉暗想：这种愚民真是愚得可笑，天下那里有什么掌心雷。正想藏过洋枪，乘势借这个去吓他，忽听得已经被绑着的那个强徒儿子说道："是洋枪打的，不是掌心雷。"宝玉便道："我若用了掌心雷，你这房子早震倒了。"

此时早惊动了合店的人，店家妈妈也起来了，也来跪着求饶；那店家又忙着跑出跑进，叫伙计们弄茶水，做点心。宝玉此时不敢再睡，乐得和他们胡缠。因问他："为甚要起意作弄我？"店家道："我们这店，本来是拣行李多的才下手。因为爷来时，我接应那皮包，觉得两头轻重不同，知道包里的银子不少，因此起了意。若是大伙客人，便多约几个伙伴。见爷们只有两个人，所以我的儿子便不约人了，要一个人私得，谁知倒被爷打倒了。"

说话之间，已经将近天亮。外面有人打门，店家出去看了。回来说："牲口来了，今天头一站是长站，要赶早上路，请爷就动身。"宝玉叫焙茗收拾好了，先把铺盖拿去，驮在马上，焙茗背了皮匣，然后放了那强徒，出门上马而去。

走了四五里路，还不见天亮。两旁树木丛杂。焙茗在前，宝玉在后。正行之间，忽听得飕的一声响，一枝冷箭正中在宝玉的马腿上，那马负痛把宝玉掀下地来，便溜缰去了。宝玉跌下来，便忙在怀里去取洋枪。原来，宝玉因为夜里之事，便加意防备，把那手枪揣在怀里。果然出门不远，便要用着。方才枪在手，只见前面焙茗也跌下马来，那马也跑去了。马夫不消说，是追他自己的马去了。焙茗却直挺挺的站在那里不动。宝玉不知强盗多少，索性不声张，躺在地下看动静。只见两边一时起了四五个火把，直奔焙茗，焙茗却还是直挺的站着不动。忽听得内中一个强盗失声叫道："呀！怎么射了菩萨。"宝玉心中猛然省悟，当日在玉霄宫遇见焙茗，原像是个鬼一般，此时莫非有了什么变动？放眼望去，火光中只见焙茗肩上插了一箭，四五个强盗，都站在那里目定口呆，还有一个跪在地下，对着焙茗叩头。暗想：这班人都是迷信鬼神的，还可以借这个去吓他。因一跃起来，跑了过去。众强盗看的呆了，不曾提防，倒吓了一跳。宝玉喝道："好狗才，你射伤了我的家人，还看什么？"一面看焙茗时，那里是什么焙茗，竟是一尊木塑的仙童偶像，面目都剥落不堪的了。心中也自诧怪，不过对了众强盗，不好现于颜色。因对着偶像叹道："我说你道行不深，果然遭了这劫。"众强盗吓的不知所云，只道宝玉是神仙，便都对他磕头。宝玉只管不理，向木偶身上解下皮匣，自己背了，对众强盗道："你们怎么说？"强盗只管叩头道："求神仙老爷饶命。"宝玉道："想你们也不值得一杀，我这仙童被你们射坏了。须知他暂时避开，过后还要来的。你们好好的抬了回去，香花灯烛供养。从此改邪归正，我便都饶了你。"众强盗连忙答应，叩谢了，抬了偶像就走。

此时天色已经微明。宝玉见强盗去了，暗暗好笑。然而好好的一个焙茗，改变了个偶像。心中十分疑惑：自己从来不信那妖狐鬼怪的，此时却被我亲见这等怪事。一面想着，信步行去，也不知走了多少路，忽然抬头看见日出，不觉惊道："往济南是向北走的，我怎么向东走起来？"再细看时，只见远远的祥光万道，瑞气千条。那祥光瑞气之中，隐隐出现一座牌坊来。不知那牌坊是何所在，且听下回分解。

第二十二回　贾宝玉初入文明境　老少年演说再造天

却说上回书中,说到焙茗中了一箭,忽然变了个木偶,当此文明开化时代,我做书的,忽然说了这么一句荒唐话,岂不是自甘野蛮,被看官们唾骂么！不知此中原有个道理,是我做书人的隐意,故意留下这一段话,令看官们下个心思去想想。谁知我这书还没有脱稿,就有一位“镜我先生”见了,把做书人这个隐意一语道破。他还说等我这部书脱稿之后,同我加批呢。看官们如果想不出这个隐意,且等着看我先生的批罢。

闲话少提。且说宝玉既失了马匹,又没了焙茗,虽然吓走了那一班强盗,只得自己背了皮匣,信步而行。远远望见一座牌坊,牌坊上发出了好些祥光瑞气,便只管向前行去。走到那牌坊底下,天已大亮多时,向上一望,只见上面写着“文明境界”四个大字。不觉暗想道:怪道近来的口头禅,动不动说什么“文明”“野蛮”,原来有个“文明境界”的。但不知这境界里面文明得是什么样子,我侥幸到了这里,倒要进去看看呢！想罢,便步了进去,回头望那坊土面的额,却是“孔道”两个大字,暗想:这“孔道”两个字,大约就是“大路”的意思了。想犹未了,只见旁边来一个人,生得方面大耳,神采飞扬,八字黑须,英姿爽飒,迎着宝玉一揖道:“贵客远来不易。”宝玉连忙还礼道:“失路之人。偶然到此。不知贵境里面,可容瞻仰?”那人道:“敝境甚是宽大,但能遵守文明规制的,来者不拒。贵客既来此,就请先到敝馆小歇。”说罢,就引宝玉前行。

不多几步,走到一所大房子门前,门楣上挂着一个横额,上头写着“入境第一旅馆”。那人便让宝玉到里面客座里去。宝玉放下皮匣,分宾主坐下。彼此展问姓氏,方知那人姓老,表字少年。童子送上茶来。宝玉接杯在手,看时却是一杯白水,放到唇边呷了一口,觉得茶香馥郁,心中暗暗称奇,举目看那客座,只见收拾得异常清洁。

一杯茶罢,老少年又让宝玉另到一间房里去坐。这房里与客座又不相同,虽然四壁粉垩洁净,却是一无陈设,只在当中摆了几把椅子。坐了一会,忽然旁边一扇小门开处,走出一个人来,却是个苍髯老者,对老少年道:“这位贵客性质晶莹,不过肠胃有点不净。这是饮食上未加考求之过,住上几天就好了。”老少年大喜,便让宝玉仍到客座里去。宝玉便问:“这位老者何人?”老少年道:“此是敝境的医生。方才所坐的房,是验性质房。凡境外初来之人,皆由我招接到这里,陪到验性质房,医生在隔房用测验性质镜验过。倘是性质文明的,便招留在此;若验得性质带点野蛮,便要送他到改良性质所去,等医生把他性质改良了,再行招待。内中也有野蛮透顶,不能改良的,便仍送他到境外去。方才医生验得阁下性质晶莹,此是外来之客,万中难得一个的。足见阁下是文明队中人。向来在外面总是‘铁中铮铮,庸中佼佼’的了。”

宝玉道:“弟愚昧无知,有何文明之足道?但向来闻得性质是无形之物,要考验性质,当在平日居心行事中留心体察,何以能用镜测验?并且性质又何以能改良?改良性质又有何妙法?贵境既有此法,何不到各处代世人都改良呢?”老少年叹道:“谈何容易!此时世人性质,多半是野蛮透顶,不能改良的,虽有善法,亦无如之何,只有待其自死。至于性质尚能改良之人,即不必我去同他改,他自己也会到此求改的。所以我们也无烦多事了。”宝玉道:“性质是无形之物,如何可以测验?还求指教。”老少年道:“科学发明之后,何事何物不可测验!即如空气之中,细细测验起来,中藏万有。野蛮半开通之流,动辄以空气二字,一总包括在内,如何使得?倘谓无形,不能测验,何以欧美声学家,尚能测出声浪来?不过声学虽然测出声浪,但所绘声浪图,都是以意为之。敝境科学博士,每测验一物,必设法使眼能看见。即以测验性质而论,系用一镜经高等医学博士,用化学制成玻璃,再用药水几番制炼,隔着此镜,窥测人身,则血肉筋骨一切不见,独见其性质。性质是文明的。便晶莹为冰雪;是野蛮的,便混浊如烟雾。视其烟雾之浓淡,以别其野蛮之深浅。其有浓黑如墨的,便是不能改良的了。”宝玉道:“此镜真是奇制,非独见所未见,亦且闻所未闻。”老少年道:“这也是先由理想发出来。古人小说多半是载神鬼之类,每每谈及善恶,谓善人顶上有红光数尺,恶人顶上有黑气围绕。又说人有旺气,有衰气,人不能见,惟鬼神可见,当日著书之人,又不曾亲身做过鬼神,如何知道?不过是个理想而已,既有此理想,便能见诸实行。所以敝境医学博士,瘁尽心力,制成此镜。”宝玉不觉点头叹服。

正在说话时,忽听得有人高声说道:“辰正一刻。”宝玉抬头看时,只见墙角上站着一个人,穿的是古代衣冠,双手捧着一个牌子,牌子上面写着“辰正一刻”四个大字。那双眼睛望着自己似笑非笑。宝玉不觉吃了一惊,暗想:刚才倒不曾留神看见他。要起身招呼时,又见他要动不动的样子,不觉望着他出神。不一会,只见那“辰正一刻”四个大字底下,又现出“一分”两个小字来,不觉又是暗暗称奇。老少年已经觉得,笑对宝玉道:“这是‘司时器’,就同那欧美钟表一般,按时报出来的。”宝玉道:“钟表已是巧制,这个更巧不可阶了。”老少年道:“钟表虽是巧制,无奈他的记号不同。我们本是从子至亥的十二个时辰为一昼夜,他却以二十四点钟为一昼夜。那钟面记号又只有十二点,要记起时候来,必要分个上午、下午,岂不费事?譬如此刻是辰正一刻,要照钟表说起来,是八点一刻。当面问时候，还可以闹得清楚，要是记事，必要加‘上午’两字，不然弄差了，就要错到戌正一刻去。非但麻烦，我们又何必舍己从人呢?”说罢，在身边取出一个表来，递给宝玉看。宝玉接在手里，见只有铜钱般大，当中现出一个“辰”字，左边是“正一刻”三个字，右边是“三分”两个字。宝玉再看那司时器时，却也变了“三分”两个字了。看罢，交还老少年，叹赏不止。

童子过来请用早点，老少年便让宝玉。宝玉此时正在肚中饥饿，也不推让，一同到了膳房。童子送上一杯茶，宝玉看时，仍是同清水一般，不过稍为稠了点。看见老少年吃，也就呷了一口，觉得那味道在酸甜苦辣之外，另有一种和甘之味，不觉一口一口的呷完了。说也奇怪，只吃了这一杯东西，那肚子也就不饿了。

童子来请示新到客人的住房，老少年道：“就住在第一号房罢。”童子听说去了。老少年引宝玉到了第一号房去。只见自己的皮匣，已经送进来了。陈设精雅，没有丝毫富贵气象，也没有半点朴陋气象。现成的床帐被褥，书桌上文房四宝，件件俱全；旁边还有一架书，书架之旁，摆着一把醉翁椅，那一边便是一排椅子。角子上也有一个司时器，却是一个童子，雪白肥团的，笑容可掬，双手捧了个卷书式的牌子顶头上。恰是辰正二刻，那童子便报了出来，犹如人说话一般。宝玉道：“这个声音，想同那留声机器一样做法的。”老少年摇头道：“不是，不是。留声机器，那里有这种清楚字音，他那个是相磨成声的，这个是按着人肺管的呼吸，用软皮做成放在里面，另装一副扇风机器，到了时候，机捩一开，扇风扇动皮管噏张成声的。如果晚上睡时，嫌他报的讨厌，这左耳里面有个机关，拨转了他，自然不报。明日要他报，便依旧拨过来就是了。”说罢，拨给宝玉看。宝玉道：“这真是巧夺天工了。”

说话时，忽然一阵清香扑鼻。宝玉回过头来一看，只见当中一张小圆桌子上面，放着一盆绿萼梅花，宝玉不觉大诧道：“此刻正是五月里，那里来的梅花呢?”老少年道：“这个不奇。敝境内有四个公园，分着春夏秋冬四季。那公园除供人游玩之外，并准人采花。所以四时花木随时可以赏玩。”宝玉道：“天气不对，何以能得花开呢？”老少年道：“敝境化学博士，能制造天气。譬如此刻是初夏，那春秋冬三个公园的天气，都是制成的。等过夏天，交到秋天，这夏公园又制造起来。”宝玉叹道：“不说这制造天气是个奇技了，只是未曾制造之前，如可发此奇想，也就亏他。”老少年道：“这还是百年前的遗制。只因一百多年之前，敝境科学才萌芽，境内百姓大半穷苦，遇了一年棉花失收，偏是到了冬天，异常寒冷，虽有善堂善士，筹备冬赈，争奈棉花没有买处，也是枉然。那时一位化学博士，姓华名兴，字必振，便倡议说：‘与其人人而济之，不如设法使天气不寒，岂不更妙？’当时人人都嗤他谬妄。谁知他一言既出，便欲实行。使人驾起数十百个气球，分向空中，施放硝磺之类，驱除寒气。又用数十百座大炉，蒸出暖气，散布四方，居然酝酿得同春深天气一般，草木也萌动起来。一时穷民大喜。虽然不能遍及境内，然而纵横三百里之内，竟然不知这一年有冬天。这位华必振办了这一回事，可是把他的绝大家财也散尽在里面了。后来政府里知道他有这个绝技，便由政府出费，叫他再为精研。他慢慢的便研究出这制造四时天气的法子来，并且费也减轻了。到了此时，敝境内是民殷国富，本来用不着这个法子了，因为不忍埋没了他的功劳，所以用他的遗法，每一区地方，按着四时，做了四个公园，公园之中，就立了他的石像。几时高兴，我可以奉陪去逛逛。”宝玉道：“这真可谓与天地争功了。”老少年道：“本来当时的人，就送了这位华先生一个雅号，叫做‘再造天’。此刻游园士女，瞻礼遗像，都不肯提名道姓的，都称说是‘再造天遗像’。”宝玉道：“这三个字，华先生也当之无愧了。我本要到自由村去，不意起了个登泰山瞻孔林之念。就无意中碰到这里来，大开眼界，真是三生有幸。但不知贵境地面有多大？倒不可不各处去见识见识的。”老少年道：“敝境共有两百万区，每区一百万里，分东西南北中五大部。每部统辖四十万区，每区用一个字作符识。从一至十万，编成号数。那作符号的字，中央是‘礼、乐、文、章’四个字；东方是‘仁、义、礼、智’四个字；南方是‘友、慈、恭、信’四个字；西方是‘刚、强、勇、毅’四个字；北方是‘忠、孝、廉、节’四个字。现在这里，便是强字第一百区，我们省称，只叫‘强一百’。就是阁下说要到自由村，这自由村也是这里的一个村名。”宝玉道：“我舍亲到自由村时，说自由村离北京长新店不远，怎么却在这里？”老少年道：“除了这里，那里还有个自由村呢？”宝玉在皮匣里取出薛蟠的信，给老少年看。老少年看了大惊。不知惊的什么，且听下回分解。

第二十三回　研医道改良饮食
制奇器科学昌明

却说老少年看了薛蟠给宝玉的信，不觉惊道："这个地方，幸得阁下不曾去。别的且不要说，单是刘学笙就到过敝境三次。头一次到时，经医生验得他也性质污浊，送了他出境。过了几时，又来了，我以为他改换了性质，所以要到此地。谁知医生验过，说他污浊得比前更利害了。第三次来时，更是不消验得，那一种野蛮气象，居然是'睟然见于面，盎于背'了。这种人引进的地方，如何去得？"

宝玉道："或者姓名偶然相同，也说不定。"老少年道："他表字茂明，我明明记得的。那里有名号都同之理？这自由村不消说是野蛮自由的了。"宝玉道："自由也分别文明、野蛮么？"老少年道："这里头分别得很呢！大抵越是文明自由，越是秩序整饬；越是野蛮自由，越是破坏秩序。界乎文野之间的人，以为一经得了自由，便如登天堂。不知真正能自由的国民，必要人人能有了自治的能力，能守社会上的规则，能明法律上的界线，才可以说得自由。那野蛮自由，动不动说家庭革命，首先把伦常捐弃个干净，更把先贤先哲的遗训，叱为野蛮。这等人，我们敝境人是绝不敢瞻仰的。他所住的什么自由村，如何去得？"

宝玉道："贵境的自由村，是什么情形呢？"老少年道："敝境的小地方,都是随意命名,没有什么意思,只有这自由村是我们东方先生的出身地方。东方先生壮年时,曾经反复辩论,发明这自由村的道理,所以这村就做自由村。”宝玉道:“这东方先生又是什么人?”老少年道:“先生复姓东方,名强,表字文明。所生三子、一女,长子东方英,次子东方德,三子东方法,女名东方美。父子五人,俱有经天纬地之才,定国安邦之志。敝境日就太平繁盛,皆是此父子五人之功。后来这位女公子又招了一位女婿,就是那再造天之后,名叫华自立。他本来是科学世家,东方氏得了这位女婿相助为理,敝境越是日有进步。大家不忘了东方先生的大功,所以才拿他的表字做了地名,以示永远不忘的意思。此刻东方先生上了年纪,退隐在东部仁字第一区。他三子一女一婿,还在外面办事。”宝玉道:“贵境真是名称其实,我很想到各处去游历一遍,只惜没有一个向导。”老少年道:“要游历是易事,我也可以奉陪。”宝玉道:“阁下要接待外人,如何好走得开?”老少年道:“接待外人,不是我一人之事,还有同事的。只要请了个假,不妨出去游玩几时。此刻我还有点小事,先要失陪了。书桌上有叫人钟,倘是要茶要水,按钟便是。”说罢便辞了出去。

宝玉一人独自赏玩了一回梅花,又看了一回司时器。那童子做得竟同活人一般,心中不住的称奇道怪。坐到书桌上,随意在架上抽了两本书来看。看了一会,觉得无聊,又把桌上的文房四宝随意把玩。无意中把叫人钟按了一下,并没有声响。拿起来看时,又看不出钟里面有什么。正在纳闷,便有一个童子进来问:“什么事?”宝玉没得好说,只道要吃茶。童子翻身出去,拿了一杯茶来。宝玉看时,仍是清水一般的。喝到嘴里,又是茶味浓厚。因问道:“你们这里用的是什么茶叶?怎么没有颜色?”喝罢,童子取了茶杯自去。

宝玉把旁边的窗推开一看,原来窗外是一所花园。这窗面对着一个亭子,亭外一株石榴,正在开花,十分红艳。宝玉便凭窗闲眺。司时器报了午正，童子便来请吃饭。到了膳房，仍是同老少年两个同吃。桌上却没有碗箸之类，童子送上一个杯来，杯内盛的也是清水，喝到嘴里却又甘香芳洌。喝完了，又换上一杯。如此递换了六七杯，也有同冲藕粉一般的，也有同杏仁茶一般的，每杯的味道不同。宝玉忍不住，便问："吃的是什么东西？"老少年道："不过都是鸡、鹅、鱼、鸭、牛、羊之类。这是敝境的大医学家东方德发明的饮食改良。他考得米麦肉食之类，虽能养人，然而那个渣滓入到肠胃里，有时不化，亦足以致病，所以行了一个新法，把各种食品都用化学提出精液来，所吃的都是精液，自然不致于不化了。又考得用火煮食之物，内中都含有火毒。中国人吃的东西还好，还有些蒸熟的不十分近火，至于欧美人所吃的，非煎即烤，火毒尤为利害。不懂他们是什么意思，总不肯改良。并且他们未尝不知煎烤的东西有火毒，所以才做出那种皮酒，皮酒是用槐花做成的，性子极凉；他的意思，要借皮酒的凉，去解散那火毒。殊不知已经吃了热的下去，又吃些凉的去解，直头是把自己的肚肠去做了凉热两品的战场，亏他们还自以为医学昌明呢？还有那种学西医的，也不知他学了多少，便先要把我们自己原有的中医说得个一文不值，还要说中国的医学，将来要绝的。你道可笑不可笑呢？依他们所说，中国人医道不堪，几千年来，中国人就早该死完了，何以尚有今日？他说的西医那么好，西人就该处处比中国人强了，何以人类孳生倒是中国人快？寿命长短，西人也不能比中国人长呢。我们东方德先生，幼年专攻中国医学，成之后，方才考究西医。两面的都舍短取长，所以卓然自成一家。又参以化学，所以无穷不通，首先就改良食品。他常说，能治病的不算是医生，只能算是病人的仆役。是真医生，务要医得通国人都没有病，才算是医国好手。他这改良食品，也是要医得通国人没有病的意思。"

宝玉道："改良食品的意思，已经领教了。但是不用火煮熟，怎么能熟呢？"老少年道："何尝不用火？不过煮水成汽，借这热汽熟食品罢了。”宝玉道：“如此说，居家也大难了，不常只要用一个厨子，一份锅灶，照这样弄起来，厨房里非但要设汽炉，并且还要请一位化学师呢。”老少年笑道：“敝境人家，从来没有厨房。每一地方，有一个总厨，四面分布送食管，按时由管送到，丰俭随人。这送食管就同那自来水管一般。非独是吃饭，便是喝的茶，也是由总厨里供应的。”说话时，童子送上小小的一个小盅儿。老少年道：“今天菜单上的水果呀。”宝玉看时，仍是一盅清水，闻着却是一股是苹果果香，不觉一吸而尽，吸罢散座。

老少年便引宝玉到花园里去游玩。果然奇花异草，点缀得宜，楼阁亭台，结构精巧。老少年道：“中国的客栈草率，自不必说。那欧美的客栈，只不过一味的装潢富丽，纯是甜俗之气。较之这里如何？”宝玉点头叹美，又问：“听说外国楼房，动辄有十多层的，这里不知可有？”老少年道：“那是他们岛国，地小人多，才有这个高楼。可笑一班鼠目寸光之辈，或是眼见的，或是耳闻的，不问来由，只说他是文明的建筑，真是令人作呕。其实我们地大足以容人，何必要楼呢？”一面说，一面曲曲折折的游遍了。转出园外来，又指着一个门道：“这里就算厨房了，可要看看。”宝玉进去看时，只见四面墙上，都列着一排水制，不下二三百个。那水制都是用玻璃做的。宝玉道：“这个俗名叫做龙头，向来所见，都是铜做的。怎么这个都是玻璃所造？”老少年道：“铜铁之类未免不洁，所以用玻璃。非但这水制，便是一路接来的，都是玻璃管子。只有洗物的自来水，与及地火灯管，是用铁管。”一面说着，便同了宝玉出来，同到客座里。童子又送上茶，宝玉问道：“这里茶怎么都没有颜色，不要这颜色又有甚意思呢？”老少年道：“茶不过取一点香味，可以醒胃消食。那颜色非但没用，而且有碍。试看，泡了浓茶在碗里，放的时候久了，便有了痕迹。可知吃到肚子里，也有痕迹的了。虽然脾胃可以化他，然而何苦叫脾胃用了那有用的消化力，去化那无用的痕迹呢？所以这里的茶，是用茶叶蒸成汽水，使只存香味，一点颜色都没有

了。”宝玉道：“方才说地火灯，不知地火灯又从何处得来？”老少年道：“地火不足为奇。四川煮盐的，就是用的地火，我们不过推广其法。钻地取火之后，就分布铁管，散置开来，作晚上灯火之用。就是总厨里的炉灶，与及制造厂里，都是用地火。”宝玉道：“那么说，这里用不着煤，并没有煤矿的了？”老少年道：“煤矿多得很呢！开采出来都运到外国去卖，本境人是不用的，所以此地十分干净。不比那野蛮国，无论通都大邑，家家都有开火炉烟囱，还有那制造厂的大烟囱杂在里面，闹了个烟雾腾天的世界，他还自己夸说文明，还有人崇拜他的文明呢！”

宝玉道：“这里科学如此发达，制造厂想必多了。”老少年道：“制造厂都是在东部智字区里，智字十万区，差不多全是制造厂。明天游历时，可以去看看。”宝玉道：“这里一个厂都没有么？”老少年道：“有的也不过小厂，不甚大观。此地逼近海疆，倒有个水师学堂，是个大观。那讲堂里面，足足可以容得五万人。”宝玉皱眉道：“这讲堂大的倒不奇怪，只是那离得远的，怎么听见讲呢？”老少年道：“那位科学世家华自立，发明了一样新器，叫做‘助聪筒’，用一种金类，做成一个小小筒子，不过半寸来长，拿来塞在耳朵里，任凭隔了多远，只要当中没有阻隔，极细的声音，都可以听得见的。”宝玉道：“这又是一件奇器，不知可得一见？”老少年道：“明日同到学堂里，一则看看学堂，二则就可以见这样东西。”宝玉大喜。老少年便写了个条子，叫童子送到水师学堂里，约定明日去看学堂。

宝玉便自回房里去，忽然见桌上的梅花没了，却换上一盆白菊花。宝玉不觉叹道：“常见小说上说的什么仙人地方，四时有不谢之花，八节有长春之草。又说什么术士，能颠倒四时花木。不图我今日亲见其事，亲到其地。”一面推开窗户，窗外的一株鲜红石榴，与窗内的白菊，正是相映成趣。赏玩了一番，仍旧看书消遣。

夜饭后，回到房里。到了入黑时，看见所挂的灯，忽然发起光来，那光比电灯还利害。想道：地火原来甚亮，那做电灯的见了他，

又未免瞠乎在后了。只见老少年走来说道:“我已经准了假,明日一准奉陪游历。”宝玉道谢。老少年看着那灯,又指墙边一个表道:“这是明暗表。如果嫌太亮,可以往下推;嫌太暗,可以往上推。”宝玉看时,那表如同寒暑表一般,当中却不是玻璃管,是一根铜条,上面画着分数,写着有字,外面横着一根银针。试把那银针往下推了一分,那灯果然暗点,再往上一推,又复原了。心中十分快活,道:“这又比电灯灵动多了。”老少年辞去。宝玉坐了一会,把灯推的像油灯一般,便睡了,准备着明日往外游历。不知游历了文明境界见些什么,且听下回分解。

第二十四回　验病所痛陈医理
乘飞车快阅水师

却说宝玉安歇了一宵，次日盥洗过后，用过早点，老少年便来约了一同去看水师学堂。老少年道："此刻时候尚早，昨日写信去约学堂总办，是约在未初。我们此刻何不先到医院里面去看看呢？"宝玉道："好极，我正要考察这里发明的医学呢！"于是一同出门前去。

一路上，都是垂杨夹道。那官道有十丈来宽，坦平如掌，两人缓步行去。忽见头上一件东西飞过。宝玉道："那里来的这一只大鸟？"老少年笑道："这是飞车。敝境近年发明了飞车之后，官道上就不准行车，以免行人碰撞。当日发出这个号令，不过为保护行人起见。不料，自从不行车之后，一年之中省下的修路费，倒是一笔巨款。"宝玉道："这车能飞多高呢？"老少年道："高低是随意的。行远的车，飞得高些，大约离地一百尺。这是市上往来的车，离地不过五十尺罢了。不过这行的车，取准了直线，随便那里都可以横空而过。至于市上行走的车，虽然飞起，仍旧循着官道行走。因为在人家屋上飞过，恐怕车多的时候，不住的车影闪烁，有坏居人眼光。"宝玉道："这车不见得有多少，我们走了许久，只看见一辆。"老少年道："此处是幽僻地方，所以少些，到了闹市上面就多了。"

说话之间，早远远望见一所高大房子，上面飘飘扬扬的竖着一面旗子。那旗子是用黑白相间相做成花碌碌的骤看不甚清楚,及仔细看去,却是白底子里面满镶了一个大医字。宝玉道:"这面旗子的地方,想是医院了。"老少年道:"正是。"宝玉道:"那旗子倒想得甚好。"老少年道:"这也是华自立想出来的。敝境除了黄龙国旗不改,外交所用各旗不改之外,是本境自用之旗,一切都独出心裁,做成新样。可恨那一般媚外之辈,没有一件事不仿着外人去做。就犹如这旗色红是危险,黄是病,红十字是医,这都是欧美的通例。他们看了,便要拿来当世界的通例,记在心上,死也不肯忘记。我们初做这个旗的时候,还有两个境外来的看见了,极力诋谤,说是不通,医院一定要用红十字的呢!华自立生性率直,听见了把他痛痛的教训了一顿。他觉得惭惶无地,便逃到境外去了。"

说着到了医院门首。老少年取出名片,交与司阍人,司阍人拿了进去。一会出来,说:"请。"老少年同宝玉进去。早见一位苍髯老者,迎了出来。老少年便介绍宝玉相见,说:"这是敝区医长秦君超和。"也代宝玉通了姓名。超和便问宝玉道:"想是新从境外来的? 宝玉道:"是。"老少年道:"敝旅舍医生黄越缓验过性质,说是性质晶莹,境外所来之人,向来没有的呢。"超和道:"一望气宇便知,何消验得。"宝玉道:"初到贵境,闻得先生医学精明,特来拜谒。顺便瞻仰贵医院。"超和道:"尽请游玩。幸得近年来人民都知道卫生,患病的极少,所以敝院也极闲暇,病房里人也少。"老少年道:"去年病人只怕比前年少了。"超和道:"少得多了。去年一年只看了三十号病。"宝玉道:"这医院管多少地方呢?"老少年道:"敝境每区只有一个医院。本院所管的就是纵横一百里的地方。"宝玉暗想:纵横一百里之内,一年只有三十个病人,真是闻所未闻的。不觉叹道:"国手之称,于此方见。"超和谦逊不迭。

童子献茶毕,超和便引二人同去看。出了客座,走到一处,门外挂着一个匾,写着"验病所"三个字。到得屋里,只见异常轩敞,三面俱是玻璃窗。窗外花草树木,布置齐整,犹如花园一般。超和叫童子取过"验骨镜"来。童子便捧过一个匣子,犹如照相镜一般,也用三脚架架起,上面却有一张白绸罩着,超和亲手揭去白绸,叫童子站到那边去,便请宝玉看。宝玉往镜子里一看,吓得魂不附体,连忙退了一步,抬头又看看那童子。超和笑道:"不必惊怕,这是专验骨节上毛病的,请再看罢。"原来宝玉初次一看,只见和那童子般长般大的,那里是个人,竟是雪白的一具骷髅,所以吓的倒退了一步。听了超和的话,又去再看,果然清清楚楚的一身骨头,连那对缝合节的地方,都看得十分明显。看罢,超和又取了一片玻璃镜,加在上面道:"这是验髓的。"宝玉再看时,那一付白骨不见了,却按着那白骨的部位,现出了半红半白的骨髓来,看着那骨髓,很有条理的,如丝如发的在那里连行上下。看完了,超和叫换一个镜来,童子过来换了。超和道:"这是验血的。"再叫童子去站着。宝玉再看时,只见那童子变了个鲜红的血人,那血运行上下,动得比骨髓快。看完了,超和也在镜子里一望,便问童子道:"你又在什么地方胡闹来,把右膝跌伤了。"宝玉听说,忙向镜子里看,果然见那右膝盖上,有茶碗口大的一块血,隐隐的变了淡紫色,四面的血,都在那里运行,到了那紫血,便运行得慢了。只听那童子说道:"我昨天晚上,打园子里回来,跌了一跤,并没有胡闹。"超和叫再换一个,童子又来换了。超和道:"这是验筋的。"宝玉看时,果然是通体筋络全现,有条不紊。粗的、细的,都在那里一涨一缩,犹如有呼吸一般。暗想:他那右膝的血伤了,不知筋怎么样。留心去看,只见他右膝的一段筋,比左膝的大了点。便对超和道:"他右膝的筋,不知可是受伤了?"超和过来看道:"如何不是?"于是又换了一个验脏腑镜,只见五脏六腑历历分明:红的是心,白的是肠,淡黄的是胃,紫的是肝,青的是胆,淡红浅白的是肺;又见那心的涨缩,肺的翕张。一时看罢,宝玉叹道:"这可谓神奇之极,与造物争功了。"

当时随意坐下,童子再献茶来。超和道:"可笑世人鼠目寸光,见了西医便称奇道怪,又复见异思迁。不知西医的呆笨,还不及中

国古医。此种新发明,他更是不曾梦见。中国向来没有解剖的,而十二经络分别得多少明白。西人必要解剖看过,便诩诩然,自以为实事求是。不知一个人死了之后,血也凝了,气也绝了,纵使解剖了验视,不过得了他的部位罢了。莫说不能见他的运动,就连他的颜色也变了,如何考验得出来?莫说是剖死人,就捉一个活人来杀了去验,也须知他一面断气,一面机关都停了,又从那里去考验呢?西医每每笑中国人徒然靠诊脉定方,以为靠不住,然而他那听脉筒,又何尝靠得住呢?这些镜子都是东方德和华自立两位竭瘁精力,创造出来的。此刻还在那里研究两种新器:一种是'验气镜',专察验通身呼吸之气的;一种是量聪明尺与及灌入聪明的法子。将来这个新法出现了,就可望合境没有笨人了。"

宝玉道:"这真是奇幻绝伦的思想,令人佩服得说不出来。有了这种镜,看起病来,自然是一目了然的了。但不知用的药,还是中药,还是西药?"超和道:"中药居多,不过用法是全然改了。西药间中也会用着,然而用的甚少,用法也不同。"宝玉道:"请教怎样用法。"超和道:"凡人的肠胃,最是娇嫩。自从东方德改良饮食之后,凡境内之人,除了血肉米谷的精华与及清水之外,杂物一概不准到肚里,所以治病的药是不吃的。病人只要到受药室里去,病轻的坐着,病重的睡着。这受病室纵横上下,只有六尺,病人进去之后,关上了门,这边另有制药房,便对症发药。把应用的药,都蒸成汽,由汽管直灌至受药室。病人呼吸之间,受了药汽,病就好了。所以病人并不要服药。除非是肠胃内层的病,偶然服点罢了。"

宝玉道:"外症伤科,又怎样治法呢?"超和道:"外症不外是洗濯敷药。至于治伤科,我们中国本有接筋续骨定痛的古方妙药。近来更加改良了。不像那野蛮残忍之人,看见人家断了一手或一脚,他没有本事治得好,便索性把那手脚锯截下来。人家已经受了一番痛苦,他还要叫人家受第二番,却依然不得好,反成了个残废之人。此等残忍不仁之辈,居然也自命是个医生,真是千古奇闻!

还有人佩服他文明，这不是奇之又奇么？并且伤科更是变幻不常，必要器具富足，手法敏捷，又要心思灵巧，随机应变，方才可以做得伤科。岂是拿了区区一纸卒业文凭，就可以做得的么？"宝玉道："西医每每注重脑，不知贵院可有验脑镜？"超和道："方才看的是总部镜，是验全体的，有分部镜。岂但验脑，便是耳、目、鼻、舌，五脏六腑，都各有各的察验镜，是另在一室的。因为验分部时，或要病人坐，或要病人睡，同这个放在一起不大便当。可以请到那边去看看。"宝玉便欲同行。老少年道："我们已经耽搁了半天了，那个看起来，更是耽搁时候，我们还要到水师学堂去呢，过天再看罢。倒是顺路到药圃里逛逛，我欢喜闻闻那药香。"超和也不挽留，便道："改天再来看也好。"

于是引二人出了验病所，绕到后面，出了一个月洞门，那门上就写着"药圃"两个字。进得圃时，只见奇花异草，种植满地。也有参天的老树，也有依篱的小草，也有交枝，也有缠藤，五色缤纷，目不暇给。走过一个铁栅栏，老少年指给宝玉道："这里面养的是预备入药的兽类。"又过了数武，有一个极大的铁丝网搭就的鸟笼。养的是预备入药的禽类。笼边一口大池，养的是预备入药的水族。宝玉叹道："这真是无所不备了。但不知草木一部，已种全备否？"超和道："有那天时不对的，由四个公园代种。这里开的多是鲜药，取新鲜的气味格外浓厚之意。"宝玉道："西医用药，讲究用质，不用气味，这是何意。"超和道："这也是他们固执之过，他既不用气味，何以又懂得酸可以开胃呢？"

说着话时，已由圃里绕到前面，二人别过超和，出了医院。老少年道："已经午正了，我们吃了饭去。"说着走到一家饭馆，拣个座坐了。便有童子来伺应。老少年道："第一旅馆的两客饭。"童子答应去了。不一会便一样一样的送上来。吃完了，净过脸，老少年付了二百文钱就走。宝玉道："这里饮食改得如此精良，怎么又如此价廉？"老少年道："我们吃的本是自家的东西，不过在此地吃，烦他用电话传去，叫总厨里往这里送罢了。给他二百文，是他伺应的辛苦钱。”宝玉方才明白道：“那么说，是他开了这馆子。专赚这几文辛苦钱的了。”老少年道：“这馆子就是总厨里分设的，每三五里地方，便设一个，以就食客之便。”宝玉道：“这真是便当极了。”老少年便要雇车，宝玉道：“还是走的好，可以看看景致。”老少年笑道：“这里是本区之西，水师学堂在海边上，是本区之东，相去一百里呢，怎么走得到？”宝玉惊道：“那么说，车也来不及呀！”老少年道：“此刻才午正二刻，来得及得很。”说着走到车行里，雇了一辆飞车，二人坐上。司机捩的人，开动了机关，那里便拿空而起，喜得宝玉快不可言。未知走了几时方到，且听下回分解。

第二十五回　穿鱼腹战船施猛力　试电气海上发奇光

却说那飞车本来取象于鸟，并不用车轮。起先是在两旁装成两翼，车内安置机轮，用电气转动，两翼便迎风而起，进退自如。后来因为两翼展开，过于阔大，恐怕碰撞误事，经科学名家改良了。免去两翼，在车顶上装了一个升降机，车后装了一个进退机，车的四面都装上机簧，纵然两车相碰，也不过相擦而过，绝无碰撞之虞，人坐上面十分稳当。

当下飞车拿空而起，宝玉又惊又喜道："当日看了一部小说，叫做什么《镜花缘》，说什么周饶国能做飞车，以为不过是个理想，能说不能行的。谁知到了今日，果然实有其事。但不知可同火车一样，也有个公司，有一定开行的时刻没有？"老少年道："这里没有这种野蛮办法。人家出门是没有一定时刻的，说声走，就要走，他的车却限定了时刻，人家不出门的时候他开了；或者人家忽然有事要出门，他却不是已经去了，便是还有半天才开呢！你想，这样办法，行人如何能方便？所以此地的飞车，随时可以雇用，大小亦随人拣用。"宝玉道："不知一天能走多少路？"老少年道："快车一个时辰能走一千二百里。现在坐的是慢车，一个时辰走八百里。我们到水师学堂一百里，大约一刻时候可以到了。"

说话时，那车已在空中向前飞驶。宝玉隔着玻璃窗往外观看，只见往来的飞车在空中来往，大小不一，大有天空任鸟飞之概。不觉乐得手舞足蹈，说道："真是空前绝后的创造！"老少年道："空前是可以说得，绝后是不敢说，此刻还在那里研究改良精进呢。我们今天看过水师学堂之后，明日到别处去游历，可以坐一辆猎车，顺便在空中打猎玩。"宝玉惊道："空中还可以打猎么？"老少年道："此处甚少禽鸟，到了勇字、毅字两区，鹰隼之类甚多。"宝玉道："食品已经改良了，还猎禽鸟做什么？"老少年道："何必一定要吃，我们打空中猎，不过是玩意儿罢了。猎得禽鸟，拣可以入药的，送到医院里去；可以做食品的，送到总厨里去。我们自己又要他做什么呢？"

说话之间，那飞车慢慢的落将下去，不一会，便已到地。那到地的时候，一点也不震动，大有贴地无声之致。二人下了车，已在水师学堂门首，峻宇雕墙，十分壮丽。老少年便进去交名片与司阍人。司阍人见是来会总办的，便先引二人到了总办会客所坐下，方才拿片子进去。坐了一会，总办出来相会。那总办姓吴，表字述起。老少年又介绍宝玉相见。寒暄已毕，老少年便请述起带着，到里面去瞻仰。

述起便在前引路，走过了学生斋舍，穿过膳堂，才到讲堂。讲堂外面便是操场。那操场竟是一望无垠的。宝玉游了一番，果然异常宽大，中叹羡不止。述起又引到教习会客所，与总教习孙绳武相见。绳武知是专诚来看学堂的，甚是欢喜，道："地方都看过了么？"老少年道："都看过了。"绳武道："未正才上讲堂。讲堂里面，本来设了来宾旁听席的，回来可以屈尊去坐坐。"老少年道："旁听席离讲席太近。回来我们倒要坐的远点。我们不但来听讲，还要请教助聪筒呢。"绳武道："这个容易。"说着把叫人钟一按，不一会便来了一个人。绳武对他说道："你去叫值讲堂的，把旁听席调到门口，把原来的旁听席改做末班学生席。"那人答应着去了。

老少年道："何必又费一番调动呢？"绳武道："讲堂上的座位，有一定的。本堂五万学生，便只有五万把椅子，不调一调，难道奉屈两位站着么?"又谈了一会,听得外面哨、哨、哨的钟声响。响了好一会,方才停了。绳武便取了两个助聪筒,递给二人:"学生都上堂了,请罢。"老少年又教了宝玉用法,于是一行四人,同走到讲堂里去。执事人报了三声云板,众学生一齐起立。绳武说声少陪,便一直上讲席去了。

这里述起陪二人在靠门口的一排椅子上坐下。这讲堂果然阔大深邃,黑压压的坐满了一屋子人,却是鸦雀无声的。宝玉先把助聪筒如法插在耳朵里,绳武便开讲起来。宝玉听得果然就在耳边说话一般,不觉十分诧异。听绳武讲的水师攻守之法,虽然不懂,然而他讲专门学之中,又带了好些保全国粹,合群爱国的议论,也觉得奋起精神。从未正讲到申初,方才下了讲堂,便到宝玉前道歉。那学生便一齐站起来,排了班,退了出去。绳武道:"此刻还到海边去操,可去看看。"宝玉喜道:"好极,难得碰了这个机会。但不知海边离这里多少路?"绳武道:"就在强字百一区,不过五十里路,飞车一会就到了。"说罢,让到操场上。

只见无数的飞车,排列在那里,众学生正纷纷上车呢。绳武让二人也上车,跟着绳武、述起也到车上来。这个车子比雇的又自不同,是没有顶的,四面都是栏杆,当中竖了一个升降机,就同轮船上的车叶一般。旁边又有一支桅,四面都是栏杆。当中足可容得二三十人。宝玉道:"这个车,下雨天怎样呢?"老少年道:"下雨自然有蓬帐。"绳武望着众学生都上了车了,便叫发令。便有一个人在桅竿上扯起一面令字青牙旗;又见那升降机如风的转动起来,无数的飞车一齐的腾空而起,起到空中,那升降机便停了,一大队飞车向东进发。

宝玉看前面那一队学生车,虽然飞在空中,却也排了队伍,十分整齐。走到栏杆边,望底下一看,只见脚底的山川树木,如流水一般的往后退,宝玉笑道:"那小说上说的腾云驾雾,想来也不过如此。"述起道:"本来创造这车的时候,也是因为古人有了那理想,才想到这个实验的法子。可笑那欧美的人，造了个气球，又累赘又危险，还在那里夸张的了不得，怎及得这个稳当如意呢？小说上说的腾云驾雾，不过是一个人的事，顶说得神奇的不过挟带一两个人就了不得，怎及得这个能与众共之呢。”

说话时，那升降机又转动起来，慢慢的车子就到了地。举目一看，已在海边山上，众学生却在山下平阳地上下车。这山上有一座演武厅，四人相让进去。原来这演武厅是盖造在一个悬崖陡壁顶上。厅前凿出一片空地，三面铁栏杆，两旁安放着两尊号炮，当中竖着旗杆。厅当中设着公座，吴孙二人告罪上坐，宝玉和老少年都到厅前空地上站着观看。只见海面上波平如镜，一望无涯。岸边众学生，已纷纷上了舢舨，预备号令下来。忽听得一声炮响，旗杆上竖起一面令旗。那生坐在舢舨上，却只不动。宝玉心中暗想道：他们怎么不听号令呢？谁知一转眼间，那海面上浮起无数的船来。老少年指给宝玉道：“这都是本区守口的战船。”宝玉道：“这是从那里来的，怎么一时就齐集起来，共有多少呢？”老少年道：“共是一千艘。平常都是伏在海底的。”宝玉道：“他又没有一个管通到水面，船上那里有空气可以存活呢？”老少年道：“没有了空气，岂但人不能存活，那船也不能浮起来了。船上有电机，可以一面制造空气，一面收吸碳气。”宝玉道：“空气也可以制造出来，真是无奇不有了。但不知这些船，都有多大？”老少年道：“他们那些野蛮人造兵船，动不动都讲大，这里的绝不大，一律都是五十尺长，却纯是一块铁造成的。除了舱口窗门之外，没有一条接缝。”宝玉看那些船时，却犹如橄榄一般，连桅杆也没有，烟囱也没有。只见那些学生纷纷的放了舢舨，都到船上去了。此时旗杆上早换了令旗，一大队船，便向前开行去了。

绳武、述起也离座走了出来，递了两个眼镜给宝玉和老少年。宝玉道：“这是什么镜？”绳武道：“人家都叫他什么千里镜、测远镜。这是东方美小姐创造的，叫做助明镜。”宝玉看时，那镜靠里一面，那玻璃只有指顶大，靠外一面，却有铜镜大，明明是两片玻璃，却又只得二分多厚。便把他戴上，果然看见海上战船，如在目前。原来前面一个荒岛，头一队十艘战船，开到将近那荒岛，十艘船便摆成折叠扇式，都把船头对着那岛。只见各船头上，都放出了雪亮的一颗东西，射到那岛上去，船便都沉了下去。第二队上去，亦复如此。绳武道："这放的是无声电炮，今日操的是打靶。"宝玉道："船上又不看见一个炮，是从那里放出来的。"绳武道："这个船与欧美的不同，一艘船只有两索炮，头尾各一尊。可是就借船身做了炮身，那船头尾尖的地方，就是炮口，所以这件东西，叫他船也可以，叫他炮也未尝不可。"宝玉道："这么说，是在船里面放的了。但是怎样取准线呢？"绳武道："船上备有透金类的镜，在镜里望出来，一点都没有阻隔。"

说话时，左右在栏杆边上装了一个架子，架着一个三尺来长的单筒测远镜。绳武叫多装上两个来，左右答应，便按着人数装了四个。绳武道："这是透水镜。从这里望去，可以望见水底。"宝玉叹道："说什么神仙鬼怪！贵境的科学，只怕神仙鬼怪，也望而生畏呢！"绳武道："这个镜可惜还不曾改良，倘能做得同助明镜一般，可以戴在眼睛上就好了。"宝玉除下了助明镜，去看那透水镜。老少年道："你何妨戴着看，又可以望远，又可以透水呢。"宝玉依言，戴上了去。果然，见那海底如在脚下一般。细看那海底都是些岩巉乱石，有许多蚌蛤、螺蛳之类，附丽在上面。那头一排的战船，已经回来停下了。宝玉只管呆呆的看，那船一队一队的回来，已经到了六队。忽然看见一条大鲸鱼横海而来，这鱼的身子，比战船还大了一倍。恰好第七队船来了，这鱼横截住了来路。内中一艘船，便直撞到鱼肚上去。那边一艘在鱼头的前面过来了，这边一艘从鱼尾后面过来了。宝玉心中甚代当中那一艘危险。谁知鲸鱼被撞，便大摆拨起来。那战船只做不知，只管顶着鱼肚走，那鱼也被这艘船横送了过来。海面上已是翻波涌浪，海底的船却安稳如故，宝玉心中甚为纳罕。忽然见鱼肚这边突出船头来,已是被这船钻穿了。走不上多少路,已是全船在鱼肚里钻了过来。那鱼腾跃了一番,便浮了上来。宝玉大以为奇。老少年笑道:“不知又是那一个猎船,得了这便宜货了。”

此时打靶已完,船已回来了,天已晚了。述起、绳武便留在演武厅吃饭,道:“索性看操了电光去。”于是传令开饭,四人同坐,吃罢散坐。

不一会,一轮明月东升,宝玉道:“有月亮怎样试电火呢?”绳武道:“正惟要有月亮的时候试放,才见得电光的利害。”于是,等到亥初时候,一连放了三响号炮,山鸣谷应的声音还未绝,忽见海面上,放出了豪光万道,照得如同白昼一般。往下看时,只见管舢板的人也须眉毕现。宝玉忙向透水镜里看时,只见那战船全船发亮,犹如一团白火一般,抬头看那月亮,已被这白光衬的变了红色,不觉摇头叹绝。要知后事如何,且听下回分解。

第二十六回　闲挑灯主宾谈正体
驾猎车人类战飞禽

却说宝玉从透水镜内，看见全队战船，都是全体发光的，海面的白光，竟把月亮衬成红色。正在诧叹，忽然一转眼，只见满海白光，都变成红色，霞彩万道，光艳夺人。惊奇的正要致问，忽然又变了绿色，把满海的水，照得同太湖一般。忽然又变了黄色，忽然又变了金光万道，忽然又五色杂现，闪烁变化，双眼也看得眩了。忽然又见五色的光。分成五队，往来进退。此时，看那月亮竟是黯无颜色了。盘旋往来了许久，忽地一下，众光齐灭，眼前就同漆黑一般。停了好一会，方才觉得有月色。

当下放了一响炮，水底战船，便一齐浮起。船上又都有电灯装在两旁及船头等处。左右拿了两盏电灯，向上晃了晃，众舢舨便一齐开到战船旁边，众学生纷纷的在战船上出来，登上舢舨，放到岸边登岸。

绳武约了众人上车，桅杆上的电灯，早大放光明。一时升降机转动，升在空中停住，望着众学生的车一时齐起，方才向前飞驶。看着众车的电灯，犹如万点繁星。宝玉叹道："今日可谓极人世之大观矣！但不知战船上放出五色电光，做何用处？"绳武道："白光是探海的，五色是作号令的。"宝玉道："日里的号令呢？"绳武道："海底黑暗，仍然是用电光。至于浮上水面时，临时能竖起一支铁桅,用的是旗号。通信有无线电话。”宝玉道:“只听说有无线电报,不料也能做电话。但我闻得无线电报,电机发动,无论何处,只要电力能相感得到的电机,都动起来,所以无线电报必用暗码,以防泄漏。这用无线电话,不怕泄漏么?”绳武笑道:“那是制造未精之故。我们造精了,要到那里便到那里。就是那‘叫人钟’,也是无线电铃。”宝玉听了,方才明白那“叫人钟”按他不响,能叫到人的原故。

说话之间,飞车已经回到了水师学堂,仍在操场落下。为时已经子正三刻了。述起便留二人住下,另拨一所闲房安歇。夏天铺陈简便,宝玉恐怕述起有事,便约了老少年同到房里去。

宝玉问道:“飞车可称迅速神奇之极,但只是一层,倘使做贼的也坐了飞车,从空而下,偷了东西,也腾空飞去,便怎样踩缉呢?想来此处的捕役,一定又是另有什么不可思议的神奇手段的了。”老少年道:“敝境的捕役,非但没有神奇的手段,便连捕役也没有一个。不是足下提起,我竟忘了这个名目了。”宝玉道:“这又是什么原故呢?”老少年道:“敝境近五十年来,民康物阜,夜不闭户,路不拾遗。早就裁免了两件事:一件是取文明字典,把‘贼’‘盗’‘奸’‘偷窃’等字删去;一件是从京中刑部衙门起,及各区的刑政官、警察官,一齐删除了,衙门都改了仓库。你想衙门都没有了,那里还有捕役呢?”宝玉叹道:“讼庭草满已是佳话,今更删除刑政衙门,真是千古盛治了。但不知是用什么政体治成的?”老少年道:“世界上行的三个政体,是专制、立宪、共和。此刻纷纷争论,有主张立宪的,有主张共和的,那专制是没有人赞成的了,敝境却偏是用了个专制政体。现在我们的意思,倒看着共和是最野蛮的办法。其中分了无限的党派,互相冲突。那政府是无主鬼一般,只看那党派盛的,便附和着他的意思去办事。有一天那党派衰了,政府的方针也跟着改了。就同荡妇再醮一般,岂不可笑?就是立宪政体,也不免有党派。虽然立了上、下议院,然而那选举权、被选举权的限制,稳

稳的把一个族政体，改了富家政体。那百姓便闹得富者愈富，贫者愈贫。不信，你放长眼睛去看，他们总有邦分离析的一天。我们从前也以为专制政体不好，改了立宪政体。那时敝境出了一位英雄，姓万名虑，表字周详，定了个强迫教育的法令。举国一切政治，他只偏重了教育一门；教育之中，却又偏重了德育。”宝玉拍手道：“所以夜不闭户，道不拾遗，就是这个来头了。”老少年道：“万先生经营了五十多年的教育，方才死了，他临终说了八个字，是‘德育普及，宪政可废’。他死后不多几年，就听见外国有那均贫富党风潮，国人就开了两回大会研究此事，都道是富家为政的祸根。于是各议员都把政权纳还皇帝，仍旧是复了专制政体。”宝玉道：“何以专制政体倒好？这可真真不懂了。”老少年道：“看着像难懂，其实易懂得很，不过那做官的和做皇帝的，实行得两句《大学》就够了。”宝玉道：“《大学》虽系治平之书，那里有两句就可以包括净尽的，倒要请教是那两句？”老少年道：“民之所好，好之，民之所恶，恶之。”宝玉想了一想，笑道：“果然只有两句，却一切都在内了。然而那做皇帝、做官的，果能体贴这两句，实行这两句才好呢。”老少年道：“所以要讲德育普及呀！那一个官不是百姓做的？他做百姓的时候，已经饱受了德育，做了官，那里有不好之理。百姓有了这个好政府，也就乐得安居乐业，各人自去研究他的专门学问了，何苦又时时忙着要上议院议事呢！”宝玉道：“原来专制政体，也有这样好处。”老少年道：“这又不能一概而论。那没有德育的国度，暴官污吏布满国中，却非争立宪不可。”宝玉叹道：“没有德育就难了，就是立了宪，还够不上富家政体，不过是个恶绅政体罢了。有多少靠着一点功名，便居然搢绅恶霸一方。包揽词讼是他专门学，鱼肉乡民是他的研究资料，倘使立宪起来，这种人被选做了议员，只怕比那野蛮专制还利害呢。”老少年道：“这更是深一层思虑了。但是未曾达到文明的时候，似乎还是立宪较专制好些。地方虽有恶绅，却未必个个都是恶绅。议员又不是一个人，还可以望利害参半，逐渐改良。至于专制,只有一个政府,高高在上,重重压下,各处地方官,虽要做好官,也不能做了,所以野蛮专制,有百害没有一利;文明专制,有百利没有一害。这种话你和那半开通的人说死了,他也不信呢!”

宝玉道:“方才听孙教习说的,那战船船身便是炮身,船的头尾,便是炮口,请教,那船沉下时,炮口不要灌水进去么?”老少年道:“这种电机炮,甚是灵捷,放了一弹出去,接着就是一弹装到腔里,送到炮口上,就借这个炮弹堵住炮口。”宝玉道:“难道在水底,还能放炮么?”老少年道:“自然能放,不然,躲在水底做什么呢?”宝玉道:“水战的器具,是看见了,可惜未看看炮台。”老少年道:“此地没有炮台。那炮台是一件最笨最无用的东西!人家以为是守口利器,我们境内虽三尺童子说起炮台来,也要笑的。你看这些战船,不强似炮台么?”宝玉道:“不知陆师学堂又在那里?”老少年道:“东部、北部都有。”宝玉道:“贵境既然分了五大部,何以只东、北两部设陆师学堂,难道不偏枯了一边么?”老少年道:“敝境只有近海的海防用水师,近边陲的陆防用陆师,至于国境之内,是不设一兵的。”宝玉道:“这是什么意思呢?”老少年道:“国内设兵难道防自家人么?须知‘练兵以防家贼’的那一句话,是野蛮中的畜类说的。稍有人性的都不肯说,那里还要防什么强盗反贼呢?”

此时五月的天气,夜景甚短,两人对谈,不觉就天亮了。便有人来伺候栉沐盥洗。述起也起来了,邀孙绳武同用早点,老少年便要辞去,述起问:“到那里?”老少年道:“没有一定的去处,打算陪贾君到各处一逛,顺便雇一辆猎车,到空中打猎玩。”绳武道:“猎车何必要雇,我这里有一辆最新式的,是上月东方美小姐所送。我一向公事忙,未曾玩得。这个车,连司机人都不用,坐了上去,自己可以运动。他那开闭机关,都在人坐的地方。每个机关上,都注明了用处以及方法。一切猎具,都齐备在上面,可以奉借一用。”老少年大喜,称谢。

绳武便引二人到操场上，只见那猎车同前两次所坐的，又自不同：下层犹如桌子一般，有四条桌腿。那升降进退机，都安放在桌子底下；中层后半，安放电机，前半是预备放禽鸟的。前面一个小圆门，内有机关，禽鸟进去，是能进不能出的。上层四面栏杆，才是坐人的地方。前半是空敞的，后半是一个房间，所有一切机关，都在里面。桌椅板凳都位置整齐，壁上架着电机枪四支，抽屉里安放着枪弹、助明镜等，应用之物，莫不齐备。前面栏杆上放着一卷明亮亮的东西，却连老少年也不认得。绳武道："这是华自立新创造的障形软玻璃。把他扯开来，外面便看不见里面，里面看外面却是清清楚楚的。"宝玉大以为奇。绳武便叫仆人把玻璃扯开。车上本做有现成的架子，用绳一扯，那玻璃早搭到架子上面，还有一半，便在前面垂了下来。宝玉见隔着玻璃，望外面甚清楚，连忙下车，走到前面一看，果然全车都不见了。但见碧澄澄的一片，同天色一般，只有进禽鸟的小圆门还看得见，是做玻璃的时候，预先留下一个洞，以备放进禽鸟的。绳武道："这玻璃还能变颜色呢！此刻天好，他是碧的，天不好，他就变成阴晦之色，总随着天色变换。上月美小姐送了这车来，便问了战船的尺寸去，听说要做障兵船的，呈请政府验买呢！"说罢，送二人上车。

二人坐在车上，拱手作别。老少年到房里开了升降机，升向空中，看了定南针，仍飞驶到旅馆门前落下，叫童子去买了许多罐头食物，又向当事的借了两个年长的童子同去。

上了车，对宝玉道："我已购备了半个多月的粮食，我们就到空中过日子去也。"说罢，把车升起来，向东飞驶。叫童子开了罐头，就在车上午饭。

一时到了"勇"字区，老少年便拣一处林木茂盛的地方，把车降下。离地只有四五丈光景。忽然一阵小鸟乱叫的声音，从车里发出来。宝玉大以为奇，连忙看时，只见老少年开了一个机关，那机关上錾着"引禽自至机"五个字。老少年道："我也莫名其妙，见他

錾着这几个字，姑且开了试试看的，不料发出这种声音来。这声音究竟从那里出来的呢？”两个人便四下去寻。寻到外面，忽听得中层有颠扑的声音，抬头看时，已是有十多个鹰，在猎车的左右回旋飞舞，飞到旁边没有玻璃的地方，见有了人，便避开去。两人正要回房拿枪，忽听得两个童子在车头上说道：“又一个了。”两人忙去看时，只见一个鹰飞在车前，忽的一下飞近车来，望着中层一撞，就不见了。这才明白，这小鸟声是从那小圆门出来，引那飞鹰自己撞进去的。宝玉道：“这种打猎真是舒服，又何必再用枪呢？”

正说话时，一大童子指道：“那边又一个鹰来了。”老少年抬头一看，只见极目天际，有一个同鹰一般大的鸟飞来，便道：“隔了那么远，还那么大，那里是鹰？”连忙同宝玉取了助明镜一看，是一个其大无比的大鸟，自北而南。老少年道：“我们打了他，带回去。你看他自北而南，我们横截过去罢。”说罢，拨转车头，向西飞去。

赶到晚饭过后，月亮上来了，看看赶到。此时看见那鸟实在大的怕人。坐的猎车，已经有二丈四尺长、一丈宽的了，只要那鸟的一个翅膀，怕就有四个车大。老少年忙叫取枪，于是四个人一齐取了枪，对准大鸟打去。谁知枪子打到他身上，他只做不知。宝玉道：“他的羽毛厚，只怕打不进去，我们打他的脚罢，最好是打他的眼睛。”说时迟，那时快，宝玉早一枪中了他的脚爪。那大鸟嗷然怪叫了一声，便回翅过来。这里四枪齐发，还是挡他不住。看看被他飞近了，那翅膀把月亮遮住了，登时黑暗起来，还幸得车上有两个电灯可以看见他。忽然一阵那车乱颠起来，原来被他用脚爪抓住了车的上架。看他那脚爪比人的大腿还粗。他却低下头来看那车子，张开大口，又是一声怪叫。他那口一张时，上喙与下喙相去几乎一丈以外。宝玉忙叫：“打口，打口！”那电机枪本来一排弹子是一百颗的，此时新换上子弹，四支枪便雨点般向大鸟口中打去。不知是人胜，是鸟胜，且听下回分解。

第二十七回　中非洲猎获大鹏
藏书楼纵观古籍

却说猎车被那大鸟抓住，张开大嘴，要啄下来，四人慌忙对准了嘴中放枪。正在危急之间，却被一个童子一枪打在那鸟的眼睛上，复又怪叫一声，把脚爪一松展翅飞去。

那猎车登时荡漾不定，老少年连忙去把住了舵，虽然定了，却是全车攲侧。走到前面看那平准机，原来方才被鸟抓住时，震动的歪了，连忙设法扶正，方才复平。宝玉道："受了这个大惊吓，费了七八百枪弹，仍旧被他逃了，未免太不值得，我们还得赶上他。"老少年看看定南针时，车已向了北了。因说道："被他抓的方向也改了，好利害呀。幸得一切机轮都在下层，未曾损坏。"抬头看那鸟时，仍是向南飞去，于是拨转车头，向前直追。那鸟愈飞愈高，这里车也升高了去追。相离四五里，追了一夜，直至天亮，却还未曾追及。太阳出了多时，看看司时器，只得丑正二刻，宝玉道："可见得升高了，这时候已经见了太阳。"老少年去看看高低表时，已在三千八百尺之上了。两个童子已睡去。两人略为吃了些点心，仍旧出来观望。

宝玉忽然想起一事道："我们虽然打倒了他，这个车子也装他不下，我们不要白费了事。"老少年道："打着了他再说，总有法好想的。"说罢，把车开快了，往前赶去。赶到辰初时候，看看近了，此时

两个童子已经起来,众人又复拿枪在手。宝玉道:“这回我们不要白费了枪弹。他的羽毛丰满,而且又厚又滑,打到他毛上是不中用的。只拣他的指爪打去,才对呢。”老少年道:“此话有理,我们只打他的指爪罢。”说罢,放了一枪,接着两个童子也各人放了一枪,都打着了。那大鸟负痛奋翼,飞的又远了。宝玉戴了助明镜去看,只见那大鸟的脚爪,果然流出血来。老少年又开足了速机,又赶了一个时辰,看看赶上去,宝玉道:“这回要另外设法才好,不要又白打着了。”说罢,到房里去翻检,翻了一会,翻出一个小小匣子来,匣外铸着“猎网”两个字。打开一看,只见白光耀目;匣盖里面,贴了一张白纸,上面写着“此白金丝猎网,纵横一百尺”。看那网时,那白金丝细才如发,便递给老少年看,老少年笑道:“有了,我们打倒了那鸟,就把这网载了他,挂在车上,又不占地方,岂不是好?”宝玉道:“我倒是要翻检,看有什么能制这大鸟的东西,不料翻出这个来。”说罢又去翻检,只听得老少年说道:“有了,有了。”宝玉忙看时,是一个小小玻璃瓶,上面贴了一张纸,写着‘不仁”两个字,一面另有一张纸,写着:“凡遇恶怪难制之物,以此不仁药,敷枪弹尖上。发弹既中,物即中毒而死;不中,宜觅回此弹,免害他人。”三十八个小字。宝玉笑道:“说不得不仁,也要做一次了。但是他注明白,打不中要寻回这弹。万一当真不中,岂不又要费事。”老少年道:“不要紧,我们赶近了再打,并且只打他的脚胫,不要打他的爪,又易打得多了。”说罢,取出弹子四个,都敷上了药,又切嘱两个童子,小心在意。当下赶的越近了,相隔不过十余丈。各人擎枪,觑了准头,一齐放去,喜得都打着了。只可惜这一打着,那大鸟怪叫了两声,飞的愈快,向前窜。老少年看的目定口呆道:“可惜敷药的弹少了,不然连发几枪,只怕好些。”

此时已是午正,大家吃了饭,又出来看那鸟时,他初着弹的时候,飞得快些,此时却又如常了。只觉得天气骤然热起来。看看赶到晚上,仍然赶不到。老少年便同宝玉约定,两个人轮着睡觉,必要追及这个畜生,方才罢手。宝玉依言。

赶到次日,天气更是热的了不得,只穿了一层单衣,还是热的汗出如雨。到了晚上,越热的气也喘不出来。赶到了第三天酉牌时分,只见那大鸟在前面慢慢的低下去了,这里也把车按低了赶去。看看至近,只见他忽的一下,敛了双翅,翻了一个跟头,倒栽葱的直跌下去。老少年大喜,忙把车子按下。及至到地一看,却是茫茫的一片沙漠,四面无涯,吃惊道:"到了什么地方了?"抬头看那大鸟,却落在一里之外,还在那里腾扑,把那沙土扇得漫天撒地。宝玉道:"想是毒发了。我们且等他死了,再过去收拾他罢。"于是,解衣乘凉。直到了子刻,那大鸟方才腾扑定了。老少年在房里检出了一本世界地图,抬头看看星斗,又对了定南针,定了那月亮出来的方位,不觉吃惊道:"我们跑到非洲来了。这是世界著名的大沙漠,倒要小心野人。"宝玉道:"我们枪上都装的现成弹子,这倒不必虑他。只是这个大家伙,怎样处置呢?"老少年道:"这个只得等到天亮再商量的了。"

当夜大家都不敢睡觉,直等到天明。老少年忙着取出那白金丝网,四人一同抖开。网口上有小指粗的一根统长白金丝绳拴着。四人分头把网都摊在沙面,然后去移那大鸟。闹了个满头大汗,方才移到网上。拿了统绳,把网口收了,先绑了口,又把那丝绳分挂在车上的四面栏杆头上。安挂停当,然后登车,把升降机开到了升高一千尺的度数。才升了三四丈高,却升不起了,原来被那大鸟在地下坠住了,升不起来。又开到了二千尺的度数,依然不动;开到了三千尺的度数,还是不动。宝玉道:"这却为之奈何?"老少年道:"我们终不能舍弃了他,好歹要带他回去,送在博物院里。"于是,又把升降机开了又开,直开到了八千尺的度数,才觉着有点上升了,然而还觉着迟笨。直开足了一万尺的机,才觉着灵动起来。便看了定南针,取道往向东北飞驶。再看那高低表时,离地不过三百尺。

飞了三昼夜，方才到了“文明世界”，便向中部文字第一区驶去。老少年戴了助明镜，拣了一座空山，方才落下。看着那大鸟，已经到地，老少年道：“我们总不能落在那大鸟身上，这山又是坡斜得很，且把他解下，我们另找一处平阳，方可落地。”说罢，四人分到四个栏杆头上，一齐把白金丝绳解下。谁知不解犹可，这一解脱，那车便没命的往上飞升，原来猎车先是坠重了，所以开到了一万尺的升降机，才升高了三百尺。此时落下，大鸟方才到地，那升降机仍在升高七千多尺的度数上，所以一经脱了累坠，便向上飞升，更兼向来升高是逐渐而来，将机关一旋，便升高五十尺；再旋，又升五十尺，共一百尺；又再旋，再是升高五十尺，如此，慢慢而来的。此刻是开足了七千多尺的度数，所以那车便没命的飞升起来。老少年吃了一惊，忙去收那机关，那一旋只收得五十尺，赶忙的不住手收，才收了一千尺。那边宝玉看那高低表已经升到了六千五百尺了。伏在栏杆上往下一看，只见白茫茫的一片，绝看不见东西，犹如天在脚下一般。

老少年仍旧不住手的收那机关，直收剩了五十尺，方才戴了助明镜，找寻方才下大鸟的空山。幸相去未远，便飞到左近落下。找了近地土人，问了小地名，方知这里是礼让庄，那空山没有山名，因为他在礼让庄的前面，人都叫他做前山。老少年问得明白，便仍旧上车升起，驶到文字第一区博物院前落下，投了名片，求见掌院。

博物院掌院姓多，名闻，表字见士。听说有远客到了，连忙请来相见。老少年述明送鸟来意，又道：“此鸟现在礼让庄前山上，请多先生派人去取。”见士大喜道：“有了这一件奇物，足为博物院生色了。但是那么大的东西，怎么扛抬得来？还求老先生劳驾一次，仍旧用猎车由空中带了来罢。本院有一片大空场，尽可以安放。我再派几个人去帮着便是。”老少年连忙答应。多见士便派了八名院丁，跟着同去。

一行十二人，上了车，不一会就到了。老少年在车上左右察看，那山上并没有可以驻车之处。要落在平地上，叫人把他拉下来，又怕拉坏了那白金丝网，踌躇没法。宝玉道："何不把车降的离山一二尺，叫他们跳下去，把绳子递上来呢？"老少年依言，把车按下，八个院丁便都跳下山去。却又苦于那绳子递不上来。商量分一个人，到礼让庄人家去借了一根竹竿，挑着了，才递了上去。八个人只能跳下来，却没有本事跳上去了，只得走路回院。

此时，早惊动了礼让庄的人，听说猎了一个大鸟，都来观看。老少年又开足了升降机，把鸟提起，飞向博物院来。这里礼让庄人，仰面观看，直至不见了，方才散去。

老少年来到博物院空场上，把鸟放下。这回却留心了，虽然放下了鸟，却不敢解绳放索，把升降机收足，只剩了五十尺，方才解放下来。然后把车驶到旁边落下。

多见士早出来让到了客座献茶，一面叫人解下白金丝网，代为收拾停当。老少年又叫取出中层的猎来那鹰鹞之类一看，都是平常之物，既不能吃，又不能用，就叫都把他放了。见士又细问了猎取大鸟情形，老少年一一告知。又道："虽然猎了来，却还不知他叫什么鸟。"多见士道："这就是《庄子》说的鹏了。是鲲鱼所化，不信，但见他脚爪上，还带着甲鳞呢。我这里飞禽部里，就少了这个，难得二位冒险猎来，真是令人感佩。适间我已经叫人翻了电报码子，要报知政府。一面写信给报馆，把这件事登报。"

正说话时，那本院书记，已经翻好电码，送来掌院过目。见士又问了两个童子的名字，叫书记添了上去，即刻便发。又道："二位历数万里的辛苦回来，且请在这里盘桓几天，等了政府的回信去。"宝玉道："这又是什么大事，要等政府的回信呢？"老少年道："承掌院的情，申报了政府，只怕还可以望奖呢。"宝玉道："奖赏不敢望，只是在这里看看各种东西，开开眼界，长长见识就好了。"

于是见士引了二人去看各种物件。原来这个博物院所贮的物件，都分门别类的。先到了藏书楼，进去一看，只见图书四壁，当中十间,是本国的古今书籍;两旁各五间,是五洲万国的书籍。宝玉道:“世人说的‘一部廿四史,不知从何看起’。到了这里才是不知从何看起呢!”

见士指着一个玻璃匣道:“要先从这个看起。”宝玉看时,只见楼当中摆着一张雕镂极精的紫檀桌子,上面铺着五色绵毡,放着一个紫檀匣子,四面用玻璃镶成匣子,当中放着一根绳子。因问:“这一是什么绳?”见士道:“这是上古结绳而治的绳子。因为他是字的始祖,所以供在藏书楼里面。”宝玉赏玩了一番。见士又指着一龛,叫宝玉看。那龛上挂着一幅黄幔幛,揭开一看时,却是几个楠木玻璃匣,装着几部书。见士一一指点道:“这是孔子删订的《诗经》,这是孔子删订的《尚书》,那是孔子所定的《礼经》《乐经》。这一个装的是《春秋》原稿,传说不是孔子亲笔,是子游、子夏两位弟子分抄的。”看罢了,又指旁边一架极残旧的书道:“这是秦始皇焚未透的书。相传是萧何微时,从灰堆里扒出来的。这是极古之物。”宝玉道:“极古的见过了,不知可有极新的?”见士引到一处,指着两部书道:“这就是最新的了。”不知最新何书,下回分解。

第二十八回　获大鹏同受奖牌　捕鲲鱼快乘猎艇

却说宝玉看过了两部最古的旧籍,又要看最新的新书。随着见士所指看去,只见一部是《文明律例》,一部是《科学发明》。见士道:"《文明律例》是近来修改定了,昨天出版;《科学发明》是华自立近日的著作,是今天出版,才送来的。这是最新的了。"宝玉翻了一翻,来不及细看。又到两旁去看了一遍,便出了藏书楼。另到一处,门额是"宝藏"两个字。进了"宝藏",迎面便是一座"珍珠仓"。宝玉讶道:"有多少珍珠,却上了仓?"见士引着进去,只见两旁大箱小匣,盛的都是珍珠。大的如广东香橙,小的也像圆眼大小,宝光耀眼。因问道:"聚了这许多珠子,颇不容易。"见士道:"这些天生之物,本来没甚奇怪,可笑世人拿他做宝贝,买一颗,动不动要千金之价。其实这些东西,靠天地自然生成,丝毫不用人力,有甚价值?所难得者,就是聚在一起,所以敝境人家,有了珍珠,都送到这里来。等他聚在一起,可以借此分辨他的出处。"说罢,在珠匣里,取出一片小小牌子来。上面写着"合浦"两个字,道:"这就是合浦所产的珠了。"宝玉逐箱逐匣看去,都有牌子注着地名。

转出了"珍珠仓",便是"珊瑚林"。在露天地下,种了一丛珊瑚,高的何止十丈,矮的也有五六尺。除了红白两种常见之外,还有黄的、蓝的、绿的,五色灿烂,映着日光,真是宝气亘天。宝玉道:

"珊瑚具了五色,也是大观。"见士道:"海底下无奇不有,这都是他们打海底猎取回来的。因看着他没有用处,就送到这里来,给大众长长见识。"

踱过"珊瑚林",迎面是一所光怪陆离的房子,宝玉看的眼睛也眩了。老少年道:"我从前来,也不曾见这房子。是几时盖造的?怎么没有看见布告。"见士道:"还没有完工呢。从前他们送来的宝石,本来是摆列在屋里,供人观看。后来送来的太多了,几乎有实不能容之势,所以想了个法子,把他都琢成方块,拿他代砖石,盖了房子。拟定了名字,叫做'聚宝堂'。昨天才盖好了,今天扫除一天,还要陈设,一两天内,便可以布告了。"一面说着,转到了房子的正面。只见门额上"聚宝堂"三个字,也是用宝石砌成的,见士引二人进去道:"这所房子,很费了些斟酌。这四面墙壁,虽然都用宝石砌成,却都按着方向的。东部出产的,砌东墙;西部出产的,砌西墙;盖瓦的是中部所产,铺地的,都是外洋所来的。这原算不了什么事,只是多少配置里面,很费了些时日。"宝玉一面听说,一面瞻仰,只觉得五光十色,宝气逼人。

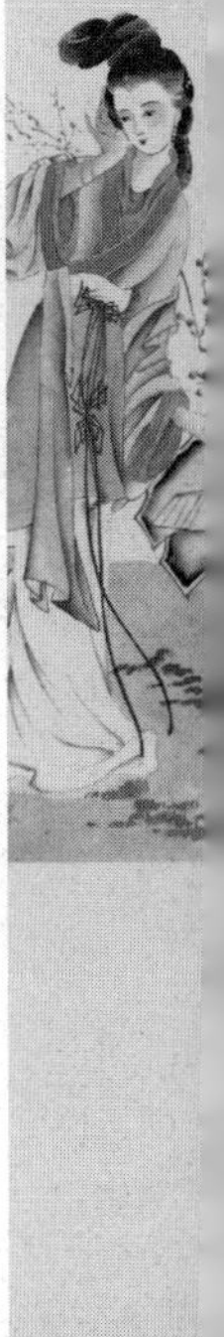

出了"聚宝堂",又游别处。无非是火齐木难之类,这书上也不能尽载。游过宝藏,又到工艺院去。当中陈设的都是本境所造,两旁的都是外国货。宝玉只到当中去看,多半是新发明的东西,全是未曾经见的,要问也问不了许多。内中有东方文明当日创造的开山斧凿、治河锄锸,一般都是用机器运动的。此时,平治功成,都送到博物院来安放。浏览了一遍,童子来请吃饭,见士便邀二人到膳房里去。

饭后,接了政府的回电,说:"老少年等四人,冒险猎得大鹏,以广国人见识,勇敢可嘉,每人赠给'头等勇士'奖牌一份。制就即由飞车颁送前来"云云。见士说给二人知道,老少年自是欢喜,宝玉却淡然漠然。那两个童子,一样得了奖牌,那欢喜更不消说了。

从此宝玉等就在博物院住下,耽搁了三天,游遍了飞潜、动植各院，看遍了各种金类、非金的矿质，又有东方文明从前各种探险的奇器，一一看遍。大鹏早已用药水制了，支放在飞禽院当中，经司事用工部营造尺量过，从头至尾长五十二尺，最阔处横径三十尺。眼眶对径三尺，胫径一尺二寸，爪径八寸。都写在一块牌子上。又注上老少年等名字及猎得送到的时日，挂在旁边。到了此时，宝玉回头一想，方才想着猎鸟时的危险。因对老少年道："那天倘使我们敌不过他，四个人还不够他一顿呢。"老少年笑道："我们区区四个人，只怕还可以做他的一顿点心。"说笑着，忽报政府差人送到了奖牌。见士便带了老少年、宝玉及两个童子与来官相见，拜领奖牌。来官又去看了那大鹏，不觉啧啧称羡。周旋了一番，方才别去。

次日，多见士便把聚宝堂落成，及大鹏安放停当的话，由各报纸上布告上去。一时便哄动了多少人，都来观看。看了大鹏，还要请看猎大鹏的人。宝玉厌烦了，便要辞去。多见士便请老少年、宝玉和两个童子，合照一个像留下。于是引四人到了聚光室里，架起镜子，老少年和宝玉对坐了，两个童子侍立旁边，照像人开了镜子。那镜子旁边有一个把儿，照像人把把摇了三四摇，便收了镜子。打开来取出那照片，一共是一式的二十张，就用纸片照出的，非但神情毕肖，并且衣服面目的颜色都照出来。宝玉道："从前照像，照不出颜色，并且是照在玻璃上，再晒在纸上的，很费事。这个又是新法了。"多见士微笑道："那个笨做法，我们十年前早废了。"说罢，每人送了一张，余下的就留在院里张挂。

当下四人辞了见士，上了猎车，径驶回旅店。老少年便叫童子驾了猎车，送还孙绳武去了。老少年闲着便带了宝玉到闹市上去游玩。只见熙来攘往的，都是彼此让路而行，真正是文明景象。且喜得有事的都是坐飞车，路上并没有马碰撞之虞。那路上一平如镜，并无纤尘。

游玩了两天，宝玉问道："在市上游了两天，无非是收拾的洁净，气象文明，与及行人往来，都讲理让，这都瞻仰过了。内中单有三样东西，不曾看见。”老少年问：“那三样？”宝玉道：“第一样，没有庙宇；第二样，没有教堂；第三样，没有叫化子。”老少年笑道：“一切迷信都破除了，还有什么庙宇？我们大开门户，听凭外人来传教。他们来了，立了教堂。任他把那《新约》《旧约》说的天花乱坠，只是没有人去听他。他只能一个人站着自己说给自己听，只得去了。从此他自然不来了。至于叫化子一层，更不必说。从前还有个孤贫院，收养贫民，近十年间，连孤贫院都空了，改做了学堂。大约境内的人民，无论男女都能自食其力的了。说起来，恐怕足下不肯相信，敝境内连‘善堂’都没有一个，就有了也用不着。”宝玉道：“这是民殷国富的缘故，且不必说。但既没有庙宇，又没有教堂，不知可有个文庙？”老少年道：“孔子遗像，倒是各学堂都有的，却没有文庙。”宝玉道：“文庙都没有，不知贵境奉的是什么教？天下岂有无教之国么？”老少年大笑道：“足下这一句话，要加上两个字，说‘天下岂有无教之野蛮国’？我便答一句‘天下岂有有教之文明国’？要知道这个‘教’字，是专教那无知愚民的。人民都明白大义，还用什么教！要问敝境奉的是什么教，那只得说是奉孔子教了。敝境的人，从小时家庭教育，做娘的就教他那伦常日用的道理；入了学堂，第一课，先课的是修身。所以无论贵贱老少，没有一个不是循理的人，那孝悌忠信、礼义廉耻，人人烂熟胸中。这才敢把‘文明’两个字，做了地名。你不看见那牌坊上‘孔道’两个字么？那就是文明境界之内，都是孔子之道的意思。至于近日外面所说的‘文明’，恰好是文明的正反对，他却互相夸说是‘文明之国’。他要欺天下无人，不知已被我们笑了大口，我请教你，譬如有两个人，在路上行走。一个是赳赳武夫，一个是生痨病的。那赳赳武夫对这生痨病的百般威吓，甚至拳脚交下把他打个半死。你说这赳赳武夫有理么？是文明人的举动么？只怕刑政衙门还要捉他去问罪呢。然而他却自己说是‘我这样办法文明得很呢’。你服不服？此刻动

不动讲文明的国,那一国不如此?看着人家的国度弱点,便任意欺凌,甚至割人土地,侵人政权,还说是保护他呢。说起来,真正令人怒也不是,笑也不是。照这样说起来,强盗是人类中最文明的了。何以他们国里一样有办强盗的法律呢?倘使天下万国,公共立了一个万国裁判衙门,两国有了交涉,便到那里去打官司,只怕那些文明国都要判成了强盗罪名呢。"宝玉道:"正惟没有这个衙门,他们才横行无忌。"老少年道:"那么说老虎是天下第一最文明的了。他任意吃兽,吃人,王法也治他不到,那不是最文明的么?"宝玉笑道:"有一天叫猎户把老虎杀了,那猎户又文明了。"老少年道:"可不是这样。这个竟是强横,那里是文明?因为他强横惯了,国内的人,只怕没有一个不是强横成性的。他又想只能对别国强横,若是自己国人也互相强横起来,就要成了乱事了。所以才设法出立个教来,鬼混般说什么天堂、地狱,到处劝人进教,他们还动不动说开民智呢。我看这个劝人进教,直头是导民愚。你想,一派荒唐无稽之言,我们这里三岁小孩子,也知道是不足信的,他却劝的人家信了。这信了的人,不是智出小孩子下么?然而那强横的人,倘使不是信了这个,可是要闹的无法无天了。至于文明国的人,又何必要他呢?所以我说,天下无无教的野蛮国,天下无有教的文明国。"宝玉道:"然则中国也不能算文明的了?"老少年道:"中国何尝不文明?中国向来也只有一个孔子,没什么教。孔子也不曾自命为教主。只惜后人传授孔子的道德未能普及,所以未能就算文明罢了。至于张道陵,不过是后世的一个方术家,并不是什么教。后人以讹传讹,就说他是道教。佛教是由印度流入去的,中国本来没有。一般游惰之民,希图不耕而食,不织而衣,便做了和尚罢了,也不能算是教。就算他是教,可不曾有什么道士劝人做道士,和尚劝人做和尚。所以传教两个字,是中国没有的。所以中国要做到文明国还容易。其余的,我就不敢说了。"

正说话间,童子拿了一张片子进来,说有客到。老少年接来一看，原来是吴述起，便忙叫请。述起进来，彼此相见毕，便说道：“今日是休息日，得了个空，一来是谢步，二来是贺喜。”老少年道：“何喜可贺?”述起道：“得了个头等奖牌，还不喜么?”老少年和宝玉都谦逊不遑。述起道：“二来在空中猎了大鹏，已经名传阖境。昨日东方法先生，送与本学堂一艘海底猎艇。本来要在学生们当中，拣几名下去练胆。因为没几天就要歇夏，内中有一个多月的暑假。早上和绳武商量，二位有猎鹏的本事，何不更请二位去海里猎一个鲲鱼回来呢? 因此特来告知。愿把这猎艇借用，不知二位可有兴致?”老少年未及答话，宝玉先大喜道：“我正因为看见水底战船，未曾到船上去看看情形。有此机会，无论鲲鱼猎得着猎不着，先长了海底行船的见识了。”老少年也欣然答应。于是，同坐飞车，先到水师学堂来。与绳武相见过后，便带了透水镜，同坐上飞车，到海边来。不知果然猎着鲲鱼与否，下回分解。

第二十九回　遇荒岛鸣枪击海马
沉水底发电战鳅鱼

却说四人同坐了飞车，到了海边。叫左右架起透水镜，同看猎艇形式。只见那猎艇做的纯然是一个鲸鱼款式，鬣翅鳞甲俱全，两个眼睛内射出光来，却是两盏电灯。比较那守口战船，何止大了四五倍。绳武道："这船上司机、把舵、水手、杂役人等，一切全备，都是本学堂派下去的。二位到船上去，随意指挥便是了，不必客气。"说罢，在怀中取出无线电话筒，先摇了一摇。听得筒里一阵铃响，便对着筒，叫把船浮起来。不一会，果见那船冉冉的浮在水面，露出鲸鱼半身。四人下了舢舨，驶到猎船旁边。宝玉留心看那舢舨，并不打桨，一样是用电机行驶的。当下那猎船上人，开了一片鱼鳞，便是一个现成的舱口，四人一同进去，只见船边是一条甬道，四面绕转。当中分设着电机房、司舵房、客堂、膳房、卧室，件件俱全。游览了一遍，从楼梯下去，到了下层，却是当中一条甬道，从头至尾，一直贯通。两旁房间，编列着字号，分贮各种猎具，并一切应用家伙。再下去一层，却是空空洞洞的。船头上有一个小门，就部位而论，这小门恰是鱼的嗓子。从这门出去，便是鱼头里面。人要入海时，便开了小门，先到鱼头里，穿了入水衣，再把小门关上，开了鱼口的门，灌水进来，便从鱼口出海。那小门关了，水是不能再到里面的。回来时，进了鱼口，把鱼口门关上，按动电铃，司机便开了抽水机，把水抽干，再开小门进内。后面一段却蓄着海水，预备猎了活鱼，养在里面的。游览了一遍,方才复到上层。述起又请了司机、司舵的人来,介绍相见。司机的是谭瀛、海导、江隐、涉津四人;司舵的是汪作楫、利济、游龙、方指南四人。各相见已毕,述起、绳武二人即别去,仍乘了舢舨回学堂不提。

且说老少年和宝玉送了二人去后,便和司机、司舵的八人,商量到那里去猎。海导道:“我们只拣鱼多的地方去就好。”老少年道:“近处海里的鱼,都见过的。我们最好走远些,把那未曾经见的鱼,猎几个回去,活的送到活物院里,死的送到博物院里去。”宝玉笑道:“你一个奖牌还不够,打算要弄第二个么?”老少年笑了一笑。宝玉问道:“不知这船的速率如何?”汪作楫道:“开足了电机,一个时辰,可以走一千里有零。一昼夜可以走到一万二千里以外。”宝玉道:“既如此,我们何不在海底绕地球一周呢?先从太平洋出走,从大西洋回来,岂不是好!”商量已定,他们便去各司其事。先叫水手把舱门关好,把船沉了下去,向东驶行。

宝玉细察船上,只见四壁都是装的电灯。客堂上,位置得异常雅洁。还有一个书房,庋架了四壁图书,书桌上备就文房四室。走到甬道外面,原来两旁列着无数的玻璃窗,窗外的海景,历历在目。宝玉喜道:“原来海底也有亮光,然则我们船上,何必要用电灯呢?这窗户里不透亮进来么?”老少年道:“这是海底用的透水玻璃,是里面看见外面,外面看不见里面的。若是用平常的玻璃嵌上,漆黑的一点也看不见。”宝玉又走到电机房里,去看那行驶机、燃灯机、造氧气机、收碳气机、发亮机,各种都有字鋈在上面。宝玉看了道:“已经有了燃灯机,何以又用发亮机呢?”谭瀛道:“这发亮机是预备夜猎,全船发亮以便照海的。”宝玉道:“发亮自然是电火了。请教全船外面都发了电火,船内的人不要紧么?”谭瀛道:“这船的内层钢板上,都涂了一层软瓷隔电。所以船内的人,绝不相碍的。”宝玉道:“瓷就罢了,何以要软的呢?”谭瀛道:“恐怕有点碰撞,平常的瓷要震破了,所以用软的。”宝玉道:“那么说外面的钢,也是软的么?”

老少年在旁笑道:“刘越石诗:‘何意百炼钢,化作绕指柔。’古人已有的,这个更不足为奇了。”

宝玉又到司舵房里去,只见当中摆着定南针,正是利济在那里值班。宝玉见当面挂着一面大圆玻璃镜,便往镜里一看,只见白茫茫一片汪洋,不觉吃了一惊道:“这里又不是船边,怎么也可以见外面呢?”利济道:“这是一面透金镜,海底行路,全仗着他。不然只管乱碰,还了得么?”

宝玉看了一会,便回到书房里去。在抽屉里得了一本册子,上面载着下层各房,某房储某物,及某物的用法,开列得十分清楚。便同老少年两个,逐篇检看了一回。侍者来请吃饭。饭后涉津来问道:“这船上没有昼夜,照战船上的规则,是按着司时器做昼夜。到了夜时,便把燃灯机关闭了,到该亮时才开放。二位看是怎样?”宝玉看司时器,已是戌初了。老少年道:“我们到了亥正熄灯罢。”涉津答应着去了。二人又把那册子翻阅了一回,把船上一切的布置,及一切运动猎鱼的法子,都看熟了。又到外面窗上望望,已见船身发出电光,把海底照得通明,真是游鱼可数。那藻荇之类,青葱可爱。海底无数小岛。这船或在岛上经过,或在岛边经过,岛上附着好些奇奇怪怪的东西,都是目所未睹的。到了亥正,各回卧房,熄灯安歇。那八位司机、司舵的,自然轮班执事,不必细表。一宿无话。

到了次日,便到了太平洋当中。海导正当着班,把船浮起,请老少年、宝玉二人上了一层楼梯。只见豁然开朗,原来是鱼的正脊,是个顶盖。揭开了当中一段,便同船面一般,四面都有栏杆,上面安放着天文镜。海导测望了一会,道:“已经走到东经一百五十八度九分,北纬第五度四分底下,再一会就到西半球去了。”

说话之间,忽然远远的露出一个荒岛,大家带了助明镜观看,只是光光的一个岛,没有什么东西。岛边蹲着一个野兽,仿佛像是老虎。老少年忙叫拿枪来,又叫侍者下去,请司舵的向海岛驶去。

看看至近，老少年笑道："天下事真是令人想不到。本来打算猎鱼，谁知倒是猎兽。"说罢，对准那兽放了一枪。谁知这支枪不是无声枪，是有声的。未曾打着他，倒吓了他一大跳，大吼一声，窜到海里去了。

老少年猛然省悟道："这是海马，最为凶恶的，水陆可活。"忙叫关了顶盖，仍旧下去，叫把船沉下，去寻那海马。从那窗外望去，谁知漆黑的一片，犹如陆地上遇到了浓烟一般，取出一付小小的透金镜望去，也是如此。忙叫海导开了发亮机，登时海底透亮。只见那海马按着一个极大的乌贼鱼，在那里吃，张开了血盆大口。看见猎艇走近，疑是鲸鱼，也有点惧怕，拖了乌贼鱼，往前乱窜。浓烟似的东西，便是那乌贼鱼吐出来自障的黑水。

此时宝玉也戴了透金镜，同老少年两个各按一个电机炮，觑得亲切，双炮并发，都打着了。那海马着了炮弹，舍了乌贼鱼，往上一窜。宝玉只当他窜出海面去了，正要叫浮起来追赶，忽见他飘飘荡荡的又沉了下来，四脚朝天的已是死了。那乌贼鱼已经被海马咬死了。此时那乌贼吐的黑水，早已随波逐浪散去。

老少年按着册子上的号数，叫开了中层房门，取出两套入水衣，交代两名水手穿上，去取海马乌贼。宝玉看时，原来那衣上都装着小机器，连头带脚，一齐蒙住。眼睛上是两片海底透水镜；两肋底下有两扇薄铜做成的翅桨；左乳部上，一付小小电机，是管双桨的；右乳部上也有一付电机，开动了便在内层扇出空气，足供呼吸。全衣是用软皮制成，穿上了只露出双手，袖口紧紧扣住。两名水手装束停当，取了绳索，走到下层，开了当中小门，到了船头里面，自有人关好。两水手便开了鱼口上的门出去。宝玉在舱里，从窗口望去，只见两人在水里鼓动了肋下双桨，行动自如。走到海马身边缚了，又缚了乌贼，便拖了回来，如法进了小门，才把东西放下了，卸去入水的衣。老少年又指挥取过药水来，先把那海马制了，免致腐败。那乌贼已经被海马吃的残缺了，说道："这个其实可以不要他了，等再开门时，仍旧抛到海里去罢。”宝玉道：“这东西就有二丈多长，虽然可以不要他的肉，那一片骨头不可不要，带回去有一个妙用。”老少年问：“甚妙用?”宝玉道：“好好把他剖开了，把当中挖空了，岂不是两个舢舨。”

正说话间，忽然一个侍者，匆匆走来道：“舵房汪先生请二位有要紧事。”二人听说，连忙上去。只是海导、江隐、涉津及司舵的四人，都在舵房里，只有谭瀛正在值班未曾来。众人都在透金镜上观看，二人也随着众人看去，只见一条东西夭夭矫矫的迎面而来，也不知他有多长多大。众人也有说是蛟的，也有说是龙的。老少年戴上了助明镜一看，道：“只怕也不是蛟，也不是龙，是个海鳅鱼。《水经》说的‘海鳅鱼长数千里，穴居海底，入穴则海水为潮，出穴则潮退’。大约《水经》说的未尝不利害些，然而这个东西，也不小了。虽没有数千里长，看去也有五六十丈，比我们的船大了一倍有多，倒要好好的预备他呢。”宝玉细细看时，只见这海鳅犹如鳝鱼一般，身带黄黑色，好像没有鳞甲的，巴斗大的两个眼睛，看着本船艇蜿而来。于是各人都带了透金镜，各踞一门电机炮，预备迎敌，不使令他近前。看他走到炮弹能及的地方，便众炮齐发。谁知他的身体是圆的，弹子打到身上，都斜滑了去。他着了几个弹子，越发大怒，翻波挟浪的扑将过来，任你重炮齐发，他只当不知。走到切近，忽的把身子一翻，便把猎艇拦腰缠住，撼的全船震动，众水手都面无人色。宝玉踞的炮位，那炮口恰好被他缠住，宝玉便摇动电机，一连放了四五炮，须知离远打去，他的圆身子，可把弹子滑了；此时贴着炮口，无地可滑，可是弹弹着肉，并且透皮透骨的了。海鳅负痛，才一翻腾，把猎艇放了。

这里便向前逃走，海鳅不舍，在后紧紧追来。众人戴了透金镜看去，只见海水里面带有血色，知道他已受伤，可奈他愈是追的利害。宝玉到司机房，同谭瀛商量道：“我们何不把船外的电火放起，把电火烧死了他呢。”谭瀛道：“船外有一层软玻璃护着的，不燃着了空气怎能发亮?”宝玉呆了一呆道:“这便怎处?”谭瀛道:“此时船已浮在水面,别的不打紧,恐怕被他弄坏了车,就废车了。”宝玉道:“没奈何,且把那软玻璃打破了,权救目前再说罢!”谭瀛道:“不知可有揭去的法子? 等我查一查。”说罢取出一本册子,检阅了一遍,喜道:“我初掌这个船,竟有许多法子不曾知道。这玻璃是揭得去的。”说罢,便叫海导来代管了机器,又把册子交给了他道:“你且看了,听见铃响,便照册上载明的法子开机。”说罢,带了水手,同到最上层去。宝玉向窗外一望,见那海鳅相离还有二三里路,便也到最上层去,看见当中的顶盖已经揭开了,众水手七手八脚在舱口边上去解玻璃的钮扣。一时解完了,谭瀛按了电铃,海导如法开了电,果然见那玻璃慢慢的都卷到船底去了。宝玉道:“到了船底不都丢了么?”谭瀛道:“到了底下,自然有个机关,把他扣住。”说罢,忙忙下来,关了顶盖。

只听得舵房里汪作楫道:“这个比那个还大,这便怎处?”原来顶盖关了,船又沉下,汪作楫在透金镜里看见南面又来了一个海鳅,看看至近,不觉失声一叫。不知到底能战胜海鳅否,且听下回分解。

第三十回　勇水手入海战人鱼　慧神瑛戴冰获貂鼠

且说当众人见又有一条海鳅到来，看看至近，那个受伤的又紧紧追来。宝玉道："此时没法，只得回头先打了这受伤的再说了。并且回转头来，把头向着他，纵使他缠过来，也可望伤不着车叶。尽他在后面追来，他一碰便是车叶了。"汪作楫听说有理，便转过舵来。才转了身，那受伤海鳅，已经相离不过一里多路。猎艇对他驶去，他对猎艇扑来，一转瞬间，便两下相撞，海鳅尽力把尾巴翻起，仍旧把船缠住。谭瀛忙把发亮机开了，船外铁壳，电气一时都遍了，登时把海鳅震得骨软皮酥。过了一会，把发亮机关住，他方才滑了下来，飘飘荡荡的直沉到海底。那从南边赶来的一条，看见这条死了，回头便仍向南窜去，料来是惧怕之意。这里众人便不追赶，停了轮，商量处置这海鳅之法。把船直沉到底。依前叫两名水手，穿入水衣，缚了来。忽又想起这东西太大，这船内实不能容，而且两个人恐怕缚不过来。老少年便出了主意，派了十名水手，都穿了入水衣，带了刀枪器具，并白金练、白金销，交代锁住了，便把一头锁在本船鱼尾上。众水手领命而去。走到海鳅身边要锁，谁知他浑身滑腻，竟无下手之处。后来一个水手想了法子，拿一根枪，把他口撑开了，又把刀撬开鱼鳃，也撑住了，使一个人拿了白金练，从鱼鳃进去，从鱼口出来，方才锁了。共拉到船后锁好，方才回来。

这船又向东驶发。将近黄昏时,谭瀛想起船外软玻璃要蒙起来,晚上方能发亮。便把船浮起,揭开顶盖,如法要蒙起玻璃。谁知再也蒙不上来,怕是机关坏了,细细察看,却又丝毫不坏。用透金镜周围一看,都只蒙上了一半,只有船尾那边,上下都用木板隔了几间水手房,透金镜透不过去,看不见有无阻碍。宝玉忽然想起道:“是了,那鳅鱼锁在后头,那根白金练岂无阻碍?”谭瀛猛然省悟,但仍旧关了顶盖,把船沉下。叫两名水手,穿了入水衣,交代各人拿一支电机枪自卫。因为解下鳅鱼,船要浮起,蒙上玻璃,才能沉下,再接二人,所以不能不带了军器,以防不测。两名水手领命入水,去把鳅鱼拿下,船便浮起来。此时天色已经昏暗,赶着把玻璃蒙起,盖好顶盖,重复沉下,开了发亮机。这回好生奇怪,那亮光竟发不出来了。谭瀛好不纳闷,只得又查那册子。只见上面载着一条“软玻璃卸过复蒙之后,内中不免有空气障阻,电火不燃。须按图将抽气机开动,抽尽空气,始燃”云云。谭瀛便按图,寻出那抽气机的机关,将来开了。一面抽气,一面听着船头叫抽水的电铃,却只不见响。暗想:莫非暗了,看不见回来?然而两旁窗上,也应该透出灯光呀!心中甚是着忙。开足了抽气机,抽了好一会,方才抽尽。再把发亮机开了,果然大放光明。忙用透金镜,四面一看,只见那鳅鱼掠在半边,两个水手竟不见了。不觉心中懊恼道:无端的糟塌了两条人命,岂不失了文明的体面么?登时传令众水手,四面观看。老少年也十分着急,戴了助明镜,向远处深望。忽自见西北方面有一大群人,在那里厮打。忙到舵房里叫拨转船头,在透金镜里观看,原来是一大群人鱼,在那里按着两个水手吃,不觉大惊失色。此时方指南值班,便把定了舵,直向人鱼驶去。忽见那人鱼撇下水手,四散逃窜。两个水手,依然站起来,迎着本船而来。看看至近,遂停了车,两个水手却不上船,仍望东去。方指南一时想不起,不知何故,只得又拨转向东,慢慢的跟着水手去。原来他二人仍去扯了鳅鱼,锁到船尾之后,方才到船头,如法进舱,卸去入水

衣。众人忙问:“何故?”水手道:“我们奉命下去,解下鳅鱼。本船浮上水面,忽然来了一群人鱼,便要抢我们的海鳅。我们想各位先生冒了大险,费了大事,方才猎了来的。带回去送到博物院里,我们也有体面,如何肯舍?便同他争,幸得带有电机枪,当时打倒了两个,他便逃了。我们守着鳅鱼,他又来了,我们只得放枪迎敌,他又逃窜。我们一路赶去,一面放枪。谁知这两支枪不知咱用过了的,不足一百弹子,大约放了三十多枪,就没有枪子了。他看见我们不放枪,又扑过来,便拿着枪和他对敌。到底众寡悬殊,被他按倒,他便开口来咬。幸得入水衣甚是坚牢,当中又满贮空气,并不着肉,所以任咬不痛,入水衣也并不受伤,只要设法自己护住两手。正在筋疲力尽的时候,幸得本船来了,那一群人鱼见了,方才四散逃窜。”老少年奖慰了几句,叫去安歇。此时已闹到亥正了,大家谈了一会,方才安歇。

次日,便改了方向,向南行驶。沿路观看海底景致,说不尽那许多奇珍异宝。却又都在博物院曾经见过的,所以都不在意。看见过几种奇怪的鱼,宝玉要猎,老少年又说是动物院里都有的,只得罢休。

走了两天,老少年在舵房里,看见远远的一队鱼来,戴起助明镜,仔细一看,不觉大喜道:“今番遇了这样东西,万不可错过了。”忙叫把船浮高了四五丈,便和宝玉到中层,穿了入水衣。宝玉道:“那一群是什么鱼,我还看不清楚。怎么要亲自入水呢?”老少年道:“并不下海,我们到外层门上去撒网。”宝玉道:“到底是什么鱼?”老少年道:“《山海经》载:‘带山彭水,西流芘湖,其中多儵鱼。其状如鸡,赤尾,三尾、六足、四目,其音如鹊。’我一向也疑《山海经》的说话,恐怕靠不住的,此刻来的一群鱼,正是这个。只没有听见他叫。我们未曾试过下水衣,此刻乐得在船上试一试。歇两天或者遇见海里有什么稀奇东西,自己也好下去动手。”一面说,一面穿好了衣,取白金丝网,开了小门过去,等里面把门关好了,才开了前面的门。那海水便一泻而入,两人未曾准备,几乎仰面跌个跟斗,幸喜还支持得住。忙忙把网撒开,早见那一群儵鱼来了,直游到本船底下去。不一会觉得网网牵动,两人便合力收起。关了前门,按动电铃,约莫五分时,水便干了。里面的人开了小门,二人一齐入内,卸下水衣。只听得一阵叽叽喳喳的乱叫,正是那儵鱼在网里叫唤呢。老少年大喜,便叫放到蓄水舱内养着。又叫人知照厨房,把提过精液的米麦肉食渣滓,送到蓄水舱去喂鱼,便同宝玉仍到上层。

大众知道猎了儵鱼,都下去观看。人人道怪,个个称奇。老少年道:“我最恨的一班自命通达时务的人,动不动说什么五洲万国。说的天文地理无所不知,却没有一点是亲身经历的。不过从两部译本书上看了下来,却偏要把自己祖国古籍记载,一概抹煞,只说是荒诞不经之谈。我今日猎得儵鱼,正好和《山海经》伸冤,堵堵那通达时务的嘴。”宝玉道:“只是《山海经》说的什么‘带山彭水’‘芘湖’,此地是什么地方呢?”方指南道:“此刻已到了南太平洋半天了。”老少年道:“何必问他是什么地方,难道那鱼不会迁徙的么?而且古今地名不同的也多呢!”

说话时,江隐使人来说,船已浮起,请各位换了冬衣,到上面去看太平洋景。宝玉道:“怎么要换冬衣起来?”老少年道:“南半球天气和北半球相反,此刻我们北半球的六月,正是南半球的腊月呢!”宝玉道:“我的冬衣却不曾带得。”老少年道:“便是我也何尝带来?”方指南道:“不要紧,我们都有,先拿去穿就是了。”于是大家换了冬衣,走到了上层,顶盖已经开了,果然寒威凛冽,正值隆冬。忽然一阵寒风,扑面吹来。一个水手道:“好生奇怪。这么大冷,怎么又是南风?”老少年道:“我们北半球的北风,是从北冰洋吹来的,所以冷。这里是南冰洋来的冷风呢!”一从话触动了宝玉,便问道:“此刻往那里去呢?”方指南道:“此刻向东南去,过去便是南美洲,再往东去,便是大西洋了。”宝玉道:“我们何不取正南的线,向南冰洋去逛一趟呢!"老少年道:"那边都是冰,如何走得?"宝玉道:"我以理测度他,未必能冰到底。方才我们撒网,猎那鯈鱼的时候,在水里并不觉冷,这上面就冷到如此,可见水底是暖的。我们或者探得一条路,岂不是好?万一他果是连底冻的,我们就回头走。好在这船走的快,也不十分耽搁。"于是大家都赞成,重新下去,关上顶盖,沉到水底。移过方针,向正南而去。谁知方才开了顶盖,灌进了寒气,登时全船觉冷,非但方才上去的,此时卸不下冬衣,便是方才不曾上去的,此时也觉寒冷,添了衣服。谭瀛把暖气管门开了,放出暖气,好一会儿,方才复旧。众人此时无心观玩海景,一心只望到南冰洋去。司机也格外开足了气机,昼夜飞驶。

忽然一天,到了晚上,本船放了电光。到了应该天亮的时候,便把电火收了。谁知收了电光,便是漆黑,天还没亮呢!只得又开了发亮机,那天却从此不亮了。宝玉道:"莫非是已经到了南极罢,倒要留心体察呢!"便在船旁窗上看去。只见旁边有好些小岛,那岛上的石头,一律是白色的。宝玉留心去看,忽见一个岛山,长出了一丛五色珊瑚,却是十分晶莹透彻,就和五色玻璃做成的一般。因指给老少年道:"博物院的珊瑚体,也是五色俱备,却没有这个晶莹透彻的。我们不可不取几株回去。"老少年道:"是。"就叫驶近岛边,直沉到底。叫四名水手,穿了入水衣,开了小门出去。这边恰才关上小门,上层忽听得叫抽水的电铃乱响。忙忙开了抽水机,抽干了,又按电铃下来,叫开小门。门开处,只见四个水手踉跄进来,卸下入水衣,说道:"了不得,冷死了,好利害!"一面说着,还打寒噤。老少年问:"是怎么样了?"水手道:"我们开了外门,那海水灌进来,同冰一般,登时寒气由两手透到身上,好不利害。"老少年道:"不要紧,有法子的。"于是又开了中层房门,取出手套,叫他们先戴上了,再穿入水衣。又用一根皮管,一头接到暖气管上,一头接在入水衣前襟,把暖气灌满了。宝玉道:"这样寒冷,一定是到南极了。我们也不可不下去看看。"老少年道:"去看看也好,并且多带些人去，遇了什么稀奇东西，好搬运回来。”宝玉道：“还要带枪去，这里可要验明枪子了，不要临时误事。”老少年道：“这个冰冷的地方，怕没有动物了。”宝玉道：“带着防备也好。”老少年道：“有心带枪，便连网也带了去，准备猎几个回来。”说罢，便派了二十六名水手，连前派定的四名，共是三十名。一齐给束停当，灌了暖气，出了小门，里面关上，一行三十二人，便开门下海。

宝玉鼓动双翅向岛上来，觉得走路甚是轻便。一时同到岛上，那三十名水手，有二十名是拿了锹锄之类的，十名是拿枪的那拿锹锄的，便去伐珊瑚树。那拿枪的。便跟着二人到岛后去寻觅巡察。忽见一个小小焦黄的东西，在宝玉脚下跳来跳去。宝玉定睛一看，却是个貂鼠，并不怕人。宝玉见他不怕人，便把他捉住了。不知捉了这貂鼠，还有何事故，且听下回分解。

第三十一回　探南极异景看漩涡
逐巨鳅无心得海隧

却说宝玉拿了貂鼠,便递给老少年。只因穿了水衣,不能说话,纵说了话,这声音也透不出来,对面的人,不能听见,只好相视会意。老少年接貂在手,不觉四下张望,忽见前面岛下,一大群貂鼠,约有二三百头。便指挥十个水手一齐赶去。十二人一齐鼓动双翅,赶将上来。一个水手放了一枪,打了一个,那一群貂鼠便一齐往水面上窜去。众人鼓动双翅,也往上赶来。谁知赶到一百尺以上,见许多岩巉下垂的水晶挡住不能上去,用手去扪搎,他却是个滑不留手的。宝玉举枪去敲了一下,敲下了一块,却不沉下,反向上去了。至此,自信果然到了南冰洋底下。这南极是冰不到底的,此刻我们在冰底旅行了。那一群貂鼠向冰岩里窜去,此时一个也看不见了。

那冰岩下垂的是纵横斜直的三棱四刃,犹如刀剑一般,人不敢近。老少年放了一枪打去,却打下了好几块,于是宝玉和众人,一齐乱打。忽见那貂鼠钻出岩穴来,又往海底窜去。众人紧紧跟随,追到海底时,他却又往上窜去了。众人又跟着追到上面,追到将要近冰时,老少年忽然停了双翅。招手众人,叫一齐停住;在身上解下网袋,取出网来,分给五个水手;做手势,叫他四人四面张开,一个人司了总纲,止住他们,叫不要动。便同宝玉带了那五个人直窜冰岩外面,七枪齐发,向冰岩乱打。果然那一群貂鼠又窜出来,直向海底去,谁知这回半当中张了一面大网拦住。群貂到网时,四面的人,一齐放手,那司总纲的便连忙收起口来,不曾走了一个。老少年大喜,便挥手叫他先送到船上去,那水手会意去了。

宝玉忽觉得有物碰在脚上,低头一看,原来是一株合抱大的珊瑚,往上浮起,宝玉连忙一手抓住,跨在干上。那珊瑚仍然是浮动。忙鼓动双翅,竭力压下。到得岛边,只见众水手各人按着一株珊瑚,面面相观,看见宝玉跨着,便都大喜,学着跨上,一齐到船头上来。一共二十一株珊瑚,却只进去了两枝,其余都不是太长,便是桠杈太阔,不能进去。宝玉便招手叫一个水手来,代自己跨了。进了前门,把门关上;按了电铃,不一会水干了。小门开处,便进去取了两捆白金丝绳,仍复到海里来,交一捆给众水手,做手势叫他们都拴到船尾上。又复指那珊瑚岛,叫他们拴了再来的意思。便挟了一捆白金丝绳仍到岛山来。只见老少年等十一人,正在那里伐珊瑚。宝玉便取出几根绳子,叫他们拴了,又指着船尾示意。又亲自动手拔了好些小珊瑚,打了几捆牵到船上,如法进门,把珊瑚却堆到空舱里面。方欲再出来,恰好开了前门,老少年及众人都回来了,也带了好几捆小珊瑚,于是一同进来。忙忙的卸下入水衣,各人都觉得打了个寒噤。大家都奇怪道:“在海里不冷,怎么回到船上倒冷了?船上的人也说此刻是忽然起了一阵寒气。说话时,越觉得冷了,众人都忙忙到上层去添衣服。老少年和宝玉也向方指南借衣服穿了。

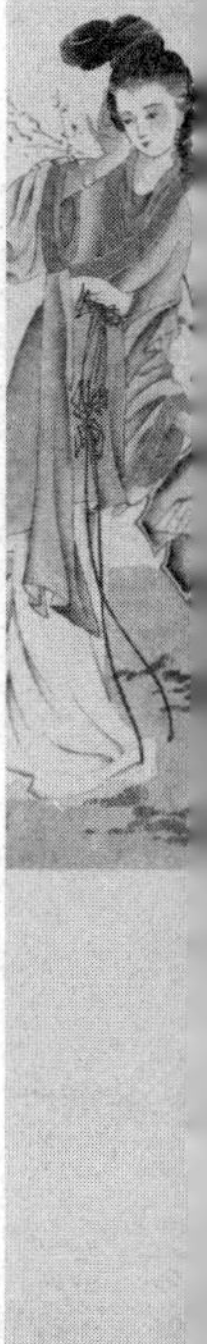

宝玉道:“今日所获的都是奇物,从来只听见有海马、海虎、海獭、海龙,却不曾听见说过有海貂,今日那个不能不算他是海貂了。透亮的珊瑚,已是未曾经见,却又是浮水的。宋儒凡目所未见的,都以为乌有,不知今日攻宋学的人,听见了这个,又怎样呢!”老少年道:“这个貂向来不曾出现的。他在冰岩里做巢穴,可以叫他做冰貂。这珊瑚便是浮珊瑚,把这个带回去,那南海浮石又不算什么了!”

此时，谭瀛已经开了暖气管，却是还觉得冷。忽然游龙使人来报，说："请到舵房里看奇景。"二人听说，忙到舵房里，对着透金镜看去。只见海当中另有一条水，从海底起一直竖上去，笔直的一条，四面的水回环流转。当下个个称奇，宝玉道："停下船，就看见么?"游龙道："不，此刻船又开行许久了，才望见的。"宝玉寻思了一会，又细细的看了那条水一会，忽然省悟道："是了，那条水一定是南极的中心点。地球往东转的，你看那条水四边回旋的溜，却往西转，这是地球转的快了。这水在地球本体上，不得不西溜。本体往东转的越快，这往西溜的水也越快，溜急了，成了个旋涡。这正是旋涡底呢。"老少年点头道："正合吾意。"大家也说这个议论极是。不一会走过了，舵房便看不见那条水。此时格外冷了，大家都不解是何故，都以为到了南极了，这船的外壳障不住外面的冷气所致，并不在意。

老少年想起那冰貂，便往下层去看。只见那冰貂在蓄水舱内，游泳自如。内中却有三四十个死了的，便问看守的人怎么死了。看守人道："上船来不久，就陆续死了，便是这未死的，也都呆的了不得。此刻冷了，他又精神了。你看这水面已经结了一层冰呢。"老少年仔细一看，果然结了一层冰。便叫打开了冰，把那死的捞了上来。看守人依言捞起，老少年取过一看，那身上的毛，离水即干，心中想道：拿他做皮衣，一定是好的。此时只觉得寒威砭骨，片刻不能耐。走到前面看那珊瑚，谁知那冷气竟是从那珊瑚发出来的。走近前去，只冷得气也喘不出来，连忙回步。到了上层，叫人把养貂、养鯈鱼的食上足了，免了看守。下层的人一律上到中层，把舱板严密盖好。又过了半天，那上中两层才慢慢的暖和了。

又走了两天，仍在冰洋底下，老少年道："我们只怕要从这里穿过印度洋的了。但是为甚走了这几天，还不出冰洋呢?"汪作楫道："冰洋底下，水溜得很，船又走慢了好些，大约明天总可以出去了。"

众人正在舵房谈天，忽又见前面来了一座插天高的葱翠大山。

宝玉道:“这么冷的地方还有水藻么?”及至戴了助明镜一看,却是生就的绿色山石,并非水藻。宝玉喜道:“这些山石不可不取些回去。你们请看,都生得玲珑剔透得很呢。”老少年道:“这回去取,先要准备好了。前回带了几枝珊瑚,便闹得满船人几乎冷煞。这石头不要也是如此,那可了不得了。我们都带了绳子,取得的都拴在船后头罢。”宝玉道:“绳子不行! 这些石头岩巉得很,绳子拴不了几块,还用网罢!”商量妥当,便也同前回一般,叫了四十名水手,结束停当,灌了暖气,连那到下层司启闭小门的水手,也叫他穿了下水衣,灌了暖气下去。一行人到得水里,那时船已驶近山前,停住了。众人走到山前,宝玉争先拣了一块,却俯拾即是,并不烦掘挖。宝玉怕他同珊瑚一样要浮了去,轻轻放下把手离开一看,却是不动的,方才放心往网里送。众人七手八脚的搬了一大网,方才合力把他牵到船后拴住了。回到船上,解卸衣服,那船又开行去了。

走了一天,果然出了冰洋底下,众人都喜欢的了不得。天也有了昼夜了,不过昼短夜长罢了。虽然船内仍是无论昼夜,都点电灯,然而船外的可免了白昼发亮了。从窗外望出去,也不借电光可以见物了。

到了午牌时分,正想浮出海面,查察到了什么地方。正欲升起时,忽然迎面来了一条海鳅,蜒蜿作势,便欲扑过来。海导道:“不好了,船尾拴了那许多东西,必要解下来才能卷玻璃,这便怎生办法呢?”大家正在踌躇对付鳅鱼之法,忽又看见那鳅鱼回道狂奔。老少年拍手道:“他既走了,我们乐得追他。”于是开放汽机,尽力赶去。那鳅鱼却也行驶极速,赶了一昼夜,看看赶上,此时又要提防他回头反噬,人人用尽了十二分精神,所有上下人等的视线,莫不集中在鳅鱼身上。看着他窜到一座极大的高山边去。这一座山,仓卒之间,也测量不出他有多大,几几乎似是大陆岸边一样。众人都想这东西走到岸边,没处好走,少不了要做因兽犹斗的了,大家越是小心提防。看看到了山脚下,那鳅鱼忽地一个翻身不见了。

众人都吃了一惊，留心细看，原来山下有一个极大极大的洞，鳅鱼往洞里钻进去了。老少年叫开了发亮机，往洞里探照。照了一回，也莫测深浅。老少年、宝玉同声道："不入虎穴，焉得虎子！他既是逃避我们，总有怕我们的道理，岂可以放过他，索性追进去罢。"宝玉又道："说不定是前回看着我们弄死一条的那个，所以他见了我们就怕了。"老少年道："不错呀！前回那个是向南走，我们此刻是从南极回转来向北走，所以在里面遇着了。赶呀！"于是把船驶到洞口，发足了电火，往内驶去。

这洞里面，也有许多岔道，这里只望着宽大的走去。前面那鳅鱼早不见了，那洞可愈走愈窄，老少年还只管催着前进。看看追了两个时辰，忽然出到洞口之外，那鳅鱼早已踪影全无。众人莫不称奇，连忙收了电光，把船浮起。开了顶盖，四面一望，好奇呀，原来已到了澳大利亚洲的北面了。老少年回头一想：方才那个洞，竟然是澳大利亚洲底下的一条水隧道。因为追海鳅，无意中倒寻出这一个海道来。眺望了一回，依然关了顶盖沉下，向北而去。

行不多时，忽然看见一艘船，也沉在水里行驶，然而沉的甚高，并不沉到底下。老少年指给宝玉道："你看，这就是现今公号称文明国的海底战舰了。"宝玉看那船身上有许多螺蛳蚌蛤之类扒在上面，又生了好些水藻青苔。宝玉道："怎么我们船上没有这个。"老少年道："我们的软玻璃是用药水制过的，不惹这些东西。你看他的船虽然沉下，还有烟囱汽管露出水面呢。你看我吓他一吓玩。"说罢，叫谭瀛开了发亮机。一会又收了。收了一会，又开了一开。只见那艘水底战船，便浮出水面。宝玉道："这是什么道理？"老少年道："他那船上又没有透水镜，又没有透金镜，望出来是白茫茫的一片，纵使看见一点影子，也是模糊得很。我这里忽然放了两下光，他却只能见亮了两下，又不见我们的真像，少不得要起了疑心，所以把船浮了起来。你看他这番回国去学，还要报告政府，哄动了多少格致专门家、博士、学士，来研究这海底发亮的原理呢。"谭瀛见老少年说的高兴,不觉笑了一笑,把船浮到水面,放了两下电光,又连忙沉下向北飞驶而去。因说道:“我知道他这番回去报告了他们的格致专门家、博士、学士,又考得澳洲之北洋面上出了一条极大的电鱼了。”说得众人大笑。宝玉道:“这么一来,他竟要当我们是个动物了。”谭瀛道:“我们怎么是动物,这船才是动物,我们还是动物肚子里的东西呢!”

说话间,忽听得一声炮响,忙向窗外看时,一颗弹子落在海里,直沉下去。那炮弹落下的地方,正是方才本船浮起发电光的方面,原来那战船还赶来呢。老少年道:“那种船一个时辰,走不到我们一半的路,也要赶来,真是可怜可笑。”谭瀛道:“我们何苦累他瞎赶呢!”说罢,又把发亮机开了一会。歇了一刻时候,又开一会,道:“好叫他知道我们走的快,自然不赶来了。”不知那战船还追与不追,且听下回分解。

第三十二回　获奇珍顷刻变温凉
尝旨酒当筵论文野

却说谭瀛放了两回电光之后，那战船果然不来追赶了。宝玉道："他还算知难而退呢！"老少年道："虽是知难而退，然而也有得他猜疑了。"大家谈笑一会，然后散开，各到船边探望海境。

不多几时，便驶到赤道底下，宝玉道："我们极冷的地方到过了，可惜只在冰窖底下行走，未曾露得天。此刻到了极热的地方，可要到上面见见天气了。"海导见说，便把船浮起，揭去顶盖，众人都到最上层去眺望，果然炎热非常。老少年忽然想起，放在下层的珊瑚，会放出寒气的。何妨取一枝上来，看在这大热地上，是怎么个情形。想罢，便叫水手下去取一枝珊瑚上来。水手去了一会，取了上来，道："好奇怪，这上层是六月，到了下层去便是腊月了。"说罢，放下珊瑚，众人顿觉一阵清凉，十分爽快，同称奇异。宝玉问道："你怎样知道他有这用处呢？"老少年把那天到下层的情形详细告诉了。宝玉道："原来如此。这东西倒是夏天的宝贝呢。"又眺望了多时，方才下去，盖了顶盖。此时舱里面早灌满了热气，海导要开冷气管，老少年道："且不要开，验验这珊瑚看。"果然不一会，便清凉起来。老少年便叫仍把珊瑚送下去，宝玉也要下去看看。水手道："先生们要下去，先要穿了冬衣，底下冷得很呢！"众人听说，都带了冬衣下去，果然异常寒冷。宝玉道："怎么就这种冷法？"老少年道：“你想烈日之下，只一枝珊瑚，便清凉起来。这里聚了百十来枝又没有透出去的地方，如何不冷！”众人围着那珊瑚看了一会，便都手脚僵冷起来。宝玉顾见一堆死貂鼠，便问怎么死了？老少年把看守人的话，述了一遍。宝玉便拿起一个死貂鼠观看，见他毛色光润滑泽，十分可爱，便不住手的摩挲。一时之间，觉得两手和暖。顿时想起这东西生长在极冷的地方，自然具了极热的皮毛，方能御得了寒。这死的一定是进舱之后热死的了。再看看蓄水池，已经结了二三尺厚的冰，那貂鼠，鯈鱼都在水底下游泳。又想道：“幸得取了珊瑚进来，放出了这些寒气，才把他养活了。想罢，便把这意思告诉了老少年。老少年取过死貂鼠摩弄一会，果然双手就暖和了，点头道：“果然不错！”大众看了一会，都回到上层，仍旧盖好了舱板。此时上层又灌满了寒气，海导把暖气管开了好一会，方才复原。

原来这船舱里面用的是人力制成的空气与外面天气隔绝，又有冷暖二气管，所以那气候也是随意制成，便制了个不寒不热最温和的气候。除非开了顶盖及舱口，才有外面的四时气候。

闲话少提。且说水底猎艇走了不多两天，便回到了文明境界“强”字第二区的海口。把船浮起，揭去顶盖，大开四面舱口窗门。方指南取过无线电话筒，报知吴述起。不一会，述起坐了飞车来到海边，乘了舢舨，过来相见。老少年、宝玉把沿路经历的略略述了一遍。述起大喜道：“得了许多异物回来，我国人又增长了许多见识了。二位路上辛苦，且先到本学堂去歇歇罢。”老少年道：“先要设法处置了取来的东西。那海鳅非常之大，大约总有四五百尺长，怎么起上岸去呢？”述起道：“越过南极，都带回来了，怕没有法子拿他上来么？且请上了岸，慢慢再商量罢。”二人听说，便别过船上众人，乘舢舨登岸，上了飞车，回到水师学堂。分宾主坐定，童子献茶。述起道：“这回二位冒了大险，不特获了那些稀世之物，并且发明了南极是个旋涡。这场大功着实可贺。”二人谦逊不遑。宝玉道:“还是请先设法安置了那大鳅,不然此刻夏天天气炎热,不要腐败了么!”述起道:“我们且发个电信给多见士,告诉了他,问他如何处置。”老少年道:“好,好! 还有那个冰貂,是离冰就死的,也请发个电信,给动物院设法。但不知掌院是谁?”述起道:“就是见士的令兄多知,表字能士。”宝玉道:“这昆仲两位的名字,真取得好,并且又掌了这两个职司,真是名称其实了。”述起道:“他还有一位令弟,叫做多才,表字艺士。他的科学更了不得! 现在东部‘智’字第一区,和东方法两个合开了一个极大的工厂。这一区的地方,竟然没有别家人家,全区都是他的工厂。”宝玉道:“这更了不得了。”老少年道:“既然如此,我们何妨发了电信再闲谈呢。”述起便叫书记发了两处电信。老少年又道:“海鳅及那冰貂,是要他们来了设法的,其余何不叫人先起到这里来呢?”述起问:“其余还有多少东西?”老少年说了个大概,述起便派了四十名杂役,驾了五辆飞车,到船上去取。三人又复闲谈。

宝玉问起绳武如何不见。述起道:“近日放了暑假,所有本堂教习,都出外避暑去了。”宝道:“不知贵学堂有几位教员?”述起道:“分教共是五百员,总教只有绳武一位。”宝玉道:“贵学堂学生是五万人之多,不知如何教法? 以五百教习教五万学生,本不算多,但是怎么调排得开呢?”述起道:“那天阁下去听绳武讲学的,是总讲堂。另外还有五十处分讲堂,每堂可容一千学生听讲。”说罢,便带宝玉去看了两处分讲堂。原来那分讲堂,都分设在学生斋舍的附近。看过两处之后,绕出操场,只见一班学生,约有一千多人,在那里练习体操。宝玉道:“怎么这班学生不放假呢?”述起道:“这是放了假不愿出去,在这里自修的。”那学生见总办带了客来,都鞠躬为礼,述起也还礼,老少年和宝玉也鞠躬相还。

忽然一阵凉风吹来,只见五辆飞车,从空落下。那大株珊瑚和那石头都拴在车下,小珊瑚和海马、死貂,分载车上带来了。四十名乘役冷的发抖,都道:“今年天气奇怪,只怕真要下六月雪了。”老少年顿足道："这怪我不好，一时失于检点，不曾交待穿了冬衣去。你们快走离了此地罢！到别处去就不冷了。"四十名杂役便纷纷散去。

此时已是合操场都有了凉意，像是深秋光景了。述起另外叫人把海马和死貂先送到客座里去。老少年又叫取了一枝小珊瑚、一块石，都送到客座里，便赠与述起。又每样取一件留着赠与绳武，说道："照例取了这些东西来，不应该私赠与人，是要都送到博物院去的，这个是聊以报借船之德。"述起道谢受了，同回到客座。设了这两件东西，就觉得满座清凉。老少年叫把珊瑚移到别室，单留下那石头，试验如何。验得也是放出清凉的，不胜之喜。述起道："这些不知几万年的寒气，凝结而成的，自然应该如此，真算得稀世之宝了。"老少年道："这东西向来未曾发现过，不知叫什么名字，只好就叫他宝石。"述起道："本来东西那里自己有名字，都是任凭人叫出来的。他能发出寒气来，这寒字要加的，叫他寒宝石罢。"宝玉道："这是我们自己取得的，岂可以自夸为是宝，他葱翠的十分可爱，不如叫他'寒翠石'罢。"述起道："好个'寒翠石'，这'寒翠'两字典雅得很呢。"

正说话间，忽见孙绳武来了，后面跟着的便是多见士，还有两个童子，都背着皮囊一个。三人连忙起立相迎，述起道："怎么会得这般巧？"绳武道："我恰好去看他二位猎的大鹏，这里电信到了，见士怕鳅鱼坏了，我听说又获了什么奇珍异宝，也急于见识见识，所以附了见士的飞车来了。"述起道："如何来得这样快？"绳武道："若是平常快车，那里有这么快？喜得他令弟艺士，新做了这一辆加快车，一个时辰能走到二千五百里，所以来得快了。"一面说话，一面相让坐下。

见士先向老、贾二人道了乏，又问了鳅鱼的尺寸大小。老少年道："我们还没有量过呢。"见士道："先量了。好设法载他去。"述起道："他二位正愁没法运动他呢。"见士道："这个容易，依他尺寸，做个皮带盛了他，由隧车运去就是了。”述起便用无线电话筒，叫船上派人下水去量尺寸。一会儿，由电话筒里回报说：“从头至尾，五百五十尺长。腰腹最粗处，围圆一百八十尺，最细处，围圆八十尺。最粗距头一百尺，距尾三百五十尺。”见士听了，即照此尺寸，发了电信给多才，叫他赶速照尺寸做一个皮袋来，并问几天可以做好。不一会，多能士也到了，也是坐了加速飞车来的。相见聚话已毕，在车上取下一个大箱子来。问老少年道：“这个箱子大小，可以容下那貂鼠了么?”老少年道：“只怕差得远呢。”能士愕然道：“猎了多少来?”老少年道：“是用网猎的，只知道一大群，却没有点个数，大约不下五六百个。”能士道：“每个有多大呢?”老少年取一个死的给他看，能士看了笑道：“若是六百个，只怕还装得下。只是还有鯈鱼，这东西是冷热都能受的，随便拿个什么东西装了去就是。”

当下述起、绳武便叫置酒，代老少年、宝玉二人接风，并请二多。又打发飞车，请了猎艇上八人来。设了两席，分宾主坐定，童子进上酒来。宝玉到此，并未喝过酒，也未曾提过酒。暗想：他们事事改良，正不知酒是怎样改良法，倒要试试看。童子送到面前，便觉得芳香扑鼻。每人一杯酒之外，另有一杯果液。述起举杯相让，宝玉喝了一口，觉得酒味浓醇；又用茶匙吃了一口果液，觉得是桔子香味。因问老少年道：“贵境饮食改良，自是因为卫生起见。但闻得酒是无益之品，不知是怎么改良法?”老少年道：“不过把酒的烈性除尽，加入养生之品；又把酒味制的极浓极醇，使人乐于饮酒罢了。这都不足为奇，最妙的制法是吃了不醉。无论何人，吃到大醉时候，也不过性情陶然，觉得心中另有乐境，就同人遇了意外喜事一般罢了。莫说吃醉了闹事撒酒疯的没有，便是那醺醺然的酒气，也没有的。”述起道：“本来吃酒不过是借此谈谈，拿吃酒做个题目罢了。必要弄那个狂药来吃了发狂，做什么呢?”绳武道：“我倒不这样说。古人酒以观德，凡人醉后，必露出本性，所以酒能观德。若是像我们这个酒，又怎能观德呢？我曾经见那野蛮国的人，平时傲然岸然，以文明自命；及至吃醉了酒，便穷凶极恶的胡乱闹事：不是坐了车不给车费，便是胡乱闯入人家，甚至沿路抢东西；闹到后来，便随意在街上睡倒。这不是露尽了野蛮的本相么？”宝玉道：“正是。我在上海住了几时，看见那报纸上载的公堂案，中国人酒醉闹事的案子，是绝无仅有的。倒是捕房案，常有酒醉闹事的，并且是第一等文明国人。这才奇怪呢。”老少年道：“这里有个道理，中国开化得极早，从三皇五帝时，已经开了文化；到了文武时，礼乐已经大备。独可惜他守成不化，所以进化极迟。近今自称文明国的，却是开化的极迟，而又进化的极快。中国开化早，所以中国人从未曾出胎的先天时，先就有了知规矩，守礼法的神经。进化虽迟，他本来自有的性质是不消灭的，所以醉后不乱。内中或者有一两个乱的，然而同醉的人，总有不乱的去扶持他。所以就不至于乱了。那开化迟的人，他满身的性质，还是野蛮底子。虽然进化的快，不过是硬把‘道德’两个字范围着他，他勉强服从了这个范围，已是通身不得舒服。一旦吃醉了，焉有不露出本性质之理呢？所以他们是一人醉，一人乱，百人醉，百人乱，有一天他们全国都醉了，还要全国乱呢。”众人听说，一齐笑了。不知还有甚议论发出来，且听下回分解。

第三十三回　进方物书记登程 游公园暑天赏雪

却说老少年一番议论之后,忽然杂了一句"全国醉全国乱"的笑话,引得众人一笑。老少年道:"这个不全是笑话,我记得他们有一个纪念日,每年到了这天,全国学生、工匠、兵丁、水手,以及一切办公的人,一律放假。全国停办公事。没有一个不吃酒,就没有一个不醉。醉了之后,在街上横冲直撞,无所不为;犯了事,法律衙门也不问,就同没了王法一般。"绳武道:"可是呢!倘叫他吃了我们的文明酒,那里还能看得见他那野蛮的真相!不要被他那文明的假面具,瞒了阖地球的人么?"述起笑道:"在他们固然少不得靠这样东西,表暴他的真相,至于酒以观德,不过是古人的呆笨做法。我们这里有了考验性质镜,一望而知,何必要那个酒呢?"

说话之间,酒过三巡。每换一巡酒,便换一回果液,式式不同。那甘香芳冽,沁透齿牙,和那酒香灌到顶门上去。果然越吃越见精神,并无醉意。各人又谈谈海外的事情,彼此互相夸奖,十分款洽。酒饭已罢,各人散坐。一会船上八人辞去,其余都在学堂安歇。一宿无话。

次日,能士带了铁箱,约了众人,同到猎艇去取冰貂,当下由飞车送到海边,由舢舨渡到船上。到了下层,只见蓄水舱内所结的冰,已将化尽。能士道:"幸而早一步,倘使那冰化完了,就都死了。”说罢，取出一具小小电箱，把来复两线放到冰面，按动了电机。转眼之间，只见那游泳活泼的貂鼠、鯈鱼，一时都僵了。能士一见，叫四名水手穿了隔电入水衣，带上隔电手套，到舱里去把貂鼠一一取上来；一面开了铁箱，把取上来的貂鼠都放在箱子里，宝玉走近箱子看时，只见浅浅的半箱子清水，里面透出一股冷气。那貂鼠到箱子里，便又活泼起来，不过箱子小了，容不得他游泳罢了。一会儿都放完了，点着数，只有四百五十个，箱子还不十分满。能士又叫取水来注满了箱。那貂鼠在里面，挤的仅能转动。能士盖上箱子，箱子外面装的有一个小把儿，能士把把儿摇动了一会。宝玉问道：“这是个什么机关？”能士道：“这箱子夹层里面装着制冰机，这稍为摇动几下，里面便有一半冰，还留一半水供他呼吸，他就可以存活了。”说罢，又取过两个软皮囊，把鯈鱼盛了，注满了水，缚住囊口。叫水手抬到舢舨上，别了众人，先渡到岸上，上飞车回动物院去了。

见士便叫水手下水，把鳅鱼解下，把绳端送到岸上，然后众人乘舢舨登岸，转盘、起重架一齐运动，把一条极大的鳅鱼起上岸来。审验一番，实在大得可怕。能士皱眉道：“这个往那里去制炼呢？并且带来的机器太小，药料太少，这回可难住了。”述起道：“制炼的地方尽有，本堂的操场尽可用得，只是机器、药料难以设法。”见士道：“且不管他，运到了操场再讲。只是怎么运法呢？”宝玉道：“我们前回猎着大鹏，就拴在车底带来的，何不也用此法？”老少年道：“这个太大了。只怕要多用几辆车才行呢。”述起便取出电话筒，叫学堂里放十辆飞车来。不一会到了，便指挥杂役人等，把鳅鱼拴起，逐段分拴在各车上。收拾了半天，方才妥当。宝玉又把前回解放大鹏鸟，飞车向上升窜的原故，告诉了众人。切嘱降尽了，才可解放。众人一一领会。于是登车，开了升降机，合力把巨鳅移到操场里去放下。宝玉见太阳蒸晒，恐怕腐败，又叫人把浮珊瑚、寒翠石，分布在巨鳅身上。把白金丝绳网等，都着人送还船上。见士看着不能设法，坐了飞车，去寻他兄弟艺士去了。

老少年同述起商量，因试验过那貂鼠可以御寒，要叫了硝皮匠来，剥了皮，上了硝，缀成一件貂裘。并取小珊瑚十枝，寒翠石十块，进献给皇帝去。说："这个总算难得之物，皇帝春秋已高，冬夏得了这两件东西，也是卫生之一助。"述起听说，就极力赞成。绳武、宝玉自无异议。当下就叫了硝皮匠，叫他算够了一件貂裘料子，拿了貂鼠去上硝。又拣了十支珊瑚，十块寒翠石，叫巧匠来配了紫檀架子。

却说见士去了一天多，便同了他的兄弟艺士来了。彼此相见毕，艺士便叫在车上取了各种机器下来，搬到操场里去。安置停当，先开了收水机，把鳅鱼身上的水质收干净了，再用机器把药料灌了进去。弄了两天，方才妥帖，艺士作别去了。

再过一天，便有飞车把皮袋送来。又叫木匠做了许多木箱，把珊瑚、寒翠石及用不完的貂鼠和那海马，都装了起来。宝玉道："这里到'文'字区很远，怎么运去呢？"述起道："这种笨重东西，只好由隧车装去。"宝玉问："什么叫隧车？"述起道："在地下开了隧道，行驶电车，所以省称叫隧车？"宝玉道："地底火车，曾听说外国有的，却没有见过。"述起笑道："那是安设轨道，限定时刻往来的，最是误人事。敝境这个不用轨道。那隧道开足五十丈宽，四通八达，一律平铺铁板，不用轨道。隧道两旁，都开设了车行，任客随时雇用。"宝玉道："不用轨道，不怕碰撞么？"述起道："隧车全用铁板做成，铁板上都过足了电气，拒离力极大。两车到了五尺之内，便互相拒住不得相近，那里还会碰撞呢？"当下便差一名杂役，到隧车行里叫个行伙来看了东西，议定了运价，便叫人把各箱子抬去。只有那鳅鱼不能运动，仍是用飞车带起，送到隧车行里。然后由行中人，设法运到隧道底下上车。见士也起身作别，自上飞车回去了。

述起等督着匠人，把貂皮硝好了，座子做好了，便叫书记拟定了一个进呈的启。宝玉道："给皇上的，怎么用启？"述起道："凡奏报公事的才用奏，条陈政事用疏。这种进呈的，只用启。”宝玉道：“为什么不用表呢?”述起道：“表是颂扬体，我们从崇实黜华以来，久不用了。”于是书记用了述起、绳武、宝玉、老少年四人台字，起了个启稿。给四人看过，方才誊正。一切工都完了，述起就差书记，赍了东西，坐了飞车，到中部“礼”字区进呈。

此时宝玉早同老少年回到旅馆，商量又要出游。老少年问要到那里，宝玉道：“随便到那里都可以，我只想坐一回隧车。”老少年道：“坐隧车是极容易的事，只要有个方向才好去呀！不然，难道坐了车子混跑么?”宝玉道：“这两天燥热得很，找个凉快点的地方去就好。”老少年道：“怕热容易得很，就近到冬景公园里逛逛就是。”宝玉道：“冬景公园在那里，有多远呢?”老少年道：“这里去不过十里路，跨上飞车就到了。”宝玉道：“天气热得很，飞车飞高了更热。”老少年道：“一会儿的热，随便怎样也熬过了。我们且到公园一逛，顺便商量定了去处，就由那边雇隧车如何？那边就近有一家雇车行很大的。”宝玉道：“如此去便了。”

商量已定，叫童子去雇了一辆小飞车，二人上得车来，司机人便把机辆展动。果然那车飞的不高，循着官道路径而行，一会儿就到了。老少年下车，却不到公园里去，带了宝玉先到公园对门一家衣服铺里，拣了两件羊裘。店伙道：“今天园里酿雪呢，二位想未知道。羊裘只怕不够呀！”老少年道：“那么换了貂裘罢！”店伙依言取出，拿包裹包好。老少年拿了，和宝玉同到园里来。宝玉一到园里，便觉得凉风习习，暑气全消。再前行数十步，便有深秋光景。树木丛杂，曲径纡回，绕过了一处松林，便觉得朔风扑面，不觉打了个寒噤，忙把貂裘穿上转出松林，只见怪石峨嵯，叠成山景。从山洞里踱了过去，便是万树梅花，冷香幽峭。宝玉摇头叹道：“竟能造出世界外之世界。古人说‘巧夺天工’，不图我今日身历其境。”一面叹息，信步行去。沿路上游人杂沓，都是为避暑而来。二人游了几处楼台，穿过几间亭阁，便觉得扑簌簌飞下几颗雪珠儿。抬头看时,已是彤云密布,满天雪意了。宝玉指着一个亭子道:“我们且到那里去歇歇。”老少年道:“前面竹林里挑着一幅酒帘,我们何妨去沽饮,就便赏雪,你看那雪已经下下来了。”宝玉便依言,穿到竹林那边去。只见林外三间茅屋,那酒帘就在茅屋门口竖出来。进了茅屋,转入后座,却并不是厅堂等屋。前面一湾流水,依着那流水盖了一道宽大长廊,屈屈曲曲的沿廊安了栏杆,布置得十分幽雅。

二人相对坐下,酒家便送上两杯温酒来,又送上两盏果液。宝玉道:“此刻满天浓云,怎么我们方才在园外看他不见?难道才起了云,就下雪么?”老少年道:“凡云不过是从地上升起的一股濛气,天然的云升的高,所以见的远。这里酿雪的云,其高不过百尺,外面被日光射住,所以看不见。”宝玉道:“雪也能酿,真是奇事。”老少年道:“还能酿雨呢!每酿一次雨,可以及到纵横五百里地方。所以敝境绝没有涝旱之灾。”宝玉道:“既没有涝旱之灾,自然还能酿晴了?”老少年道:“晴不能酿,却能放。倘遇淫雨下的久了,便用飞车飞到空中,施放硝磺火药,把濛气炸开,天就晴了。”宝玉道:“才进来时,在那松树林里,觉得一阵北风,甚是利害。想来风也能做了。”老少年道:“那不是风,不过是一股冷气。我们从热地上走来,陡然遇了冷气,所以觉得像风。其实风不必做,那风是随气候变化的,最没有一定。从雪地里吹过来的风,是冷的,从大炉上吹过来的风,是热的。无论什么风,他吹到了这里来,总是冷的了。”宝玉道:“遇了亢旱酿雨,淫涝放晴,这一笔款想也非轻,谁认出呢?”老少年道:“各区从前本来都设有善堂,专办赈济。后来慢慢的百姓都富足起来,这善堂也用不着了。然而各善堂里都有存款产业,各区总汇起来也不少,都没有用处。要送政府,政府以为取之无名,且国用充足,辞不肯受;要拿来办地上公益之事,却又都被政府里办得千妥万当,无丝毫缺憾的了;要将来摊还从前捐助之人,各人又都以为这是已出之物,万无取回之理,所以一向空存着。这个款项,便愈积愈大。偶然一年要酿雨,众人商议报了政府,请政府筹款。后来想起这一项，就免了惊动政府，拨来应用，以后竟成了定例了。”宝玉叹道：“这样的政府，这样的百姓，那得不文明呢！”

老少年道：“我们酒已吃过三杯了，还是到那里去呢？商议定了，好去雇隧车。”宝玉道：“我们去看看工厂如何？”老少年道：“就先看看工厂罢。艺士开的那个工厂，我还没有见过。据说他和东方法两个，竭尽心力，改良的不少呢。”两人谈谈说说，外面的雪下大了，登时平地上积起了三寸多厚。宝玉猛然想起一处地方来。因说道：“我们且慢着看工艺，先到一个地方去。”老少年便问先到那里。不知宝玉说出那里来，且听下回分解。

第三十四回　走隧道纵游奇境
阅工厂快得大观

却说宝玉因为游了冬景公园，看见了雪，猛然想起那浮珊瑚、寒翠石聚在一处房子里，出了那些冷气，更不知冷成什么样子了。在船上不过几捆珊瑚，便冷的蓄水舱冻了冰；在操场上露天摆着，那操场上也变了隆冬一般；若把房子围住了，收蓄住那一股寒气，正不知怎样呢！我们妨先去看看。想罢，便对老少年说知此意。老少年道："我们去看看也好，然而此刻不必去。且先到旁处去逛了，看见报纸上有了布告，再去不迟。"两人说定了，便离座给了酒资，觅路出园。

宝玉道："这园子甚有丘壑，结构得极好。可笑我在上海看一处味园蒓，一片草地，盖了一所房子，就要算是花园了。"老少年笑道："那还是文明国的式子呢，你敢笑他么？"说着又走到了松林里，再走了数十步，便觉热了。老少年引宝玉到一个亭子里去坐下，解开貂裘，坐了一会。又往外走。相离数十步，又有个亭子，二人又到里面去，卸下貂裘，徘徊了半晌，觉得像秋天新凉的天气。又出了亭子，慢慢往外走去，老少年道："这两个亭子，专预备游客出去时歇息换气候的。不然游冬园的时候，总是夏天，从这大冷的地方，一口气跑到了暑地上去，怕要受病呢！"说着，出了园门，便仍是赤日丽天，炎歊可畏。老少年走到衣服铺子里，还了貂裘，算了赁钱。宝玉道:“幸得这家铺子,不然怎样进去呢?”老少年道:“要没有这铺子,只得望而却步的了,不然,就要从家里带了衣服来。”

当下二人走到一家隧车行里,说明要雇车到智字第一区。行伙问道:“今天赶不到了,二位还是在车上住宿,晚上换人司车呢,还是在站上歇宿呢?”老少年道:“我们没有要紧事,晚上住站罢。”说定了车价,付了钱,行伙便写了一张票纸,交给老少年,开了一个房门道:“二位请罢。”二人便到房里去。原来这隧车行的规矩,接应客人的行,是开在地面上的,说定了价,付了钱,便到隧道里去。隧道里另外有店铺,有伙伴招待一切。

当下二人进得房门,便有人接着,请到里面,端了两把椅子,放在当中,请二人坐下,这人便去开动机器。二人便觉得有点微微震动,一会儿竟慢慢的落将下去,原来这个正是隧道口,开动的是个上落机。二人落了下去。宝玉但觉得四面漆黑,抬起头来,只见那隧门方方的一块亮光在顶上。约莫落下了五六丈光景,忽然间地火光明,照耀如同白日,已落在一间房子里。落到贴地时,便又有一个行伙来招呼,照了票子,配了一辆两人电车。老少人和宝玉出门登车,管机人也到了车上,开了电机,展动四轮向前进发。

宝玉举目看时,那里像是个隧道,就和六街三市的夜景一般,灯火齐明。两旁一样是房屋,多半是车站、货仓,也有贩卖另物的店铺。地底纯是铁板铺成,两旁安设栏杆,栏杆之内,备人行走。十字路口矗起飞桥,乃是预备往来车多时,行路之人,即从桥上过渡,以免碰撞。抬头看顶上,一般的都是铁梁、铁架。约离半里光景,便有一个大洞,乃是通到地面,砌成烟囱一般,以为输出碳气,纳入养气之用的。往来的车,风驰电掣般飞行如织,多半是载运货物的。宝玉道:“怪道几次行经闹市上,只见有空手的行人,原来货物都在底下转运。真是一个世界,做成两个世界了。”老少年道:“地面上的大行栈,多半在隧道之上,以便开了隧口,就在底下起造货仓,为往来堆积转运之用。”宝玉道:“开了这么深的隧道,又是纵横如织，同地面官道一般，那阴沟又开在那里呢？”老少年道：“阴沟有两处，地面上用的，在这隧道之上；隧道里用的，还在底下。”两人在车上谈谈说说，不觉到了戌初，车就停住了。管机人先下来，招呼二人车站里去吃晚饭安歇。宝玉入到车站，见一般的高堂大厦，遂拣定了住房，吃过晚饭，二人同到外面散步。这车站的后面，也有个小小花园，虽不十分宽，大然而回廊曲径，位置整齐。园中树木旁边，都点了地火灯，灿烂得犹如火树银花一般。赏玩了一回，方才安歇。一宿无话。

次日早晨，用过早点，又上车起行，午牌时分，到了智字第一区，二人就在车站午饭，饭后方才坐了上落机，升到地面。出了车站，雇了一辆小飞车，到工厂里去。先投了名片，多艺士便请相见。二人说明要瞻仰贵厂的话，艺士谦逊道：“弟深愧不能发明科学，一切都是东方法先生指点的。二位要看机器，弟当先介绍相见。”于是命人请东方法出来相见，礼毕，宝玉便道倾慕，东方法也自谦逊。寒暄已毕，便领路请二人同去看厂，艺士也相陪同去。

出了客座，便登飞车，约莫走了四五里，方才落下。路旁一座极大厂房，门额大书“制衣厂”三个字。四人同步进去，宝玉留心看时，只见十分空旷，也说不出他有多大，只见纵横罗列的都是机器。东方法指着一面道：“这边墙内便是棉花仓，墙上有一个大铁筒，仓里另装机器，把棉花由筒口送出来。”宝玉看时，果见棉花从筒口汩汩而出。旁边便是松花机，随出随松，松了又推到别副机上，并不用人力。到了那副机上，便分送到各纺纱机上去。每一个机上，用一个童子看着，便纺成纱。一面成了纱，便有机送到染机上去。各染机的颜色不同，青、黄、赤、绿、黑，各色俱备。染成了便由机器送到烘机上去，只在机上一过，那纱就干了。经过烘机，便到织机上来。这织机并不是织布，却是织成衣服的。织成了衣服，便送到机上一个竹片架子上。那架子一翻，又翻到折叠机上，一件衣服便折好了。又另翻到一架机上，便有纸包好，往旁边一送，便有纸匣接着，旁边一个人便取起纸匣。那机上又推出个纸匣来，第二件衣恰好包完送到，便又装在匣里。宝玉看着那棉花从仓里出来，直到织成衣服，包好装好，竟不曾经人动手，直到装好之后，才用人拿下来放到箱子里。各架机的大小、长短、尺寸不同，那纸匣上都印定了尺寸字码，不能装乱的。宝玉心中十分叹羡，猛然想起，向老少年身上的衣服一看，果然也是天衣无缝的。因说道："贵境有了制衣厂，竟是可以不用缝工的了。"东方法道："现在还不能，只因那皮衣还没有想出法子用机器做，现在正研究这个法子呢！"又指着斜刺里一行机器道："这都是造纸的。先用竹头、木屑、破烂棉花之类，入药水缸融化，第二机漂净，第三机成纸，第四机烘干，第五机剪裁及上胶水，第六机成匣。这是第七机印字及送到槽内的。"又指着包衣那机道："这是从造纸第二机分过来的。第三机成薄纸，第四机研光，第五机剪裁，第六机照尺寸叠成纹路，这是七机包衣，并送到装匣机内的。一路过来，也不用人力。这一路是做布衣的。"又带到那一边去看，却是做绸衣。无论长袍、短襦，莫不齐备。非但长短、大小尺寸每机不同，并且分着厚薄。那薄如蝉翼的，便是夏衣；冬衣是厚及二分，又在衣底梳出丝绒。东方法道："这个能代棉衣，只可惜及不来皮衣的暖和。这边的机就同那做布衣一般，不过纺纱机改了缫丝罢了。"

看罢了出门，又坐飞车，到制枪厂去看。这个厂比制衣厂大上十倍都不止，那机器纵横安置，何止万千。宝玉不觉叹道："真正大观。"东方法道："自从舍亲华自立发明了电机无声枪炮之后，政府验过，便把全国应用枪炮，却委与舍亲办理。舍亲是终日研究新法，一经发明之后，都交与我仿造，所以又转委与我。这个厂是要供给全国枪支枪弹的，所以大些。一切机器都没有什么奥妙，不过过里是本厂自炼钢、铁、铜、铅，送了矿石进来，便成了枪弹出去，较别国的厂家略胜一筹罢了。"

宝玉游览一遍，见所有机件，都是灵巧异常，又逐一请教。东方法有问必答,宝玉十分欢喜。看过了,又到一间小小厂房。东方法让到里面账房里坐下。先自巡看了一遍,和众工匠问了好些话。艺士对宝玉道:"这是考验厂。一切未曾十分发明的,都到这里试做。做的有了实验,然后另建一房。"宝玉道:"此刻试做的是什么呢?"艺士道:"试造的许多种。这几天又有一种水靴,只怕可以成功试验了。"

宝玉正要问什么水靴,东方法已巡毕回来,道:"这件东西实在难,只怕这回做的还不能用。"宝玉道:"请教是什么东西?"东方法道:"家兄忽然发了一个奇想:他是医学专门,要研究一个制造聪明的法子,画了图来,叫做一付小机器。已经造了五个去了,都不合用。此刻又做第六个,只恐还不能用呢!"宝玉道:"在外面也听说贵境大医家要制造聪明,不知这聪明怎能制造?"东方法笑道:"这是家兄的狡狯,故意这么说,以动人听闻的。这聪明是一件无影无踪的东西,如何制造得出来?大抵人的智愚,关乎脑筋的多少。他研究得了脑筋的原质,就把这原质合起来,研了细末,加入药料与及轻清之气,叫人拿来,当闻鼻烟般去闻。鼻窍通脑,这药通到脑上,借着脑中的热气,便成了脑筋,添补在上面,自然思想就富足了。"宝玉道:"这真是奇想天开了。但不知可曾试验过?"东方法道:"就因为他先造了些少,叫一个童子闻,用验脑镜测验,果然见那原质到了筋上,成了一丝脑筋。他才起了劲,要大做起来。"说罢,引宝玉等去看那小机器。原来只有二尺来方的一架,中间除了机轮之外,还嵌着许多玻璃器具、瓶管杯匣之类,不一而足。东方法指着道:"这个匣是盛药料的。这个瓶是贮原质的,这个管是纳入清气的,那个管是输出浊气的。这边轮动是调药,那边机轮动是把清气化入原质里面的。"宝玉只是啧啧称奇。

艺士又指旁边一处道:"这就是做水靴的。"宝玉道:"我方才要请教,这水靴有什么用处?"艺士道:"穿了这靴,可在水面行走,并且行的甚快。"宝玉看时,那里是靴,却是两艘平底小船。七寸来宽，二尺来长，用白金做成的船壳，里面无数的小机轮，中间有一个空处，恰是一只脚位大小。上面装上皮靴统子。艺士道：“穿了下水，两脚入水不过一尺，这靴统长可及膝，扣紧了上面，水自不能灌进里面。机轮鼓动，在水面上，不烦举步，自能前进。前回做好试验过，因为转弯回头不大灵动，所以重新改良的。”

宝玉看见旁边一辆飞车，在那里装配，因问道：“飞车久已有验的了，不知为甚还在这里安配？”东方法道：“这是新近试做的，飞行极速。打算飞升起来，便赶着太阳走。譬如今天正午飞起，便往西依着太阳轨道去，一路赶着太阳都是正午，到明天正午仍回到此地。”宝玉吐舌道：“竟是一昼夜环绕地球一周了。”老少年笑道：“这个车落成之后，我赠一个佳名。”东方法道：“请教什么佳名？”老少年不慌不忙，说出个名字来。要知说的何名，且听下回分解。

第三十五回　论竞争闲谈党派 借农桑引出军操

却说东方法问老少年送个什么名字，老少年道："《山海经》'夸父与日逐走'，这个车既是要赶着太阳走，倒可以叫做'夸父车'。"东方法道："这是断章取义。这一句的下文，那夸父并逐不到日的。我这个却要逐得到。如何好叫'夸父车'呢？"老少年道："李峤诗：'苍龙遥逐日，紫燕回追风。'就叫'苍龙'车也好。"东方法道："这是咏马诗，如何扯到车上来呢？"宝玉道："张文成《释迦像碑》：'骥从东道，方申逐日之功。鹏举北溟，堵戢摩霄之翼。'不如叫个'东骥'罢。"东方法笑道："猎了一个鹏还不够，还想猎第二个么？"正说笑议论，正要再到别厂去看，忽听得半空中吼了三声钟，已交酉初放工了。众工匠鱼贯而出。东方法便让宝玉等上车，仍归驶回客座，便留夜饭，开了客房留宿，以便明日再看各厂。从此宝玉在工厂耽搁了两三天，纵观各种鬼斧神工的制造，不住的啧啧称羡，深幸开了许多见识，不负此游。

忽然一天，多艺士拿了一张报纸，笑嘻嘻的走来道："原来你们打了海底猎，回来还进贡呢。"老少年道："怎么报上有了么？"艺士递了报纸过来。老少年和宝玉一同观看，只见上面一条，标题是"记君德"三个字。底下刻着：

某月日，内阁抄奉上谕：本日览某某等启，并进呈冰貂裘一袭，浮珊瑚十枝，寒翠石十座。据称得自南极，冰貂虽于冰地御久亦温，瑚石溽暑置之而凉，朕验之瑚石良然。惟是卿等冒万险而获此，除分置博物、动物两院外，不自置用，而以归之于朕，朕受之亦复何安？使卿等获亿兆京垓之貂，缀为裘以衣被天下，朕亦何妨受此！今天下皆无而使朕独有，岂吾民皆不畏寒而朕独畏寒乎？朕倘受而衣之，更何颜以对诸臣民？瑚石亦然。然竟拒而不纳，未免有负卿等相爱之盛心，爰命玉人，截取翠石一角，留朕案头，以为卿等大功之纪念。余均交来使赍还，卿等其仍以分置博物院中，俾与我国民同增闻见。朕亦与有荣幸焉，钦此。”

宝玉看了，不觉心中暗暗嗟叹道：有这样的皇帝，怪不得他们情愿专制了。而且那上谕的措词，何等谦抑！除了一个朕字，几几乎看不出上谕来。足见这里是君民一德的盛治了。据此看来，果然立宪、共和也及不到他。

宝玉正呆呆的想着出神，忽听得老少年道：“珊瑚、翠石都安置好了，我们可以去看了。”宝玉看那报纸时，果然刊了布告出来。便问老少年道：“我们几时去呢？”老少年道：“这里都看遍了，就可以去得。”宝玉道：“那么说，今天就走罢。”艺士道：“不知可还是坐飞车去？”宝玉道：“天气热得很，还是隧车风凉些。”艺士道：“隧车今天赶不到了，路上又要耽搁一宿，不如明天走罢。明天早上动身，恰去赶到那里。”老少年、宝玉一齐称是。当日又看了几种小巧玲珑的机器。

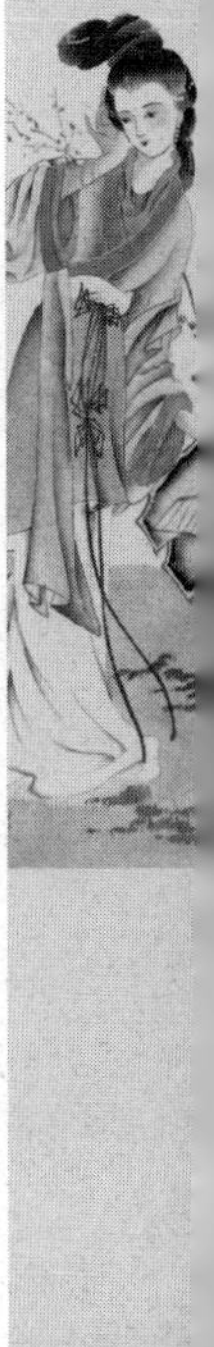

夜来无事，便在花园里散坐乘凉。宝玉夸说各种机器，艺士道：“我们日夕研究，不过略有所得。只恐怕被别人争了先着，每年必派人到外国去，查考他们各种器械，幸而还不曾落后。”宝玉道：“外国便不曾到过，然而他们输入中国的，也曾略为见过一二，何尝及到这个来？”老少年道：“说来也好笑，去年一个朋友到美洲去，回来带了一张照片。照的是他们那里的空中飞艇。那照片，照的是一片黑影，分不出颜色，倒也罢了，那飞艇的款式更是可笑！艇的上面装上一个胆式的氢气球，卧放在艇上，艇的两旁装了四个翅式的帆篷。看他那样子，全靠气球上升，飞驶也要仗风力。听说他们还拿到会场上赛会呢！”艺士叹道：“这也难怪，他们的知识程度只有这点。譬如我们百年前头要想腾空，还不是仗气球么？就是我们五十年前的飞车，虽不仗气球，然而还是取象于鸟。不是那回碰坏了一辆，闹了事，只怕到今日我们也还不知改良呢！”宝玉道：“常听人说，没有党派，就没有竞争；没有竞争，就没有进步。贵境上下一心，自然没有党派了，何以进步又如此之速呢？”东方法道：“那是不相干的人不要好的话。处处要有人和他比较，才肯用心。没有人和他比较，就不肯用心。所以要靠竞争，才有进步。不知就是没有竞争，只要时时存了个不自足的心，何尝没有进步呢！并且，我们何尝没有党派，不过党派不在自己家里罢了。”宝玉诧道：“不在自己家里，却在那里呢？”东方法道：“我们自己本国人联成了一党，那不同党派的，自然是外国人了。若要竞争，便和外国人竞争，何尝没有竞争呢？可笑近来的人，开口便说同胞，闭口也说同胞，却在同胞当中分出多少党派，互相攻击，甚至互相诟骂。遇了知道自重的，不和他较量；他看见人不理他，便是攻及人家私德，讦及人家隐事，自鸣得意。这种真是小人之尤，狗彘不若的东西。靠了这种党派，要求竞争进步，不过多两个小人罢了！有什么进步呢？我们自家合了全国，联了一党，和外国人竞争，那党派不更大？竞争不更烈？进步不更速么？至于本国的人。何尝没有意见不对的？但是遇了意见不对的地方，彼此都互相讨论，大家剖心见腹的商量，务求归于一致，方才罢手。从来没有看见别人的宗旨和自家的不对，便恣行攻击那种野蛮暴戾的举动。”

宝玉叹道：“所以能够上下一心，臻此盛治，未尝不自和气中来。”又问道：“昨天看见贵厂的总机器，那炉子烧的是地火。我忽然想起一件事来，还要请教。那飞车和水底船，与及舢舨之类，又不见烧煤，是烧什么的呢？”东方法道：“那种机器只第一次用时，要烧一回火，蒸来气出，运动了机器，生出了电火，从此就借电火蒸气。蒸出气来。仍是运动机器，机器仍能发出电火。所以就周而复始，生生不已，取之不尽，用之不竭了。此刻我们厂里，也打算改良，要用电火了。”宝玉道：“炉子里用的地火不亮，何以点灯的又那么亮呢？”东方法道：“那是灯头上配置好了化学药料的；没有药料，一样的不亮。”谈谈说说，夜色已深，方才安歇。一宿无话。

次日早起，老少年和宝玉别过东方法、多艺士，雇了隧车，到中部文字区而去。傍晚时候到了，出了隧道，到了博物院，见士接着相见。寒暄已毕，见士道：“二位从那里来？可曾回去过？”老少年道：“在智字区看了几天工厂。昨天看见贵院的布告，知道珊瑚等都安置好了，特地来看大才的布置。还没有回去过呢！”见士道：“二位冒了万险取来，区区的布置又何足道？前天述起有信来，问二位的踪迹。说政府里又赠了头等奖牌，请二位去领受呢。”宝玉道：“赍奖牌的使者，不知可是等着？要是等着，我们倒不可耽搁，要快点回去，免累人家老等。”见士道：“述起已代领下了，慢慢的不要紧。二位要看珊瑚，请去看看，再来请用晚饭罢。”

说罢起身，引二人出了客座，到了宝藏。只见珊瑚林旁边，已盖了一间大厂房，把那五色缤纷透明的合抱大珊瑚，都种在厂房里面。未曾走近，已觉寒气森森。那海鳅就架在珊瑚树上，或高或低，盘旋折的装起来大有夭矫欲动之势。宝玉道：“这个布置，倒是合而成为一，却也别致。只是这鳅鱼不合放在宝藏里面。”见士道：“因为这鳅鱼，所以才盖了厂房挡雨。这个还是暂时草创，还要起造围墙，另标名字。因为这珊瑚冷得利害，我带了回来，便把那小的解下一块，剉成一寸见方，放在太阳地下试验，已经一丈广阔没有热气了，积聚了那些还了得么？此刻走进前去，多站一会，都熬不住。每天打扫的人，都穿了冬衣来动手，若到了冬天，还了得么？所以要用围墙围住了。墙上用不透气的木板护着，免得他寒气侵出来。”

三人速速的看了一会，方才回到客座。见士又道：“敝院把那大珊瑚都留下了,寒翠石只留下一块,其余和那小珊瑚都分送到各处博物院去了。貂鼠也只留下一个,其余也都分开了。只有进呈颁回来的貂裘,和那二十座瑚石,都留在敝院,海马也在这里。今天晚了,等明天都看看罢。"宝玉道:"不过因为那鳅鱼及珊瑚太大,看看布置罢了。那些还看什么呢?"当时晚饭既毕,二人就在博物院安歇一宵。

次日,即别了见士,仍坐了隧车回到强区,到水师学堂里,见了述起。述起拿出书记赍回来的上谕,给二人看过。又拿出奖牌来。宝玉接过奖牌。只见比前面的又自不同。前面是圆的,这回是定胜式的,有一寸长,七八分宽。当中用碎宝石镶了姓名,上面镶了"头等冒险勇士"六个字,底下也镶了好些宝石。却是细如蛛丝,看不清楚是花是字。只见老少年也拿了他自己的在那里细细观看,又向述起借显微镜。述起拿了出来,老少年对着镜子看了一会,递给宝玉。宝玉也拿自己的对着镜子看,原来是一篇叙述海底游猎的记,夹叙夹议的,夸奖的了不得。对着镜子看见那字有绿豆般大,再看看姓名三个字,却有碗口般大。便问述起道:"这镜子有几倍呢?"述起道:"这是我们平常用的,不过一万倍罢了。"宝玉吃惊道:"那不是平常用的要几倍呢?"述起道:"心有二三万倍的,也有五六万倍的,说不定。只是我总没有看见过十万倍的。听见说东方法那里有一个,不知确不确。"宝玉顿足道:"可惜这句话听见得迟了,不然在那里时,倒可以问问。倘是有的,也多开一点眼界。"当下略谈数语,便辞了述起出来。雇了飞车,仍回旅馆。

此时宝玉熟了,没事时,便到闹市上去逛。忽然想起,我只管看这个市景,却没看见过这里的野景,何不问问老少年呢?想罢,便寻着老少年,问要看看野景,当到那里去看?老少年道:"看什么野景呢?"宝玉道:"不过要看看农桑罢了。"老少年道:"农桑各处都有,南部慈字区、东部仁字区最盛。那没有什么看头,同别处的都是一样,不过这里没有阡陌。"宝玉道:"没有阡陌,怎么分得开谁的田土呢?”老少年道:“有田之家,彼此都合了公司,同种同收。到稻熟时,按地亩多少均分就是了。”宝玉道:“又何必如此呢?”老少年道:“这里一切耕耨、播种、刈获都用机器,倘使用阡陌分开了,那就应了一句话,‘地小不足以回旋’了。”说得宝玉一笑。老少年道:“那野景没有什么看头,今天报纸上刊了陆军的布告,说后天大操,我们倒是去看陆军大操罢。”宝玉大喜道:“如此更好,但不知在那里操?”老少年道:“在北部‘忠’字区。那里是边防最要紧的地方,所以设了重镇。”宝玉道:“人人都可以看得么?”老少年道:“到了操时,还专派了职员,接待来宾呢。我们要看,不必惊动他的职员。那一位陆军都督,复姓西门,名莞,表字子掌,是我的相熟朋友。我们只到他那里看,不更看得清楚么?”宝玉喜道:“如此更妙了。我们明天动身,不知多少时候可到?”老少年道:“坐了飞车,早起去,中上就可以到了。”于是,宝玉安排看操。不知果去看否,且听下回分解。

第三十六回　品评风俗及娼优　行军利品偏慈善

却说次日宝玉、老少年坐了飞车驶到忠字区来。到了大营，老少年投了名片，子掌便叫请，于是二人一同进去相见。老少年和宝玉介绍了，彼此礼毕。宝玉看子掌时，只见他生得燕颔鸢肩，仪状端正，却又温恭蕴藉，和气迎人。老少年叙明来意，又道："忝在相好，所以不惊动贵职员，专到麾下拜谒，乞恕冒昧。"子掌道："看操很可以，只是将台上不便设客座，奈何？"老少年道："不便设客座，我们就扮两名小卒，在旁边站着看。"子掌道："岂有此理！不然，请二位穿了参谋的冠服，也可以看得，怎奈这是一年一次的大典，怎好儿戏从事呢？"老少年道："贵接待职员的地方，实在来宾太多。"子掌道："我另有一法，我本有一位私聘的书记，他明日没有事，我请他陪着二位看就是了。"老少年道："如此好极了。"

说话间，营中掌号司时器报午正，子掌便让二人同上飞车，到自己寓所吃午饭，便和那位私聘书记相见。那书记姓高，名攀，表字于天。彼此相见，通过姓名。饭后，子掌道："你二位且在这里请坐，于天陪着谈谈，我营里还要处分公事，晚上再谈罢。"老少年道："有事请便。"子掌便别了出去，高于天便带二人到后面园子里一个水阁内坐下乘凉。宝玉道："此地人家差不多都有了园子，连隧道里都有园子，真是难得。"老少年道："园子是人家万不可少的，全靠着他怡养性情，岂可以少得。除非认真穷苦人家，或者免了。”高于天道：“也少了，今年的新调查，据说从今年正月起，没有园子的人家比去年所调查的少了三分之二，再过两年，只怕可以举国一致了，不过园子的大小不能一律罢了。”宝玉道：“怎么调查到园子上来呢？”老少年道：“花草树木最有关于卫生的，所以政府也留心到此。”宝玉道：“虽如此说，也足见贵境的地大了。”高于天道：“这西北两边，近来开扩的地不少，都是荒凉无人的，政府里首先在这荒凉的地方开了个大会。于是，各国的人都来赛会，本国百姓自不消说来的不少了，登时就热闹起来。政府又把所有官地贱价卖给本国百姓，又开通了隧道，所以人人多有搬到这个地方来的，那人数就摊匀了。”宝玉道：“那么说，此地的人，没有一处多一处少的了。”高于天道：“那又不能说，南部慈字区，东部仁字区，两处都是农务极盛的，田土种的多，人未尝不少些。”老少年道：“信字区全是互市场，人何尝不多些呢？只怕可以扯直了。”

说话间，童子送上解暑西瓜液。宝玉道：“我到了好几处地方，看见用的都是童子，这又是何意？”老少年道：“这都是贫家小孩子，读不起全日的书，只到半日学堂里去读，所以出来代人执役。也有上半天执役下半天读书的，也有下半天执役上半天读书的。”宝玉叹道：“可谓好学也矣。”老少年道：“敝境的风俗，不识字，不明公理，不修私德，都是人生第一耻辱的事。如何有了子弟不叫他读书呢！”宝玉道：“可有个义塾呢？”老少年道：“从前有的，近来没有了。当日会议这件事时很费了些事，因为两种人两种意见，一种说是义塾与别的慈善事业不同，关系教育，必要仍旧设立，以便贫民的；一种人说是义塾虽是慈善事业，然而贫家子弟不费一文便可以入塾读书。一个人最怕的是有了倚赖性质，如设了义塾，便是从小就教他倚赖了，如何还能养出独立精神呢？这两种人细细的讨论，总讨论不出个真理、真是非来，只得启奏皇上，请皇上宸断。皇上召了百官在御前会议，也议不出个道理来。后来有人上个条陈，说是义塾为贫民而设,在朝百官都不是贫民,纵勉强议定了,到底合贫民之意不合,还未可知。不如行文各区,叫一众贫民各抒己见,到底应设应废,仍叫他们出主意。政府看赞成的多寡以定从违,方是道理。政府议准了这个条陈,便行文到各区去,叫现有子弟读书的贫民各抒己见,写成说帖,各交与本区区长汇送政府定夺。及至汇齐时,查阅一遍,却是主张废去的居了一大半。不过他主张废的意思是说一个人自出学费读书,所费有限,政府立了义塾,教众人读书,其费必大,不如政府省了此费,仍由各人自备学费读书的利便。政府得了这个,恐怕贫民错会了意,又把两种人的意见写出来,再行文出去,叫众贫民看了再议。谁知这回议了回来,竟全数是主张废的了,所以就依了众人之意,废了。政府省了这笔经费无所用之,就拨做了各小学堂每年考试的奖赏。

宝玉道:"可见得贵境的人,都是独立精神充足的了,实在可敬。但不知可有女学堂?"高于天笑道:"没有女学堂,那女子到那里读书呢?"老少年道:"天下生人,有男的,就有女的,总是男女各半。所以有一处男学堂,就有一处女学堂,那里好偏枯一边呢?"宝玉道:"这里男女的界限严不严呢?"高于天道:"什么叫男女界限?"老少年笑道:"你生在长在这边,所以不曾知道。我是常常招待境外人的,他们常常谈及,所以我略知道些。"又对宝玉道:"这里没有男女界限,固然没有那拉手、搂抱、接吻的恶习,也没有那一定回避男子的形迹。男女相见,亦犹如男与男相见,女与女相见一般。"宝玉道:"即那么着,又何必要男女学堂分设呢?"老少年道:"那另有个道理。我们重的是德育,就德育而论,只有公德是男女一样的。至于私德,女子与男子就有点不同了。所以读的书,男女都不同,何况将来的专门学,又与男子迥别的呢?"宝玉道:"请教女子专门学些什么?"老少年道:"门类多得很!女红之外,大约轻巧的工艺,都是女子学得多。近来,医学之中,也拨了儿科、妇科两种,归入女学专门。"宝玉道:"据这男女没有界限说来,那《礼经》上'七年男女不同席’，与及男女‘不亲授’的礼法，都可以废了？”老少年道：“这里面，另是一个道理，大约文明未进化之时，淫乱之风，在所不免。所以圣人定礼以为防闲。不信，但看《国风》那淫奔之诗，十居七八，这就可想了。至于文明进化的时候，人人都有‘道德’两个字充满了心腹，那里还用得着这些呢？可笑那食古不化崇拜古人的，动不动就说唐虞三代之风不可及，他不过因为当日有了个尧舜文武罢了。须知尧只一个尧，舜只一个舜，文王也是一个，武王也是一个，未必当时百姓个个都是尧舜文武呀。莫说是淫风，譬如百姓，个个都是击壤老人，有了这些无识无知的百姓，有甚好处呢？当今之世，百姓都是如此，只怕这一国就要亡了。依我看还是唐虞以上的人，可以崇拜。”宝玉道：“这又是什么意思？”老少年道：“那时候制衣服、制宫室、制文字、尝百草、教稼穑、钻燧取火、作甲子、定岁时，都是无中生有创造出来的，还不可崇拜么？太古的人一切都做好了，到了尧舜就垂拱而天下平。须知他那个天下平，是古人同他平好了的。何以要崇拜唐虞三代，倒把太古的人忘了呢？”宝王道：“我一向只恨那崇拜外人的，却不道古人也不能崇拜。”老少年道：“这又不能一概而论，古人有可崇拜的地方，何尝不要崇拜？不过总不要太腻了，动不动说要说古人不可及罢了。”

宝玉道：“古人的事，且不要谈他。我们却讲今人，贵境人人都能自立，家给人足，至于境内没有乞丐。但不知还有妓家没有？”老少年摇头道：“谁肯去当这个！不要说没有这种人，没有这种事，就是字典上‘娼、妓、嫖’三个字都没有的。你可知道世界上有一个自命文明的国，国内有一所妓院，四面装的都是大镜，嫖客到时，先化上几文，那老鸨便按一下电铃，那妓女听见铃响，便推了镜子做的门，来了二三十个，个个都是一丝不挂的赤身裸体，都滚在地下，互相搂抱，做出那百般的恶形怪状，叫什么看图样。嫖客看中意了，便和他到房里去。如是云云。那个床，都放在房当中，四面墙壁都开有小小的窟窿，外面任人观看，要看的又每人收若干钱。你想，

这种国还自号文明，自从有‘文明’二字以来，只怕也不曾经过这种糟蹋。”

宝玉道：“妓家没有了，不知可有戏馆？”老少年笑道：“我们字典上也没有个‘伶’字，谁肯厚着脸皮去扮这个！有的是几套词曲，不过借此纪念古人几位词曲家。高兴时，便会同唱唱，也不过是陶情适性的意思，从没有拿这个卖钱的。”高于天问老少年道：“你两位谈些什么？我一点也不懂。”老少年笑对宝玉道：“如何！这位高先生竟然连我们谈的也不懂，可见得我不撒谎了。”又对高于天说明白了娼优的行径。高于天面红耳热的说道：“我常看见古人的记载，有这等事，以为是个讽世的寓言。又看见古人诗集里有什么‘赠歌者’‘赠妓者’的题目，又以为古乘有这等事，此刻总没有了。谁知世界上还有这些无耻之人，真是咄咄怪事。”宝玉听了他的话，不觉暗暗称奇，想道：“我以为我的见识不广，谁知他的见识更狭呢！”

一席话，不觉谈到红日西斜，高于天又让二人仍到书房里去坐。酉正时候，子掌回来吃晚饭，饭后又去了，直到亥正方才回来。老少年迎着道：“可谓军事旁午了。”子掌笑道：“此刻亥正，快要交子了。这‘旁午’两个字，如果照字面解去，我还是旁子呢！”说罢大家一笑。子掌又道：“因为明日要操了，不能不预备些，所以觉得忙点，其实平时也没有什么事，空闲得很。我空闲的时候，你总不来谈谈。”老少年道：“你空的时候，我何尝有空？这几天请了假，近日假期也差不多满了。恰好你这里操，我就顺便带了这位敝友来看看。”子掌道：“你们商量好看的地方没有？”高于天道：“没有呢。”老少年道：“我们坐了飞车，在空中慢慢的往来观看不好么？”子掌道：“明天不行。明天先操游击队，枪向上打，不要叫他们误打了一枪，不是玩的。我已经叫人将台东边，高阜上面，搭了一个蓬，桌椅都安置好了，明天到那里去看罢。”老少年道：“今年操几天？”子掌道：“一样的操三天，可是今年把阵法炮操并做了一天。第三天却操新练就的飞车队。”老少年道：“飞车，外人还没有，我们何必先要练这个队？还怕外人用飞车来犯境么？”子掌道：“何必要他有了我才练呢？并且外人也许他会做起来的，等他做成了，我才练，不怕迟了么？并且练就了，预备他们无理取闹时，也好放这个队，去兴师问罪。后天并且要试验东方德新发明的一种药水，倘使推测的准，这药水比那野蛮的氯气炮还利害，却又比氯气炮慈善，真是行军利品。”老少年道：“什么药水，又是利害，又是慈善，令人不解呀！”子掌道：“说出来好像难解，其实不过是蒙汗药。东方德他最恨的是医生动刀针，因此兼恨他那蒙汉药，取来考验他究竟伤人不伤人。谁知考验出来，虽是伤人，却可以改良的，就把他改良了。只是没有用处，才想到拿来做行军利器。所以加重了力量，送来试验。等试验出来，你们就知道了。”老少年还要追问时，子掌已告辞进内安歇去了。要知究竟是何药，且听下回分解。

第三十七回　演飞车云端列阵　制奇炮电术通神

却说子掌因为次日有事，夜色已深，所以不及久谈，先进去睡了。次日清晨，高于天陪了老少年、宝玉吃过早点，便带了童子，到操场上去。果然将台首高阜之上，搭了一个布蓬，蓬里面安排桌椅，虽然是个暂局，却也十分整齐。宝玉看时，只见将台上高树帅旗，西门莞身被戎服，早已高坐堂皇。两旁的参谋官、指挥官，以及一切副参游守，一律的甲胄鲜明，身佩刀剑。营里兵卒，排了队伍，按着次序，都到了操场上面。将台两旁的军队，齐奏军乐。排列已定，指挥官手执令旗，迎风招展。传下号令，便有几名杂役抬出一个倚枪的栏杆，放在操场当中，又抬出两大箩石子。督队官唱声口号，军队当中便步出了一排五名兵士，走到栏杆旁边，把枪倚在栏杆上，各人在大箩里面拾了一块碎石，向空中抛去。抛起石子之后，才拿起枪来向石子打去。飕的一声，都打着了。这排兵士便依然擎枪绕到本队之后。前队又上来一排，照前操演。宝玉只看的目定口呆。此时早有十多辆飞车，高挂回避旗，飞向四面阻挡往来车辆，以免误伤。宝玉道："这种准头，是怎样练就的？真是令人佩服。"老少年道："这个准头，讲手法，以手为眼的了。要拿眼睛看准头，那里来得及。"高于天道："这个自然就同抛东西一般。试拿一样东西往上抛起，再拿手去接，那双眼睛再不要看手，只要看那东西落下，那一双手自然而然会接着的。我们终身由之而不知其所以然之故。这个准头，就是推广这个抛物接物的道理，神而明之，练出来的。”宝玉只是呆呆的看着那些军士一排一排的操过来，竟是没有一个失手打不中的，嘴里不住的叫“奇怪”！高于天道：“这操的固然是纯熟，可知都督看操的本事更大呢！一排五个人之中，虽然站在一处，你看他抛上去的石子，都参差不齐，高低不定的。打出去的枪子，自然跟着石子。我们的眼睛不过看着那石子有枪子打着没有，知道他中不中罢了，那双眼睛那里还有工夫去看他放枪，那里分得开那一颗子是谁放的？都督却分得十分清楚，一经有打不中的，他马上就指出那兵士来。”宝玉听说，试把眼睛看那兵士，等到他放出枪子来，那眼睛连忙跟着看上去，那里来得及？一连看了十多排，都是如此。不觉笑道：“果然是难看得出来。”操到午牌时分，便传令暂行停操归队。有两个童子提了篮送饭来吃，三人对坐吃罢。宝玉抬头，看见赤日丽天，异常炎热，因说道：“何以拣了这种热天才操呢？”高于道：“每年都是冬夏两操，正要这些兵士历练寒暑，以备将来有出境的战事，不怕走到寒带、热带底下，都无所碍。”宝玉看着那些兵士虽然停了操，却还是列着队伍，一个个都拿了一根小皮管，在那里吸，因问道：“他们吸什么呢？”高于天道：“他们吃饭呢？身上带的皮袋便是粮食，这根皮管是那皮袋上的。”宝玉道：“那一皮袋能盛多少粮食？”高于天道：“这一袋便是五天粮食。”老少年道：“看了这个，那古人的行兵营里面还要用灶，未免太笨了！“宝玉道：“岂但是笨，看那小说上说的，埋锅造饭，营里打了灶，出起队来，还要带着锅走呢！”说话之际，已经交了未初，军乐齐奏，指挥官传下号令，仍旧开操。一到了酉正，方才停止。

三人回到子掌寓所。宝玉道：“今日说是操游击队，我看倒像是操猎户。”高于天道：“这个本来是由猎户教出来的，当日初讲整军经武时，便有人上了条陈，说猎户的放鸟枪，不讲眼法，只讲手法，准头极好，可以招了各猎户，编了营伍，作为游击队。当时还有

人笑这上条陈的荒唐。我们这位都督的尊公,名镇,表字静伯,那时正当练兵大臣,看了条陈,深以为然。怎奈猎户不多,编不了几营,因变通了这个法子,只招他们来当教习。此刻逐渐推广,教成了三万人,分布到各边防地方。遇了战事,大营兵士是上阵对垒,这一班却是三个人一队,五个人一队,分散各处。探缉敌兵,得隙即攻的,所以叫做游击队。”宝玉道:“今天所操的,共有多少人?”高于天道:“各路的一齐都调到了。今天所操便是三万人。此刻操完了,又各归防次去了。”三人晚饭之后,又乘了一回凉,方才安歇。这一夜子掌并没有回寓。

次日操阵法及炮操,高于天又陪着二人看了一天。第三天是操飞车队。宝玉绝早就起来,约了老少年、高于天去看。高于天道:“此刻还未到卯正,未免太早。”宝玉道:“我要看那些兵士上车呢。”高于天道:“那里看得见?车队都不在这里,要等号令才来呢。我们吃了点心去罢。”便叫童子拿点心来吃了,三人一同到操场上去。将台上静悄悄的,还没有人。坐了一会,忽听得一声军乐。乐声响处,帅字旗早已扯起,迎风招展。子掌率领数十员参谋指挥,及大小武员,同登将台。军乐停止,将台上交下两个花炮,两名传令兵士接在手里,取火一齐把药线燃着。“轰”的一声,两个花炮齐窜到空中去了。又听得訇的一声,花炮炸开,飞出两面旗子来。一面是飞龙青牙旗,一面是白底绣彪旗。宝玉心中暗想:这是日本花炮,我在上海看见过的。好好的操兵,怎么顽起这个来。想犹未了,忽见西面空中,旌旗招展的来了一队飞车,东面也来了一队,彼此都是列成阵势。宝玉方才省悟,那花炮是个号令。再看那两队飞车,离地约有五十尺高低,一字儿对面排开。车的前面都用钢板装成城垛般的护身板,两面对放起枪来。宝玉吃惊道:“怎么认真放起枪来,不怕伤人么?”高于天道:“那枪炮弹都是用橡树胶做的,打不伤人。弹上涂了白粉,打着的便有一点白痕。倘使打着了要害,在人便算死了,在车便算坏了,不能再上阵,以此定个输赢。”宝玉听说，抬头再看，果见那车上的护身板有几处着了白点。两队车在空中左右盘旋，忽高忽下，枪炮齐发，如临大敌。每一队车约有五十辆，战的五花八门，各有阵势。西面的车忽然排成一字往后飞退。东面车队便排成人字形向前追赶。看着赶上，西面车队突然回旗反鼓，两面围将过来。东面车队正在向前飞驶，一时收止不住，被他四面围住了，一时枪炮齐施。东面车队抵敌不住，一齐落下，停在操场上，西面车队便在空中耀武扬威。忽然半空中的枪炮弹雨点般下来，西面车队措手不及，被打的个个受伤，只得一齐落下。原来，东面车队里有五辆飞车，到了围急的时候，四面挂了障形玻璃，直向上面飞驶，俯视一切。见自家车队败绩，便降下来，在西面车队上，一齐往下放枪。登高临下，枪无虚发，因此转败为胜。既胜之后，也落在操场上。领队官到将台上缴令，子掌吩咐仍旧各归队次。两员领队官鞠躬辞退，仍驾飞车，各督本队分头去了。将台上又发下两个花炮，放起了，飞出红黑二旗。一会儿，南北两面各有一队飞车到了。两阵对圆，枪炮并举。左旋右转，酣战了半天，彼此都不肯认败。子掌便传令停战，落下来，由指挥官查点。北车受弹较多，南车受弹少，而南军受弹又比北军多，算了个平战。两员领队官也各督本队下去。

时已午正，子掌率领各员吃饭休息，宝玉等也吃过饭，在那里议论飞车队的事。宝玉道："那些无稽的小说，往往说神说怪，说什么云端大战，不图今日我亲眼见了这实事。"老少年道："云端大战是见了实事了，还欠一样斗法宝，什么飞刀、捆仙索之类，我看将来也要据了这个理想，见诸实验呢？"高于天道："那都是冥幻想象的，怎么能实验？"老少年道："那腾空驾雾，浊冥幻想象么？怎么做出飞车来，居然实行呢？"宝玉道："那回我们在礼让庄放下大鹏鸟时，那车子没命的飞升，足足到了六千五百尺，方才停住，只怕云端里也不过那么高低罢？"高于天道："可惜未曾留一个人在底下看着，到底还看得见不？"宝玉道："据说上头没有空气，我们多带了制造空气的机器，到上头去看看。倘幸到得一个星球上，也可以考究考究，到底那里有世界没有，不然，总是个理想，徒托空言，没有实据。”老少年道：“早就有人想到了，不然办了。因为到了没有空气的地方，便是真空，电气到了真空的地方便要发火，制造空气，只能把窗门关紧了，人在里面自制自吸，断不能放到外面来。那车的机轮，一切都是用电的，岂不要全车发火？因此不敢轻举妄动，不然，早就有人上去了。”宝玉道：“总要设法能上去便好，不然，总是个闷葫芦。”

高于天道：“不要说了，看操罢！”忽听得一阵军乐声音，将台上下却不见一人。远望大营里面，平地里起了五个花炮，旗分五色，跟着便起了一大队飞车。当中一辆车，车头挂了飞龙黄旗，中间桅上飘着帅字旗，驶到操场上面，宝玉便知子掌也上了飞车了。一转瞬间，东、南、西、北四面的车队都到了。帅车上，升起令旗，各归队伍，列成阵势，操了一回枪炮。宝玉道：“电机枪炮没有声音的妙。不然，这枪炮的声音，耳也要震聋了。”老少年道：“岂但没有声音的好，也亏得没有烟焰，倘是有烟的，几炮一放，就烟雾漫天的，那里还看得见车！”宝玉道：“那才认真是腾云驾雾呢！”

正说话间，忽然帅车上飘下一阵极细的水花下来，顺着南风，飘到大营里去。车队里飞出一辆车来，上面插着医字旗，直驶到大营落下。这边车队便往上飞升。宝玉等三人抬着头看，只见他愈上愈高，愈高愈小，仍然是排着阵势。忽的一下，高的看不见了，围着操场看的百姓，一齐拍掌，声如雷动。许久仍不见下来。看看那上去的有两个多时辰了，宝玉道：“莫不都到了空气之外了？”高于天道：“倘到了真空界上便齑粉了。”老少年呆呆的望着西面，指道：“这个时候有雁？”宝玉照着所指看去，果然见有两行雁。定睛看了一会，是向这边飞来的。高于天道：“那里是雁，就是那飞车队回来。”说话时，果然愈来愈近，一会都到了。帅车上把令旗高扯，各车队一时分头散去，子掌所领的车队，也落下操场。子掌率领众官，下车登台，正要发令，忽然东南角上，有两辆飞车风驶电掣而来，到了操场落下。车上走下一个人，走到将台旁边，怀中取出一封信，递与传令兵士，兵士送到台上，呈与子掌。子掌拆开看了，面有喜色，传令叫了那人上台问话。问答了几句，便下来了。宝玉看得纳闷，暗想：操得好好的，这个人不知来打什么岔。只见那人下台时，便走到车旁边，招呼车上人，把一个大木箱子取下来。那辆车上取下一箱，来人便七手八脚把箱开了，取出好些零碎机件，就在将台底下安配。安配好了，又在那箱子里取出一尊炮来，看看那炮，非但宝玉呆了，老少年称奇道怪，便是高于天常跟着陆军都督的，军火自然见得多，他见了这个炮，也是莫名其妙。不知到底是一尊什么炮，下回分解。

第三十八回　奇器发明偏谈仁术
壮游已遍拟访文明

原来，这尊炮是东方法和多艺士、华自立三个人萃精会神，费尽脑力，研究出来的一尊神奇电炮。除了各种发电机轮系用钢铁金类做的，那一个炮身，却非金非石，用极纯净玻璃做成。你想，他们没有见过的人，怎么不要大惊小怪呢？

且说这尊炮做成之后，他三位博士便联名写了一封信，送与陆军都督西门莞。信内述明用法，且说明这等炮非但无烟无声，并且无炮弹。那及远的力量，只要没有阻挡，地平线上都可以打到的。派了一名工师送炮来，顺便赍了信来投递，就叫那工师当场装配试验。知道这三天之内陆军大操，因此赶着今天送到。子掌接了信，自是欢喜，忙叫装配起来。一面传令车队，先驶回大营；一面传令在操场尽处竖立一支高竿，两旁插了回避旗。那看操的人，见了旗，自然都走开了。当下装配完备，子掌又传令缚一个猪来，用绳扯足挂在高竿头上，子掌亲自下座观看试炮。只见那工师看准了准线，炮口对着那猪，用手拿着那机器上的把儿，摇了一转，却是无声无臭的，既无所闻，又无所见。工师叫人把挂的猪放下时，早已着电死了。看的众人一齐愕然。内中也有几个不大信的，以为这猪是被绑死的罢了，那里有变把戏般，便可以弄死他的？子掌心中也有点诧异，又叫缚一个牛来，也拉到竿上，叫工师再打。工师取了准线，那个牛被吊在上面，在那里一面嘶吼，一面挣扎。这边工师把机器一摇，登时立刻就僵了。同看的人这才信服了，拍掌之声雷动起来。工师又在箱里取出一支棍来，说道："这是避电棍。"子掌接棍在手看时，就同古人用的枪一般，是木头做成的，外面蒙了一层软瓷，棍头上装了一根一尺来长的铁条，共约有一丈来长，便问怎么用法。工师叫再取一个牛来，先把这棍横缚在牛身上，然后缚了四蹄，叫人把牛竖吊在高竿上面，对子掌道："这便任打，打那牛不着了。"子掌不信，亲自取了准线，摇动机器，果然打不着，便命放下。工师道："这根棍尖的铁，是吸铁做的，这种电气放出去，跟着他的吸力走，那准线便斜了，电都被吸去了。这是防备别国人仿了这个炮的法子去，便好做这个来避他。"子掌道："这个炮到底能打多远，考察过么？"工师道："也曾算过，却算不出来，只怕是无远弗届的。"说罢，把转盘摇动，将炮口提起，取了六十度的斜线，再摇动电机。大众抬头注目，往上观看，忽见空中起了一道火光，犹如闪电一般，工师道："这是电气射到空气之外，所以发出火光。"华先生说："春夏天的闪电，也是电气在真空界上发火。"说罢，又摇了几摇，只见空中电光闪烁，犹如万道金蛇。子掌大喜，便率领众官，带着工师，到大营里给了回信，工师自去。

高于天也同老少年、宝玉回寓。此时，三人都不曾知道那炮的妙用，只有互相猜议。直到晚上，交了子初，子掌回寓，三人迎着，争先问讯，子掌便把炮的功用，详细说了。三人莫不啧啧称奇。宝玉道："这个那里是炮，简直是一个射电筒。"子掌道："这东西好便好，只是未免太不仁了。陆战还好，若是水战，那战船无非钢铁之类，都是传电之物，一经打着了，满船发电，不知船上的人是什么情形呢？"宝玉道："到了开战时侯，还要讲仁心、仁术，那就难了。"子掌道："不然，虽然两国失和，便是仇敌，然而总是人类对人类。若只管贪功取胜，恣意杀戮。在临阵时，自然便忘了同类相残的，忍心暴动。试问一作局外人想，眼见得因一时之气，伤残同类，岂不是不仁之甚么?"宝玉道:"敌忾同仇的时候,要施行仁术,到底是个难题。"子掌道:"一定要施行仁术呢!是我们这位东方德先生新发明的。然而未曾发明之先,也应该要堂堂正正的见仗。纵使有杀戮,也是堂堂正正杀的。近来那些残忍之国,用尽了那种刻毒心思,做成了一种氯气炮,把氯气藏在炮弹里,一弹放出来,炸开来不知要死多少人。可笑他做成之后,又装出那假惺惺的面目,说是禁用的,等到见仗时,他不能取胜,又拿来用了,偏又有多少解说,什么权时用一次罢了。做了这种残忍之事,他还要说文明呢!"宝玉道:"新发明的仁术是什么东西呢?"子掌道:"就是那天未曾说完的那一种蒙汗药水,我今天才试演了。洒了一点到大营里,果然众兵一齐蒙住了。医生跟着下去,用了解药方才苏醒。将来行军,单用这一品,就可以把敌人全数生擒活捉过来,不伤一命,岂不是个仁术么?然而这东西极难用,必要测得准风力,才能施用。自然,没有风的时候,可以醍醐灌顶的浇下去。遇了有风时候,必要在上风头洒落。然而风有大小,飞车升的有高低,路的相去有远近,必要把风力设法测得准了,方才妥当。我此刻在五十尺以上,测算起来,还有点把握,再高就测不准了。"宝玉道:"不料科学发明,有如此神用,简直可以不加一矢,以定天下的了。"子掌道:"其实我们政府要发下个号令来吞并各国,不是我说句大话,不消几时,都可以平定了。政府也未尝无此意,只有东方文明老先生不肯。他当了五十年政权,去年告退隐林下。他生平的大愿,是组织成一个真文明国,专和那假文明国反对,等他们看了自愧,跟着我们那真文明,那就可以不动刀兵,教成一个文明世界了。"宝玉道:"这位老先生愿以身为世界师,真了不得。怎得见他一面便好。"老少年道:"你要见容易。他为人和蔼非常,最喜欢见客,谈锋又好。此刻操也看完了,明日我们便去看他。"子掌道:"你二位盘桓几天去。头两天我公事忙,不曾好好的谈得。此刻我公事完了,连奏报大操的折子、申报政府的文书都发了。我何必那么忙呢?不过为的办妥了,我们可以痛快谈两天，你们又何苦急急要走呢？今天我要早点歇歇，明日再谈罢。”说着辞了要进去，忽然又站住，在衣袋里取出一样东西，放在桌子上道：“你几位试猜猜，是个什么？”放下便进去了。三人齐来看时，却是用线扎着一小束干草，那草同木贼草差不多，不过木贼草是空心的，他是实心的，看了都不懂得是什么，便不做理会，各去安歇了。一宿无话。

次日，宝玉要行，子掌苦苦留住。是日，只到营里料理了几件日行公事，便回寓和老少年、宝玉谈天，无非是谈些韬钤方略。傍晚时候，那赍奏使者已经回来了，带回上谕一通，因为子掌又督练了飞车队，加了个飞将军的名号，老少年道：“这飞将军的头衔，是特创的。”子掌道：“我虽然督练好了，却不便兼充这个，明日还是辞了，请政府另派一个都督才对。”宝玉道：“只一天一夜工夫，就回来了。有了这种飞车，连缩地法都用不着了。”子掌道：“这个算什么！我们昨天操飞车队，你们知道到那里走了一趟？”高于天道：“来回约莫三个时辰，这一去是个半时辰的工夫，走得到那里！”子掌道：“我昨夜留下的那束草呢？”高于天在抽屉里取了出来道：“正是，我们都不懂是什么呢。”子掌道：“我恐怕你们不信，所以取了这个来做个凭据。这是阿剌伯人擦牙的草。”宝玉伸出舌头来道：“昨天到了阿剌伯了？”子掌道：“算定正西去，是要到土耳其的。半路上偶然偏了一偏南，便跑到阿剌伯去。我把车落下，恰好一班土人在那里卖这个，见我从空而下，都当我是天神，一齐罗拜。我想拿点信据回来，给了他们两罐军中粮食，拿了他一扎草。”宝玉道：“从空而下的，也无怪他们惊为天神。”子掌道：“野蛮未开，他的人遇了不曾经见的，总是天神。从前西班牙伐墨西哥的时候，只用了十来匹马队，那墨西哥向来不出马的，那些土人见了，不知他是人骑马，只当他是生成的半人半畜，就惊为天神。及至闻他们放炮，又以为是天神驱使雷部。这才可笑呢！”说罢，便叫人去请了大营书记来，叫他起折稿，辞飞将军之职，另简飞车队都督，宝玉等留了两天，便辞了子掌而去。

宝玉闻得南部信字区，是互市场，便央老少年同到那边去游览，老少年应允了。同坐飞车，径向南去。那车正飞驶时，老少年忽叫停下。司机人依言，慢慢降了下去，在一片空场停住。宝玉在车上一望，只见黄云遍地，正是麦熟。老少年道："前两天你说要看野景，所以下来看看。这里正是慈字区南部树艺最盛的地方。"宝玉放眼四望，极目无际的全是麦田，问道："麦子四月已经收了，此刻何以又有麦？"老少年道："敝境地质改良了，无论稻麦，都是一季一熟，一年四熟。"看了一回，方把车升起，离地约二十来尺，缓缓飞驶，经过好些树林。宝玉留心看时，也有各种果木，也有桑树，也有柳林，也有橡林。因问道："桑林自然是养蚕了，橡树或者取胶，那柳树种来作什么呢？"老少年道："也是养蚕的。"宝玉讶道："蚕还吃柳、橡么？"老少年道："柳有柳蚕，橡有橡蚕，世人不知，都叫他做野蚕。喜事的人拿了野茧来缫丝，缫出来粗的了不得，就说他没用。不知他自生自长，在树上没有人去整理，结茧的时候，只附在树叶上结，自然粗了。我们设法取了种，也和养桑蚕一般养起来，还不是一样么？不过丝光差点罢了。世人都弃了这一种大利，真是可惜。"宝玉道："橡蚕我不知道。柳蚕成了蛾之后，不是很大的翅膀，会飞的么？"老少年道："世人不肯养柳蚕，只怕也是为的这个，恐怕蛾飞跑了，留不下种。不知养柳蚕要设一个蛾房，四壁糊上纸，蚕茧就放在房里。他破茧而出，也飞不到房外去，下种就都下在纸上了。"一面说话，一面也看的够了，便叫把车升高，开了快车，直驶到信字区落下。

这个互市场的总理是东方英，所有一切进出口的货物，都要到他那里注册。他逐年比较盈亏，手底下用了一百员考察员，分派到各国去考察各处的人情嗜好，随时报告。东方英得了报告，便分告各家工厂。因此公事十分忙碌，除了休息日，不肯会客。老少年、宝玉不便去访他，只在六街三市上游玩。真是琛赆梯航，万商云集。市上一间商品陈列所，二人进去看时。当中陈设的是本境土造物，两旁的是洋货。宝玉逐一看去，说也奇怪，他当日在上海时，到了洋货店里，便觉得光怪陆离，如入山阴道上，目不暇给。到了这里，见那土造的东西，没有一件不是清静雅洁的。看了那光怪陆离的洋货，倒觉得俗不可耐了。看了一番，仍到街上去逛了两遍，便到隧车行里，雇了隧车，要去访东方文明。不知访了东方文明又如何，且听下回分解。

第三十九回　故人遇合饮酒陶情
医学昌明驻颜益寿

却说宝玉自从到了文明境界以来，一处处都游历遍了。一切生平闻所未闻的，都闻了；见所未见的，都见了。因为久仰东方文明的大名，便约了老少年同坐了隧车，到东部仁字第一区去探访。及至车到时，时候已经晚了。宝玉因为他是个退老的大臣，又是年高有德的，便兼是头一次拜访。时在昏暮，未免不敬，因在车站上借住了一宿。

次日清晨，便和老少年两个一同到他寓所，投了名片。东方文明忙叫快请，二人便走到客座。宝玉正要拱揖，东方文明早抢步过来，执着手道："世兄别来无恙？"宝玉愕然道："久仰老先生大名，专诚拜谒，自以为初仰丰采，却不知从何处曾侍教过来？"文明执着手让坐毕，始说道："睽隔多年，或者世兄一时忘了，过后自会想起。"宝玉满腹狐疑，自念生平再没有老头子的朋友。细看他生得须发如银，眉长目细，唇红齿白，无异少年。反复思寻，再也想他不起。文明又道："故人远来不易，恰好今日是休息日，儿婿辈都回来定省，当令其陪侍痛饮一天，以叙别情。"宝玉更是弄得无言可对。老少年道："贾君因为慕老先生大名，特来拜谒，不期倒是旧识。"宝玉道："近日访西门都督，说起老先生愿自立真文明之法则，俾假文明之国有所取法，将以身理世界祭酒，所以特来瞻仰，快聆高论。实想不起从何处曾侍大教。”文明叹道：“谈何容易。老夫执掌政柄，当国五十年，经营缔造以有今日。尚有多少未酬之愿，正不知望谁可继志。儿辈又都恣力科学，无暇及此。现在执政诸公，我虽同他们说过，又大都恐怕因此开了兵衅迟疑未发。倘老夫此愿得酬之后，或者世界可有文明之望。”老少年道：“不知老先生有何大愿？”文明道：“世界上凡是戴发含齿，圆颅方趾的，莫非是人类，不过偶有一二处教化未开，所以智愚不等。自上天至仁之心视之，何一种人非天所赋？此时红、黑、棕各种人，久沉于水火之中，受尽虐待，行将灭种。老夫每一念及，行坐为之不安。同是人类，彼族何以独遭不幸！每想设法出之于水火，登之于衽席，无奈事体既远且大，总未曾筹得一个善法。”老少年道：“一干涉到此事，恐怕不能免战祸了。”宝玉道：“闻说美洲释放黑奴之后，那班黑人无以觅食，转徙流离，饿殍相望，倒不如为奴时的饱暖。生就了至愚的性质，只怕也不容易提挈得起来。”文明道：“老夫所以说此事既远且大，正是为此。出之于水火之后，还要代他筹一个衽席，方能了事。若徒出之于水火，待他自寻衽席，他便寻衽席不得，必至于再落水火而后已。不然，只要挟了兵力，脱离他的羁绊，何尝不可？无奈同他脱了羁绊之后，还要设法教育他，开他的知识，教得他具有自立的资格，方算大功告成呢。”宝玉道：“这般说更难了。”文明道：“拿眼睛看人，最要辨别真假。倘使不是这里的真文明发达了，那些假文明之国，到此时还拿那文明面具欺人呢。就美洲释放黑奴而论，单看表面，岂不是文明举动、慈善事业？岂知那发起人却别具深心。他一心只望做总统，无奈举他的人少，他才异想天开，提倡释放黑奴。以为此辈一经释放，得立于平等、自由地位，必定感我释放之恩，且又有了选举权，将来举总统时，一定要举我的了。谁知那黑人蠢如鹿豕，释放之后，无以为生，反不如从前当奴才的好。岂但不感他，还要恨他呢。”

说话之间，东方英等兄弟三个，陆续都来家定省，华自立也带

了妻子东方美来省丈人。文明道:“今日有远客在此,你们都来相见。我近来颇厌寂寞,难得故人过我,你们都陪着痛饮一天。”子婿辈都一一答应。文明又叫子女等都叫宝玉“世叔”,宝玉益发局促不安,暗想:这个老头子真是奇怪,我何尝见过他来,一定要说我是旧识。他儿子的胡子也很长了,何必要叫我世叔呢?问他,他又不肯说,真是莫名其妙。又想道:我且不管他,谅来断不是恶意。一面想,一面看他弟兄三个,除东方法是见过的,其余那两个,一样的都是生得一表堂堂,英姿飒爽。东方美温厚和平,自然庄重。只有华自立生就的一张焦黄脸儿,却不是病容。那焦黄当中,还是容光可鉴,浓眉大目,气象凛然。当下东方英等一面色笑承欢,一面应酬宾客,东方美也是落落大方,固然没有那轻浮样子,却也毫不羞缩,一样的应酬、说话。非但他自己不像以女子自居,就是同他对座的人,也忘了他是个女子。老少年、宝玉和东方英谈谈商务,和东方法、华自立谈谈各种技艺,和东方德谈谈医理,又问问有什么新发明。东方德道:“医学新发明的,只有制造聪明散,已经告成。此刻我要研究两个法子,但不知做得到做不到,只可以尽了我的才力做去。倘使我毕生研究不出来,只可以待后起的了。”宝玉问研究什么,东方德道:“我想人生最不幸的是死,然而人人都逃不了一死。打算研究出一个不死之法来。人生最受累的是食,无论何等大事,非吃饱了不能办。这吃饭又很耽搁时候,每吃一顿饭,总要一刻时候。一天只算吃两顿,一年积算起来,单是吃饭的工夫,就占了九十个时辰,要耽搁了多少事?所以又打算研究一个不食之法。”宝玉道:“不食不死,岂非成了仙么?”东方德道:“我就因为相传那个道家服气长生之法,起初以为是个理想、寓言,及看看古人载籍,又似不尽诞妄,所以才发念研究。但是古人纵有此法,也不过是一人心得,秘不肯传。我是打算研究得了,普及众人的。”老少年道:“只管不死,不要有人满之患么?”东方德道:“只怕能得着了不死之法之后,便不生子了。不信,你但看古来所有讲仙讲道的书，何尝载有仙道生子的？古人虽未必想得到这一会，然而也可见得是个天然理想。”宝玉道：“果能如此，不是仙倒是佛呢。”老少年道：“怎么是佛？”宝玉笑道：“不生不灭，不增不减，不是出在佛经的么？”又问道：“方才老先生说，打算把那红、黑、棕各种人，都拯于水火，登诸衽席，但是苦于那些人愚蠢，怕难施教育。既有了制造聪明的法子，何不就拿来医他们呢？”东方德道：“这可不行。我这个制造聪明散，是当鼻烟闻了，可以滋长脑筋。脑筋多了，自然思想富足。其功用不过是助人思想，总要先有了思想的人用了方能见功。他们那种全无思想之人，虽用了也不见效。所以这东西，文明人用了，可以助长文明，野蛮人用了，又可以助长野蛮。那红、黑等人的思想，无非是一个懒字，若用了这个，他越发要想法子去懒了。”说的众人一笑。文明叹道：“我这要救红、黑人的思想，也是舍近图远，舍己从人，其实我们同种的堕入野蛮水火之中的不少呢。老夫当日未曾筹及此事，是一个极大的憾事。偏偏儿辈又都渐入科学一门，于政治上都不留心，此愿只能望小孙辈代偿的了。”

谈说之间问起，才知道东方文明已是孙曾绕膝。孙子东方文、东方武、东方韬、东方钤，外孙华务本等，都在政府受有专职。曾孙东方新、东方盛、东方振、东方兴、东方锐、东方勇、东方猛、东方威，与及外曾孙华日进、华日新等，都已普通毕业，各就专门大学堂读书。元孙东方大同、东方大治，外元孙华抚夷等，都在幼稚园里受教育。至于各女眷，都在各女学堂里当教习。此时暑假，本要回家侍奉文明，文明因为他们终年辛苦，才得这一月来的休息，便叫他们都出去避暑，各图适意，免在家中拘束，并且年老之人也乐于清静。内中有几房媳妇，要略尽孝思，文明也再三推他们去避暑，说：“你们若不依我，便负了我爱惜你们的盛心。”各媳妇只得都去了，三五天才回来省视一次。几个曾孙在学堂里，虽是暑假，却还在学堂自修，并未回家。表过不提。

且说当下已饮过了十多杯酒，喜得这里的酒吃了不醉，不过越吃心里越觉得快活，大有心痒难爬光景。更兼过酒的都是果液，纵使多吃，也不觉饱胀。文明因问起宝玉从何处来，宝玉就把要到自由村寻薛蟠，和山东路上遇了强盗的话说了一遍。文明道："薛文起肯住的地方，又由刘学笙引进，他又夸美了，这个去处，如何去得？至于将入敝境时，要先历一番劫运，也是天演的定例。"宝玉道："老先生也认得薛舍亲么？"文明道："会便没有会过，久闻大名了。"宝玉心中又是纳闷，暗想：这位老头子语言闪烁，今日可要闷死我了。正在纳闷时，忽然一阵酒气涌上心来，登时觉得十分快活，把闷气全都忘了。文明又道："世兄一定要到自由村，这里东去二十里，有一个村，也叫自由村，是老夫昔年钓游之地，明日可以到那边逛逛，只怕比文起住的地方总好些。"说罢，又殷勤劝酒。这天足足的饮了一天。到薄暮时，东方英等陆续都辞去了。文明道："老夫习静惯了，难得今天闹了一天。倘不是故人远来，儿辈回家省亲，不过略谈些家常，我便打发他们走了。"宝玉道："醉酒饱德，感何可言。但是曾从何处侍教过，委实茫然不觉，还望老先生明示。"文明笑道："世兄今夕且在此下榻，细细的想一想，果然想不起来，明日再当奉告。"又叫童子收拾客房，以备二位安歇。才及上灯时分，文明便道："老夫年耄，习惯早睡，恕失陪了。二位请谈谈再安置罢。"说着，便告辞进内去了。

宝玉道："我因为久仰这位老先生大名，特来晋谒，要快聆大教，以开茅塞。不料，反多了两个疑团。"老少年问那两个疑团，宝玉道："第一件，他如何认得我？我何以总想不起来。"老少年道："或者你忘记了，一时想不起来，也未可定。"宝玉道："别的可以不记得，我生平不曾结识过有胡子的朋友，这总记得的。"老少年拈髭微笑道："我呢？"宝玉也笑道："你便是头一个。"老少年道："还有一个什么疑团？"宝玉道："他的三位少君，看着不过像四十岁的人，那位小姐，更是未曾满三十，怎么都有了曾孙了？这是几岁上生子的？"老少年道："驻颜之法，世上还传有许多药方，这又何足为奇？"

宝玉道:“这不过是欺人之说罢了。”老少年道:“你现成见的怎么是欺人?不过古人驻颜之方是用药,这里都是普及的。所以平常饮食之品都有驻颜之功。初行的时候,我们境内的老者,没有一个不返老还童呢。不信,你试验自己。你到了敝境有几天,身体觉得怎样了?”宝玉细细一想,果然近日走路轻健的了不得,身上也长了好些气力。猎大鹏那回,还觉着有点乏,海底猎那回,竟是气力愈用愈多了,因说道:“身体不错是好些,然而面目何以都会不老起来?这个有点不足信。”老少年道:“你看我有几岁?”宝玉道:“顶多不过四十内外罢了。”老少年大笑起来,说出一句话,害宝玉吃了一大惊。不知他说出什么话来,且听下回分解。

第四十回　入梦境文明先兆
新石头演义告成

却说宝玉只看老少年年纪在四十内外，老少年大笑道："恰好猜了个畸零也。"宝玉吃了一大惊，便问："怎么讲？"老少年道："贱齿今年虚度一百四十岁了。"宝玉摇头不信，老少年笑道："我又不捐官考试，何必瞒年纪呢？"宝玉也笑道："捐官考试，只有少报几岁，没有多报几岁的。"老少年道："其实并不稀奇，将来别国学了我们的医学，也一样可以驻颜益寿的。一个人，不过靠着精神、血气以生，只要能设法调理得血气不枯竭，精神常充足就是了。须知人的寿命长短，正是学医精粗的凭据。像那种自己本国人的寿命和人家一样，就先要夸说自己的医学如何精微，人家的如何粗糙，那才可笑呢！"宝玉听了这一百多岁不足为奇的话，越觉得心神仿佛起来。

老少年道："我的假期明日要满了，先要回去销假。你到那里呢？"宝玉道："我要到自由村去瞻仰文明老先生的老宅。"老少年道："那么明日要暂别了。早点安歇罢，明日好早点起来。"于是各人就榻安歇。宝玉却翻来覆去的睡不着，起来坐了一会，重复睡下。正要朦胧睡着，只见童子拿了一封信来，说道："来人立等回信。"宝玉看那封面时，写得清清楚楚的：送文明境界，东部仁字第一区，东方寓内，交贾某云云，却是吴伯惠的笔迹。暗想：他何以知道我在这里呢？拆开看时，内中却是要请宝玉即刻回上海，有要紧事的话。宝玉问童子道："来人呢？"童子道："在外面。"宝玉起身到外面去，却是黄福。黄福见了宝玉，便走前两步，请了个安，道："敝上请老爷就到上海一转，有要紧事。"宝玉道："你等我雇了个飞车去。"黄福道："不必飞车，已备马在这里了。"宝玉看时，果然有两匹马在那里，便跨上了马，黄福也上马相随。撒开辔头，那马便追风逐电而去。过了几处高山，历尽许多荆棘，走到一处海边，看见泊着一艘轮船。宝玉勒住马，要想上轮船去，谁知黄福那匹马收勒不住，竟蹿到海里。宝玉大惊，正要呼救，忽见黄福回头招手，原来那匹马入到海里，却在海面上翻波踏浪的向前驰骤。宝玉大喜，也纵辔跟去，果然这匹马也是一样在海面上走。心中暗暗想道：从前听见人说，千里马渡水、登山如履平地，我只不信，原来是真正有的。

两匹马跑了许久，便到了上海。吴伯惠欢喜迎接，说了好些别后的话，宝玉便问有什么紧要事，伯惠笑道："并没有要紧事，不过许久不见了，请你来会会谈谈，并且同你去各处游历。"宝玉道："我自从到了文明境界，一切都叹为观止了，再游历什么呢？"伯惠道："你原来不知道，自从你走了之后，出了好些新闻。两宫回銮之后，次第举行新政，一切都同戊戌那年差不多。不过戊戌那年是雷厉风行，这回是慢腾腾的举动，所以不甚见效。忽然为了美国人禁止华工入境的约，到了改约之期，中国商界、学界的人，因为他名是禁工，实系要禁绝中国人，所以商量了一个抵制之法，相戒不用美货。由上海倡起，各省各埠一齐响应，没有一处不开会、演说。一连几个月内，没有一天不是函电交驰的。这事传到了北京，政府里听见这个消息，便知道中国民气可用。适值又有人上了条陈，说照这样模糊影响的行新政，是不能见效的。必要立宪，方才有用。不然，但看日俄交战，日本国小而胜，俄国国大而败。日本人并不曾有什么以小敌大的本领，不过是一个立宪，一个专制。这回战事不算以小胜大，只算以立宪胜专制罢了。这个条陈上去，朝廷也感悟了，思量要立宪,只是没个下手处。于是就派了五位大臣,出洋考察宪政。五位大臣分头出洋,去了多时,把各国一切窍要,都查考明白了。在京里设了个宪政局,五位大臣每日到局,各把考来的宪法互相比较。这条英国的好,便用英国的;那条日本的好,便用日本的。还有不合中国用的,便删了去。各国还没有,中国不能少的,就添出来。斟酌尽善了,便布了宪政。果然立宪的功效,非常神速,不到几时,中国就全国改观了。此刻的上海,你道还是从前的上海么?大不相同了。治外法权也收回来了,上海城也拆了,城里及南市都开了商场,一直通到制造局旁边。吴淞的商场也热闹起来了,浦东开了会场,此刻正在那里开万国博览大会。我请你来,第一件是为这个。这万国博览大会,是极难遇着的,不可不看看。第二件是看万国和平会。此刻和平会被各国公议到中国来办,举中国皇帝做会长。北京永定门外,已经盖了一所极大极大的会场。这里博览会开过之后,便是和平会第一次开会。我们看过博览会,便到北京去走一次。"宝玉仿仿佛佛的道:"中国也有今日么?"伯惠道:"我们去看博览会罢。"说着,拉了宝玉出去。一出门外便是会场,各国分了地址,盖了房屋,陈列各种货物。中国自己各省也分别盖了会场,十分热闹,稀奇古怪的制造品,也说不尽多少。宝玉正在那里看中国官书局新出版的书,忽见东方文明在前面。宝玉撂下了书,要去和他说话,谁知就不见了。俯仰之间佥得身子在轮船上,那轮船走的十分快捷。看了两岸,全是高大房屋,烟囱如林,不觉自言自语道:"这是那里呢?向来没有到过。"忽听得伯惠在背后道:"这里是扬子江呀!"宝玉回头问道:"长江两面,那里有许多房屋?"伯惠道:"你还不知道呢?此刻从吴淞起,一直到汉口,两岸全是中国厂家,接连不断的了。"一转眼间,船已到了汉口。不知怎样,那身子却又在火车上面。那十车走的风驰电掣一般,两旁桑林、茶林、稻田、麦田都好像往后飞驶。众人纷纷下车,宝玉也下了车。抬头一看,路旁一所极大的房子,房子前面一片空场。空场上竖了一支插天高的旗杆，挂着一面飞龙黄旗，迎风招展。另外有一根长绳，从旗杆顶直连到房顶上，沿绳挂着五洲万国的国旗。看那房子门口时，凿了“万国和平会”五个字，都用飞金铺了，映着日光，十分耀目。宝玉便踱了进去，只见里面设了一个大会场，中国、外国的人坐满场上，也不知有多少人。坐了半天，还是寂寂无声。忽听得一阵铃响，耳边有人悄悄的说道：“主席的上台了，这便是中国皇帝。”宝玉回头一看，正是伯惠和他说话。正要答时，忽听得一阵鼓掌之声如雷震耳。忙向台上看时，讲席上站着的却是东方文明，演说道：“今日万国和平会开会之第一日，蒙各国公举朕为会长。各国或皇帝亲临，或派大员代表，都在此莅会。朕忝为会长，当先宣布宗旨，待各国君长、大员共商办法。此会既名和平会，当就以和平为宗旨。然而开此和平会，求何等之和平，不得不言布明白。和平会不仅求万国国家和平而已，单求国家和平，是国际上问题，范围未免太小，达于极点，不过免兵衅而已。此和平会当为全球人类求和平，而各国政府，当担负其保护和平之责任。如红色种、黑色种、棕色种，各种人均当平等相待，不得凌虐其政府及其国民。此为人类自为保护，永免苛虐。如彼族程度或有不及，凡我文明各国，无论个人、社会，对于此等无知识之人，均有诱掖教育之责任。”宝玉听到此处，不觉鼓掌，合场的人也掌声雷动。主席的又道：“不得以彼为异族、异种，恃我强盛，任意欺凌！故自此次开会之后，当消灭强权主义，实行和平主义。”合场上下一齐鼓掌。宝玉鼓掌不已，又要顿足。谁知一顿足，却脚踏了空，一落千丈，两眼登时昏黑，吓的一身冷汗。勉强睁开双眼看时，原来还睡在东方文明家里客房里面的床上，竟是一场大梦。

看看司时器，已是寅正一刻，天还没十分大亮。觉得燥热，便起来到外面乘凉。走到外面，谁知东方文明已经起来了，在院子里看荷花。宝玉道：“老先生好早。”文明道：“老夫自习静以来，一向早睡早起。世兄何以也如此之早？”宝玉道：“偶然醒了，便起来。

像老先生这等早起，也难得呢。”两人就在院子里瓷凳上坐着对谈。文明道：“世兄夜来可想得着何处与老夫会过？”宝玉道：“委实想不起，还祈明示。”文明叹道：“那一年令祖母史太君仙逝之后，在热丧里面，世兄可曾会过什么客来？”宝玉回头一想道：“没有会什么客。”文明道：“再想想可有什么亲友投到府上？”宝玉再四的想了一回道：“只有金陵甄家投到。”文明道：“那就是了。那时世翁在苫次，藉草坐地。我们相会，不便高坐。世翁还体谅卑幼，回避出去，让我们谈天呢。怎么就忘了？”宝玉大惊道：“那是甄世兄呀！怎么就是老先生，又复姓东方？”文明道：“东方是老夫本姓。初因甄氏无嗣，承祧过去。后来甄氏自生了儿子，我便归了家。那一年相见时，老夫说了几句经济话，世兄便面有不满之色。那时老夫便知世兄不是同调。不期一别若干年，又得相会。然而世兄是无忧无虑，从不识不知处过来，所以任凭历了几世几劫，仍是本来面目。老夫经营缔造了一生，到此时便苍颜鹤发，所以相见就不认得了。”宝玉听了如梦初醒，暗想：他不提起，我把前事尽都忘了。我本来要酬我这补天之愿，方才出来，不料功名事业，一切都被他全占了，我又成了虚愿了。此刻不如且到自由村去，托在他庇荫之下罢。正这么想着，老少年也起来了。栉沐盥洗过后，老少年要回去销假，宝玉也要到自由村，遂一同别过东方文明出来，各雇一辆飞车。宝玉握着老少年的手道：“萍水相逢，多承提挈，今日一别，不知何日再见。弟有一物，谨以持赠，虽非至宝，倒也罕有的，非玉非石，乃弟受生时含于口内带来的。足下或留以自玩，或送至博物院，任听尊便。”说罢，把“通灵宝玉”递过去，老少年接了，再三称奇道谢。原来，贾宝玉因为补天之愿已被甄宝玉占了头筹，留下此物，非徒无用，而且不免睹物伤情，不如不见的好，所以慷慨赠了老少年，自上飞车上自由村去了。

老少年受了那“通灵宝玉”，不胜惊怪。上了飞车，沿路把玩。只因天气炎热，便开了车窗，将身凭在窗口纳凉，手中仍旧把玩那

"通灵宝玉"。不料偶一失手,那"通灵宝玉"直跌下去。老少年忙叫降下去,一面把眼睁着看那玉,只见他越跌下去越大,直跌到一个山凹里去,分明看得清楚。飞车到山脚下停住了,老少年认得这座山,系在东部仁字第十万区内,山名灵台方寸山。走到山凹里看时,现出一个山洞,洞口上凿了"斜月三星洞"五个字,也是老少年常到之地。寻那通灵宝玉时,那里寻得着,便连影也没了。只见洞口竖着一块峨嵯怪石,生得玲珑剔透,窍窍相通,石面是一抹平的,平面上凿了许多字。老少年看时,却是一篇绝世奇文,约有十二三万言光景。暗想:这等一篇奇文却藏之深山,无人可见,未免可惜了。我何不抄了下来,公之于世呢?无奈身边没有纸笔,便忙忙的坐了飞车,到市上去买了来。再看石面时,那一篇奇文后面,又添出一首歌来,歌曰:

方寸之间兮有台曰灵,方寸之形兮斜月三星。中有物兮通灵,通灵兮蕴日月之精英。戴发兮含齿,蒿目时艰兮触发其热诚。悲复悲兮世事,哀复哀兮后生。补天乏术兮岁不我与,群鼠满目兮恣其纵横。吾欲吾耳之无闻兮,吾耳其能听!吾欲吾目之无嗜兮,吾目其不瞑!气郁郁而不得抒兮吾宁暗以死,付稗史兮以鸣其不平。

老少年一并抄了下来,带了回去。要想付之梨枣行世,又恐怕那篇奇文深奥,人家不能全懂。被那一孔之儒见了,又要以意臆度,字训句诂,胡说乱道,反失了真。于是除了日间办公事之外,夜静时便取那篇奇文过来,照他的意思,改成演义体裁,纯用白话,以冀雅俗共赏,取名就叫《新石头记》。从此,女娲氏用剩的那一块石就从大荒山青埂峰下,搬到文明境界灵台方寸山斜月三星洞去了。看官如果不信,且请亲到那里去一看,便知在下的并非说谎。然而,必要热心血诚,爱种爱国之君子,萃精会神,保全国粹之丈夫,方能走得到,看得见。若是吃粪媚外的人,纵使让他走到了灵台方寸山斜月三星洞,也全然看不见那篇奇文。你道为何?原来那篇

奇文是预备丈夫读，不预备奴隶读；预备君子读，不预备小人读。所以，那吃粪媚外的奴隶、小人，到了那里，那石面上便幻出几行蟹行斜上的字，写的是：

All Foreigners thou shalt worship;
Be always in sincere friendship。
This the way to get bread to eat and money to spend。
And upon this thy family's living will depend;
There's one thing nobody can guess:
Thy countrymen thou canst oppress。

译文：

你崇拜所有的洋人，
老会显出诚挚的神情。
这是获得面包与金钱的妙法，
且一家人靠此为生。
只是一件事没能想到：
你的同胞无法容忍。

《新石头记》点校说明

清末报纸行业逐渐发达，大报小报层出不穷，报纸副刊多刊载小说。文人文思枯竭，多从古代小说中寻找灵感，继而掀起一场为原有小说作续的风潮，其中署名“老少年撰”的《新石头记》则为此类小说中的佼佼者。“老少年”原名吴趼人（1866年5月29日～1910年10月21日），名沃尧，字小允，又字茧人，广东南海佛山镇人，作家。笔名有偈、佛、茧叟、茧翁、野史氏、岭南将叟、中国少年、我佛山人等，笔名中尤以“我佛山人”最为著名。生于北京，其曾祖父吴荣光，曾任湖南巡抚。

吴趼人幼年丧父，18岁离家到上海谋生，曾在茶馆做伙计，也曾在江南制造局担任抄写工作。光绪廿三（1897）年开始在上海创办小报，先后主持过《字林沪报》《采风报》《奇新报》《寓言报》等，其中尤以《寓言报》最为著名。1906年，担任《月月小说》总编，发表大量文章，批评时政。光绪二十九年始，吴趼人在梁启超主办的《新小说》杂志上先后发表《电数奇谈》《九命奇冤》《二十年目睹之怪现状》等，轰动一时，影响深远。他创作的小说有30多种，人称“小说钜子”，是清末谴责小说的杰出代表，与李伯元、刘鹗、曾朴合称晚清四大小说家。《二十年目睹之怪现状》为晚清“四大谴责小说”之一。

《新石头记》将《红楼梦》中的主要人物贾宝玉的背景从清代盛极而衰的转折时代，置换为内忧外患衰颓已极的近代社会。小说中，贾宝玉在1901年复生，到上海、南京、北京、武汉等地游历，以他的经历为主线，揭示了20世纪初半殖民地半封建的中国社会复杂、多变、动荡的社会特征和文化特征，描写了它落后、腐败而又不断产生新事物，萌生新观念的时代面貌，别有一番风味。

本次整理以洛阳白河书斋晁氏藏有光绪三十四年(1908年)十月上海改良小说社四十回单行本为本书校对底本，并以《新小说》所连载参校。

敖 堃

2015年12月于南开大学

新石頭記
吳趼人 著